ひきこまり吸血姫の悶々 6
きゅうけつき
もんもん
Hikikomari the Vampire Countess no Monmon
JN131481

「えっ⁉」

エステルが放つ
神速のチェーンメタル!!
「ほお」

コマリのメイド
ヴィルヘイズ
アルカ共和国 大統領
ネリア・カニンガム
ムルナイト帝国 七紅天
テラコマリ・ガンデスブラッド

アルカ共和国 八英将
ガートルード・レインズワース
ムルナイト帝国 七紅天
サクナ・メモワール
天照楽土 大神
アマツ・カルラ
カルラの忍者集団〝鬼道衆〟の長
峰永こはる

「おまえはくいあらためるべきだ」

この吸血姫とあの吸血姫は似ている──
紅色の吸血姫を見ながら
クーヤ先生はそう感じた

ひ
Hikikomari
the Vampire Countess
no
Moumon

ひきこまり吸血姫の悶々6

小林湖底

GA文庫

カバー・口絵　本文イラスト
りいちゅ

0 ぷろろーぐ

Hikikomari the Vampire Countess no Monmon

核領域のどこか。

先日、天照楽土の前大神が露と消えた古城である。

外観は見るからに廃墟。人の出入りがなくなって久しいのは誰の目にも明らかだった。そういう寂しい場所だからこそ秘密の会談を行うにはうってつけなのである。

「——さて。全員揃ったみたいね」

古城の一室に凜とした声が響き渡った。

アルカの軍服を身にまとった桃色ツーサイドアップの翦劉——ネリア・カニンガムである。

彼女は円卓を囲んでいる面々を見渡しながら満足そうに笑みを浮かべた。

「用件は手紙に書いてあった通りよ。私たちは来たる二月十八日に向けて準備をしなければならない」

「ネリアさん。一つお尋ねしてよろしいでしょうか」

しゃん、と鈴の音が鳴った。

ネリアの対面に和装の少女が座っている。

天照楽土の大神にして（自称）宇宙最強のアマツ・カルラである。

「何？　緑茶は用意してないけど」

「紅茶も大好きなのでお構いなく。そうではなくてですね——本日のこれはいったい何の集まりなんですか？　火急の会議だというので忙しいお仕事を中断して駆けつけたのですが」

「あんた寝癖ついてない？　本当に仕事してたの？」

「もちろんです。私はこれでも天照楽土のトップですからね」

「カルラ様はずっとお昼寝してた。つまりサボってた」

「ちょっとこはる⁉　平然とバラさないでくださいっ‼　国家の恥を外部に漏らすような真似は大神として看過できませんからね⁉」

「国家の恥の自覚あったんだね」

ネリアが「はあ」と盛大に溜息を吐いた。

「本当にどうしようもないわね。今更そんなことを聞いてくる時点で私の手紙をろくに読んでないのは丸わかりだわ。——ねえヴィルヘイズ、このオトボケ和菓子に二月十八日が何の日なのか説明してあげなさい」

「あなたに命令されるのは癪ですが承知いたしました」

そう言って立ち上がったのは青髪のメイドだった。

ムルナイト帝国軍第七部隊・ヴィルヘイズ特別中尉。彼女はいつものごとくクールな表情で

——しかしどこか熱のこもった声音で説明を始める。

「二月十八日はようするに全人類にとっての吉日なのです。この日を迎えた瞬間あらゆる瑞兆が各所に顕現することでしょう。鳥たちが歌い花々が咲き誇り海では鯛の群れが踊るように跳ねて豊漁になります。さらにそれまで天を覆っていた雲が晴れていき穏やかな光が——」

「あーもう面倒くさいわねっ！　ようするに二月十八日はコマリの誕生日なのよ！」

カルラが「そうなんですか⁉」と驚いたように声をあげた。

ネリアは「そうなのっ！」と腕を組んで椅子の背もたれに寄りかかる。

「この会議はコマリの誕生日をどうするか話し合う場よ。せっかくなら盛大に祝ってあげたいからね！　ヴィルヘイズによればコマリはしばらく誕生日パーティーの一つも開いてもらえなかったみたいだし」

「その通りです。私がメイドとして着任する以前は完全に無視されていたようですね。まあ事情が事情なので仕方がないことなのですが……」

「なるほど。つまり皆で結託して催し物をしようというわけですか」

カルラは紅茶を飲みながら目を細める。

「それは名案ですね。国家間のつながりを深めるという意味でもたいへん有意義でしょう」

と口では言っているが内心ワクワクなカルラだった。

　コマリはカルラにとって唯一無二の理解者であり恩人であり友人なのだ。彼女のために腕によりをかけて和菓子を作ってあげようではないか——そんなふうに決意をする。

「プレゼントは各自で用意する方向性よ。問題はどこでパーティーを開くかだけど……」

「ムルナイト帝国で開く予定です」

　ヴィルヘイズが「何を当然のことを」といった感じで断言した。

「それ以外にありえませんよ。コマリ様はムルナイト帝国の吸血鬼なのですから」

「駄目ねヴィルヘイズ。出不精なコマリは外に出るべきなのよ。アルカだったらあの子が泣いて喜ぶようなお祝いをすることができるわ」

「アルカの首都は治安が悪いと聞いています。コマリ様が怖がってしまいますよ」

「吸血鬼がそれを言うの？　帝都と比べたら首都の殺人件数なんてゼロに等しいわ。一日に百件くらいのものよ」

「それゼロじゃなくて百ですよね」

「ゼロも百も似たようなもんでしょうが！　だいたいコマリが襲われると思う？　あの子は世界を救った大英雄なのよ？　護衛だってしっかりつけるし大丈夫に決まってるわ」

「信用できません。ねえメモワール殿」

　ヴィルヘイズの隣に座っていた白銀の吸血鬼が「え？」と声を漏らした。

　サクナ・メモワール七紅天大将軍である。

「……そうですね。ヴィルヘイズさんの言う通りです。私もムルナイトが最適だと思います」

「じゃあ多数決で決めましょう！　ムルナイトがいいと思う人！」

ぱらぱらと手が挙がる。ヴィルヘイズとサクナの二名だった。

「アルカでやるのがいいと思う人！」

ぴん！　とネリア自身が手を挙げた。

一人だけだった。大統領腹心のメイド少女は隣で舟を漕いでいる。

「――ってガートルードっ！　寝ぼけてるんじゃないわよ！」

「ふぇ!?　なんかよくわからないけどすみませんネリア様！」

ガートルードが頭を引っ叩かれてなんかよくわからないまま手を挙げた。

これで二対二である。ネリアは静観を貫いている二人組をジロリと睨んだ。

「カルラ。あなたはどっちなの？」

「いえ。どちらかになると諍いの種になる気がするので……ここは間をとって天照楽土で開催するというのは如何でしょうか？　桜翠宮には皆さんを受け入れる余裕がありますので」

「…………………」

そうして戦いの火ぶたが切られてしまった。

もちろんカルラはネリアやヴィルヘイズほど自己主張の強い人間ではない。天照楽土を提案したのも「このままでは喧嘩になるから」という客観的な判断によるのだろう。

しかしそれは火に油を注いだだけだった。

ネリアが「うちも皆を受け入れる余裕はあるわよ！」と叫ぶとヴィルヘイズが対抗するように「そういう意味ではムルナイトがいちばん余裕たっぷりですね」と挑発。これを受けたネリアが「ムルナイト宮廷はこないだの騒ぎで復興中でしょうが」『カルラ様も頷いている』『アルカの治安の悪さに比べたらマシだと思いますが？』『カルラ様も頷いている』『暴漢が出たら私が真っ二つにするから大丈夫よっ！』「というわけでカルラ様はアルカでもムルナイトでもなく天照楽土で開催するのが一番だと考えている」「いやべつに考えてるわけじゃありませんからね⁉」――

会議は全然進まなかった。

それだけテラコマリ・ガンデスブラッドが慕われているということなのだろう。

しかしこれでは時間の浪費でしかない。ついに痺れを切らしたネリアが椅子を引っくり返して立ち上がった。

「――もうわかったわよ！　こうなったら軍人らしく戦争で決めるのが手っ取り早いわ！」

「待ってくださいネリアさんっ！　私は絶対に参加しませんからね！　もう五剣帝じゃなくて大神なので！」

と口では言っているが内心ワクワクなカルラ様なのであった」

「地の文を捏造しないでくださいっ⁉」

「望むところです。さっそく帰って戦いの準備をしましょう。そういえば我々はマトモに戦ったことがほとんどありませんでしたね。コマリ様もお喜びになることでしょう」

いや喜ぶわけないだろ——とカルラは思う。

しかし常識的な思考回路を持った人間がここにいるはずもなかった。とりあえず身の安全だけは確保しよう。カルラはそんなふうに考えながらこの場から離脱しようと腰を浮かせる。

そのときだった。


「お——恐れながらっ！　私に考えがありますっ！」


それまでずっと黙って座っていた誰かが声をあげた。

全員の視線が集中した。

そこには緊張でがちがちになった少女が立っていた。ムルナイト帝国の軍服に身を包んだ吸血鬼である。琥珀（こはく）のような瞳と紅褐色（こうかっしょく）のポニーテール。

彼女は震える手で敬礼をしながら、たどたどしく言葉を紡（つむ）いだ。

「争いは！　ガンデスブラッド閣下がもっとも嫌うところです！　だから……その……ここは真の意味で間をとって……核領域でパーティーを開くのがいいと愚考しますっ！」

ネリアとカルラは顔を見合わせる。

この人誰だっけ？――そういう空気が場に充満した。

しかしヴィルヘイズが「なるほど」と神妙に頷いて腕を組んだ。

「核領域ならば諍いが起きる余地もありません。ここは彼女の提案を採用するのがよろしいかと思いますが――カニンガム殿はどう思われますか？」

「え？　まあ確かにそうね。核領域なら角は立たないでしょうけど……」

「では決まりですね。ありがとうございますエステル」

エステルと呼ばれた少女は顔を真っ赤にして「恐縮ですっ！」と頭を下げた。

糊のきいた軍服からしていかにも新兵といった雰囲気である。

ネリアはお茶菓子をつまみながら見知らぬ吸血鬼を観察してみた。

「ところでそちらは誰？　ヴィルヘイズの新しい部下？」

「申し遅れました！　私は――」

吸血鬼の少女は噛み噛みの自己紹介を始めるのだった。

かくして計画は水面下で進んでいく。

☆

私は絶望的な気分でまっさらの原稿用紙を見下ろしていた。

たとえば魚は教えられなくてもスイスイ泳ぐことができる。鳥は成長すれば自然と大空を羽ばたけるようになる。それと同じように希代の賢者は生まれながらにして崇高なる物語を紡ぎ出す能力を備えている――はずなのに。

「書けない……」

握ったペンが動かなかった。

無理に動かしても気づいたらネコとかパンダとかの落書きをしている。

こうなった原因は明らかだ。

――プレッシャー。

これが実際に本として世に出回ることを考えると胃が痛くなって仕方ない。

いま私が取り掛かっているのは『黄昏（たそがれ）のトライアングル』の改稿作業だ。出版社の人に色々とアドバイスをもらって文章や展開を修正しているのである。

そして突きつけられた要求は単純――『もっとドキドキするような感じに』。

ドキドキ？　ドキドキってなんだ？　最近ドキドキしたことを思い出してみよう。こないだの戦争でメラコンシーの爆発（ばくはつ）魔法がベリウスの隊に命中して犬VSラッパーVSチンパンジーの三つ巴（みつどもえ）になったときは死ぬほどドキドキした。でもそれは明らかに違うタイプのドキドキである。私は正統派のドキドキを味わったことが皆無なのだった。

「くそ……ここにきて経験の浅さが響いてるな……」

「何の経験が浅いんですか？」

「決まってるだろ。私には恋愛経験というものが一切ないんだ。適当なこと書いたら読者が変に思うかもしれないし……」

「大丈夫ですよ。ここに私という恋人がいるじゃないですか」

「え？——わあああああああ!?」

突然ヘッドロックをかまされて死ぬかと思った。

背後から変態メイドが私の首に抱き着いてきたのである。

「というわけで血を吸わせていただきます。ドキドキをご提供しますよ」

「やめろ！　貧血になったらどうするんだよっ！」

私は力尽くでヴィルを突き放した。

彼女は「やれやれ」と肩を竦めて言った。

「年末の騒動では血を吸い合った仲だというのに。つれないお方ですねコマリ様は」

「あ、あれは色々事情があったからだよ」

「でも私とコマリ様の愛のパワーで敵を倒したのは事実ですよね？」

思い出されるのは昨年十二月の騒動である。

私とヴィルは烈核解放を発動してムルナイト帝国を狙うテロリストたちに対抗した。

正直今でも信じられない。でも今回ばかりは「隕石のせいだよ」と主張することもできなかった。何故なら私がビームを発射してトリフォンを吹っ飛ばした記憶が残っているからだ。

まあとにかく、あれはヴィルがいたからこその結果なのだろう。

愛のパワーでは断じてないけどな。

「……一緒に戦ったのは認めよう。でもお前の血なんてもう飲まないからな」

「そうですか。でも客観的に考えたら恋人関係といっても過言ではないので『コマリ様と付き合い始めました』という耳寄りな情報を方々に吹聴しているところです」

「何やってんの⁉」

「おかげ様で新聞の記事にもなりました。こちらをご覧ください」

私は音速でヴィルの手から新聞を奪い取った。

そこにはこんなことが書かれていた。

『熱愛発覚⁉　ヴィルヘイズ中尉「コマリ様と付き合うことになりました」

ムルナイト帝国軍ヴィルヘイズ中尉は30日、帝都で開かれた記者会見にてテラコマリ・ガンデスブラッド七紅天大将軍との交際関係を明らかにした。「もう血を吸い合ったんですよ」。ヴィルヘイズ中尉は嬉しそうにそう語る。ガンデスブラッド将軍をめぐる人間関係は近頃複雑化の一途をたどっており、将軍が誰と結ばれるかについては有識者の間で議論や殴り合いが行われていたが、青天の霹靂ともいえるこの告白に誰もがびっくり仰天して「尊い」『神はここにあったか」「やはり原点にして頂点」と歓喜に打ち震えた。一方でこの会見の内容を受けてサクナ・メモワール七紅天大将軍は「何言ってるんですか？　そんなことあるはずないですよ」と笑みを浮かべながら包丁を研いでいた。事態の泥沼化に期待したい。』


「……これは何だ？」

「事実を伝えた記事です」

「捏造だろうが!!」

私は新聞を床に叩きつけた。

つっこみどころが多すぎて脳の処理が追いつかない。なんでこいつは記者会見を開いてるんだ？　なんで勝手に適当なことを言ってるんだ？　なんでサクナは包丁を研いでるんだ？

「おわかりいただけましたか？　すでに私とコマリ様の仲は公然のものとなっているのです」

「東西南北どの方角から見ても意味わかんないよっ！　こんな新聞は窓拭きの道具に使われるのがお似合いだ！　お前も毎回毎回適当なこと言いやがって――」

「はい適当です。実はこれは捏造の捏造なのでした」

「は？」

私はきょとんとしてしまった。

「こういう捏造新聞が出たらコマリ様がどんな反応をするのか気になったのです。意外と満更でもなさそうだったので今度は本当に記事にしてもらいましょうか」

「満更に決まってるだろうが！　無意味なことをするメイドだな……」

どっと疲れが押し寄せてきた。

相変わらずこいつの考えていることが理解できない。といっても勝手に六国新聞に嘘情報を流すよりかは遥かにマシだな。こいつも良識を身につけつつあるのかもしれない。

「でもメモワール殿が包丁を研いでいたのは本当ですよ」

「え？　怖いんだけど」

「私が冗談で『コマリ様と付き合ってます』と言ったら一瞬テロリストの目になりました」

「………」

最近サクナのこともわからない。彼女は無害な美少女のはずなのだが……。

モヤモヤを感じていると、ヴィルが「それはともかく」と話題を元に戻した。

「コマリ様には私という伴侶がいるじゃないですか。私とのいちゃいちゃを小説のネタにすれば問題解決かと思われます」

「お前といちゃいちゃした記憶なんてない。いやそもそもそういう問題じゃないんだよ。なんというか……展開もそうだけど文字が書けないんだ」

「根を詰めすぎなのですね。たまには外で羽を伸ばすのがよろしいかと思います」

言われてみればそうである。ずっと部屋にいるせいで頭も身体も凝り固まっているのかもしれないな——そんな感じで納得しているとヴィルが不気味な微笑みを浮かべて言った。

「というわけでコマリ様。お伝えしたいことがあるのですが」

「……おいちょっと待て。嫌な予感がするのは気のせいか？　今日は日曜日だぞ？」

「いいえお伝えさせていただきます。実はですね——」

「いいよ伝えなくて！　どうせチンパンジーだろ⁉」

「チンパンジーではありません。こちらをご覧ください」

今度は紙切れのようなものを寄越してきた。

何かの招待状……だろうか？

〈二泊三日　フレジール温泉街の旅〉

「——夕飯の材料を買いに行ったら福引が当たったのです」

予想外すぎるブツの登場に私は固まってしまった。

こいつが持ってくるものなんて捏造新聞か脅迫状しかないと思っていたのに。

「いかがですか？　二月の半ばくらいに休暇をとって一緒に行きませんか？」

「休暇⁉　なんだそれ……⁉」

「休暇とはお休みのことです」

天地がひっくり返るとはこのことである。

しかし私は疑念を覚えてしまった。今までこのメイドが素直に吉報をもたらしたことがあるだろうか？　こんなにも都合よく福引が当たるなんてことが有り得るだろうか？

「……おいヴィル。温泉街という名の修羅場じゃないだろうな」

「私がそんな意地悪をするメイドに見えますか？」

「こないだ動物園に行くっていうから楽しみにしてたのに、お前についていったら戦場でキリンの大群と戦わされた」

「今回ばかりは本当の本当に純粋なる旅行です。フレジール温泉街といえば有名な観光地ですからね。浸かっただけで疲労がきれいサッパリ流れ落ちると評判の秘湯があるとか」

「………」

「もちろん美味しいものもたくさんありますよ？　温泉卵とか素麺とか大福とか天麩羅とかお饅頭とか――あとは『温泉オムライス』なんてものも聞いたことがありますね」

私は満更でもない気分になってしまった。

休暇をとって温泉に行く――そんな夢のような事態が発生するとは夢にも思わなかった。

確かに心身を解すのに湯はぴったりだ。湯に浸かって頭を活性化させようではないか。ついでに美味しいものをたくさん食べて英気を養おうではないか。

「……ふむ。原稿を効率的に進めるうえでも必要なことかもしれないな」

「では一緒に行くということで大丈夫ですか？」

「そうだな。せっかく福引で当てたのに行かないのはもったいないからな。お前がそこまで言うのなら一緒に行くのも吝かではない」

「ありがとうございます。では二月の半ばごろに予約しておきますね」

「うん」

なんだかワクワクしてきたぞ。

旅行なんていつ以来だろうか？　確かに核領域に出かけることは多いけれど、毎回毎回「今日も死にませんように」と神に祈らなければならない過酷な旅路だからな。平和なお出かけなんて久しぶり、というか初めてかもしれない。

よし。そうと決まれば旅のしおりを作ろうではないか。

行きたい場所をピックアップしてスケジュールを決めるのだ。あとはおやつをどれくらい持っていくかも重要だな。二泊三日ともなればクッキー一袋じゃ足りないだろうし。

胸を高鳴らせながら私はヴィルからもらった招待状を見下ろす。

そこには温泉街の街並みが描かれていた。

「ん……？」

ふと既視感のようなものを覚えてしまった。

引きこもる前の記憶は虫食いみたいになっていることが多い。しかし過去の映像がぼんやりと頭の中に浮かび上がった。そうだ——ここって家族で行ったことがあるような気が。

「——コマリ様？　どうなされたのですか？」

ヴィルに問われてハッとする。詳しくは思い出せないので考えるのはやめにしよう。

それよりも旅行計画を立てなくては。とりあえずオムライスは確定だな。

「べつに何でもないよ。まあ楽しみにしておこうじゃないか」

「そうですね。でもその前に温泉に向けてお仕事頑張りましょう」

「わかってるさ………………え？　仕事？」

「はい。実はこんなものも届いておりまして」

再び紙切れが差し出された。

どうやら手紙らしい。開いてみるとこんなことが書かれていた。


『　ソッチニ　行ク　』


「チンパンジーが遠足に来るそうですよ」

「やっぱりチンパンジーじゃねえか‼」

「冬眠から目覚めたようですね。しかし寝起きの野猿(やえん)など小指一本で瞬殺です」

「むしろ私が冬眠するからヴィル一人で行ってくれ——って引っ張るなあああ‼」

そうして私は戦場に引きずられていくのだった。
温泉どころじゃねえ。今日を生き延びられるかどうかが不安だった。

0.5 星の影と月の屑

Hikikomari the Vampire Countess no Monmon

丘の上に黒い女が立っていた。

夏の昼下がり。世を騒がせた六国（りっこく）大戦が終わってから三日ほど経（た）った頃。

翦劉（せんりゅう）たちによって踏み荒らされるかと思われたこの街は、テラコマリ・ガンデスブラッド七紅天（しちぐてん）大将軍に救われた。核領域の他の街のように壊されることなく平穏を保っている。

もう戦争は終わったのだ。この街は誰（だれ）一人として命を落とすことがなかった。

すべてテラコマリ・ガンデスブラッドのおかげなのだ。

あの吸血少女は世界を駆け回って多くの人々を救っている。

自分もそんなふうになれたらいいなと思う。人を救うのは難しいかもしれない。でも色々なところへ行って色々な人に会ってみたいなと思った。

両親から「もう外に出てもいいよ」と言われた少女は勇（いさ）み足で秘密基地へと向かった。

少女に夢を見せてくれる場所。街の外れにある丘の上だった。

この街では数年に一度だけ〝黄泉写し（よみうつし）〟と呼ばれる不思議な現象が起きる。

異界の景色が空のスクリーンに映し出されるのだ。

そう――異界である。いちばん行ってみたい最果ての地だ。

少女は数年前に〝黄泉写し〟を目撃してから異界の虜（とりこ）になってしまった。この世ではない別の場所。少女の身の回りでは誰も到達したことがない未知の土地。旅の目標にするにはうってつけだったのだ。

だから異界の街並みがよく見えるであろう丘の上を秘密基地にしていた。

〝黄泉写し〟はいつでも見られるわけではない。数年に一度の自然災害がトリガーとなって引き起こされることが多いらしい。でもひょっとしたら異界が見えるんじゃないか？――少女はそんな淡い期待を胸に抱きながら足しげく丘に通っていた。

そうして見知らぬ人物を発見した。

背の高い女である。夏だというのに真っ黒い長袖（ながそで）を着ている。太陽の光でじりじりと焼かれて今にも燃え上がってしまいそう。まるで地獄を描いた絵画から飛び出してきたような姿。

女は煙草（たばこ）を咥（くわ）えながら抜けるような青空を見上げていた。

「――常世（とこよ）にもっとも近い場所なんていうから来てみたが、」

こちらには気づいているらしかった。

観光客といういで立ちでもない。

「今日は駄目だな。何か条件があるのか」

「嵐（あらし）だよ」

女が振り返る。死体から無理に移植したような眼球がこちらを見つめた。

少女は少しだけ怯(ひる)みながらも言葉を続けた。

「嵐が来ると見えるの。私はまだ一回しか見たことないけど……」

「詳しいな。常世に憧(あこが)れがあるのか」

「常世っていうの？　あの逆さまの街は――」

「そうだ。私は行ったことがあるぞ」

胸が躍った。

実際に行ったことがあるという人間には初めて会ったからだ。少女は勇んで〝常世〟のことについて尋ねた。黒い女は口元に微笑を湛(たた)えながら惜しみなく教えてくれた。

常世の国のこと。常世の種族のこと。常世の街並みのこと――それだけではない。彼女はこの世のことについても色々教えてくれた。少女が足を踏み入れたことのない外の世界。聞いているだけで高揚感(こうようかん)が止まらなかった。

女はどこかの国の大臣様なのだという。

大臣様なら詳しくて当然だなと思った。

「純粋だな。ユメとキボーに溢(あふ)れている。お前は地に落ちた柳の葉を見て『黄金だ』と大喜びする人間なのだろう――だがそういう無垢(むく)なやつは好きだよ」

「？　もっとお話を聞かせてよ。フレジールの外のことを――」

「残念だが時間だ。私も忙しいんだよ」

　本当に残念だった。しかし無理に引き止めることもできない。

　少女は「また来てね」と手を振って女を見送った。女も笑って「ばいばい」と手を振り返してくれた。しかしふと足を止めてこんなことを言うのだった。

「我が国の経学者は『因果応報』だの『天網恢恢疎にして漏らさず』といった思想を肯定している。努力は報われるのだと思わなければ立ち行かないからだ」

「え……？　何言ってるの？」

「しかしそれは愚かなる間違いだ。お天道様は見ている――なんてことはない。でなければ私のような悪党が堂々と外を出歩くことはできぬ。我々を見守っているのは何事にも無慈悲な夕闇の星だけだよ」

　いつの間にか黒い女が目の前に立っていた。

　少女は蜘蛛の巣に絡め取られた虫のように動けない。

　火のついた煙草が放り捨てられた。それをぐりぐりと踏みつぶしながら女は言う。

「切するが如く磋するが如く。下愚どものたまう『天の道』に逆らおうではないか。――せっかくここまで来たのだから手土産の一つでもないと面白くない」

　太陽が陰る。

　ゆっくりと黒い腕が伸びてくる。

思えばそれが最後の記憶だったのかもしれない。

※

路地裏で死にかけていた少女を救ってくれたのは〝神殺しの邪悪〟だった。

彼女はどこまでも優しかった。行く当てのない少女を本当の家族のように扱ってくれた。

逆さ月は少女にとってのホームだった。

朔月の人たちもなんだかんだ優しかった。失態を演じなかったことが功を奏したのかもしれない。組織の内部では冷酷無比と謳われるアマツ・カクメイから名前を覚えてもらうこともできた。ロネ・コルネリウスとは様々な研究の話で盛り上がった。

スピカ・ラ・ジェミニに拾われてからは本当に充実した日々だった。

だからこそ——だからこそ。

逆さ月を壊滅させたテラコマリ・ガンデスブラッドのことが許せなかった。

「許せない」

吸血動乱によって逆さ月の構成員は散り散りとなった。

少女は辛うじて公権力の手から逃げおおせた。だからなんだというのだ。スピカも朔月の人たちも行方不明。すでに少女が拠り所としていた逆さ月はなくなってしまったのだ。

あの吸血鬼は絶対に殺さなければならない。

だがマトモに戦ったとして勝てるとは思えない。

だから作戦を練る必要があるのだ――


『――問題はなさそうか』

通信用鉱石が光る。墓場に吹く風のような声だった。

少女は拳(こぶし)を握りしめて応答した。

「ありません。しかしこれに何の意味があるのかよくわかりません」

『心を殺す実験だよ。世界は〝意志力〟によって形作られている。あらゆる物事の根本は人の心なんだ。それを人工的に破壊できるのなら世界を制したも同然だろう?――まさに天人の分を破る禁忌の行為だ』

「……よくわかりませんが、」

激情が溢(あふ)れ出しそうになるのをグッと堪(こら)える。

「これを達成すればスピカ様の居場所を教えてくれるのでしょうね?」

『信(しん)なくんば立たず、というだろう。仮にも儒者(じゅしゃ)を名乗る私が約束を違(たが)えると思うかね』

「…………」

その死神のような笑い声を聞いていると背筋が寒くなるのを感じる。

もともと少女は逆さ月のスパイとして彼女の調査を行っていた。

朔月のトリフォン・クロスから「あの女について調べてください」と強要されたのだ。最初は乗り気ではなかった。しかし調査対象の国には少女の欲しいものが――多種多様な薬のレシピが眠っているのだ。デメリットばかりではないな、そんなふうに考えてスパイ活動を引き受けた。それが去年の秋頃の話である。

しかし調査対象の女はこちらの素性を見抜いていたらしかった。最初は知らないフリをしていたようである。しかし吸血動乱で逆さ月が壊滅してからは本性をむき出しにしてこんなことを言ってきた。

――スピカ・ラ・ジェミニの情報を知りたければ私の小間使いとなれ。

逆らうことはできなかった。

こんな不気味な女の駒として終わるのは死んでもごめんなのに。

そうだ――この女はいつでも少女のことを道具のように扱うのだ。自分以外の人間など雑草程度にしか思っていないらしかった。すべての部下たちに対して優しく接してくれたスピカとは大違いだった。

「……約束は果たしてもらいますからね」

『わざわざ念を押す必要はない。それに――そこにいればお前のもう一つの目標も達成できるかもしれぬぞ』

「え？」

『テラコマリだ。やつのことが好きじゃないんだろう?』

「ッ……!」

テラコマリ・ガンデスブラッド。

少女の人生をめちゃくちゃにした極悪非道(ごくあく)の吸血鬼。

鉱石の向こうでくつくつと笑う気配がした。こちらの心の動きを見抜かれているのだろう

――しかしどうでもよかった。自分が救われるために手段を選んでいる場合ではない。

詳細を求めると女は笑って答えてくれた。

――テラコマリ・ガンデスブラッドがやってくる。

復讐(ふくしゅう)の時は近かった。

1　憧れの第七部隊

Hikikomari the Vampire Countess no Monmon

「本当に大丈夫なの？　こう言ったらアレだけど……第七部隊って問題児の最終処分場みたいな部署らしいよ？　そりゃあ今でこそガンデスブラッド閣下のおかげで人気だけどさ」

軍学校の卒業式。同期のカミーラは心配そうにこちらを見つめていた。

しかしエステル・クレールには不安なんて少しもなかった。

校長先生から手渡された〝半月の紋〟は軍学校の苛烈なしごきを耐え抜いた証だ。たとえ第七部隊に行ったとしてもやっていける自信がある。

というか、べつにエステルはこの配属命令に不満があるわけではないのだ。

むしろ嬉しかった。そもそも配属希望調査表で「ガンデスブラッド隊熱望！」と書いたのである。憧れの第七部隊で仕事ができると思うと胸の高鳴りが止まらない。

エステルは笑みを浮かべて同期に向き直った。

「心配してくれてありがとね。私は大丈夫」

「何を根拠に」

「ガンデスブラッド将軍がいるから！」

カミーラがこれ見よがしに溜息を吐いた。

「教官が嘆いてたよ。第七部隊はあんたみたいな優秀な生徒が行く場所じゃないって」

「でもあそこってムルナイト帝国を救った英雄部隊だよ？　カミーラもこないだの事件は知ってるでしょ？　あのときの閣下すごかったよね。私は家でじっとしてることしかできなかったんだけど、閣下の声が聞こえてきたとき、胸が熱くなっちゃったもん」

「まあそうだけど」

「かっこよかったなあコマリン閣下……あの人と一緒の部隊なんて夢みたい……！」

「本人の前で『コマリン閣下』なんて言ったら殺されるかもしれないよ」

「わかってるよ！　公私はちゃんと弁えてるから」

帝国軍を目指す若者にとってテラコマリ・ガンデスブラッドは一種のスターだった。あの圧倒的な戦闘能力・カリスマ性に憧れない者はいないだろう。軍学校でたびたび行われる『七紅天人気投票』では毎回ダントツで一位を獲得しているのだった。

しかしエステルが彼女を慕う理由は他にもあった。

去年の夏に起きた騒乱――六国大戦。

核領域ムルナイト領にあるエステルの実家はゲラ＝アルカ共和国軍によって蹂躙されようとしていた。

しかし寸前でコマリン閣下が烈核解放を発動して救ってくれたのだ。

エステルの家族が平穏無事に暮らせているのはあの少女のおかげに他ならない。

それからというものの、エステルの〝コマリ熱〟はいっそう膨れ上がった。

卒業したら閣下のもとで戦いたい！——日ごとにその思いは強くなっていった。

軍学校の生徒の半分は帝国軍への配属を希望する。そういう〝勇気ある若者〟には在学中に進路希望の調査がなされるのだが、卒業生曰く「希望が通ったやつなんて五人に一人くらいのもんよ」とのことで、実際は教官連中がサイコロとかエンピツを転がして決めているのではないかと囁かれている。

しかしエステルは奇跡的に希望通りの配属先になってしまったのである。

嬉しさのあまりベッドの上でぴょんぴょん飛び跳ねてしまった。

「——まあ憧れるのは勝手だけどさ。世間で大人気の第七部隊がどうして配属先としてあんまり人気がないのか考えたほうがいいと思うけどね」

今年の卒業生は三十人。

そのうち第七部隊に行くのはエステル一人だけである。

「まあ……確かに第一部隊とか第三部隊が人気だよね」

「そうそう。あと軍学校としては将来有望な若者を第七部隊には行かせたくないんだってさ。教官側が人数を絞ってるの。これ相当ヤバイことだと思うんだけどなあ」

「第七部隊は問題児ばかりだって言いたいの？」

「あんた、ガンデスブラッド閣下以外にどんな人がいるか知ってる？」

「何人かは顔と名前が一致するけど……」

どんな人間なのかはよく知らなかった。

第七部隊は良くも悪くも隊長の存在感が強烈すぎるため、縁の下で彼女を支えている人物は目立ちにくいのだ。いったいコマリン閣下の部下はどんな吸血鬼なのだろう？　確かにムルナイト宮殿で暴れたという噂は聞いたことがあるが、軍学校の生徒だって夏休みとかに羽目を外して問題を起こすことはしばしばある。大したことではないと思うのだが。

——そう、エステル・クレールは気にもしていなかったのである。

憧れの第七部隊に入れる、それだけで胸がいっぱいだった。たとえ怖い先輩がいたとしても自分ならやっていけるとさえ思っていた。ようするに甘く見ていたのだ。

ゆえにエステルは卒業証書を抱きしめながら満面の笑みを浮かべて言う。

「大丈夫だって！　ガンデスブラッド閣下の部隊だもん。きっとスゴくてカッコよくて、軍人の鑑みたいな人でいっぱいだよ！」

「だといいんだけどなあ……」

カミーラは最後まで苦虫を噛み潰したような顔をしていた。

ちなみに彼女は核領域の郷里に帰って警察に就職するらしい。軍学校を出たからといって全員が帝国軍に入るわけでもないのだ。

「いつかまた絶対会おうね！」――そんな約束を交わしてエステルは友人と別れる。しんしんと舞い降りる冷たい雪は、軍学校の卒業生にとって巣立ちを示す風物詩でもあった。

そうして年の瀬が過ぎ、新年を迎え、またたく間に入隊の日がやってきた。

☆

「あなたが新任の士官ですね。ようこそ帝国軍第七部隊へ」

一月五日。ムルナイト宮廷における新しい一年の始まりである。

真新しい軍服に身を包んだエステルは、寒さではなく緊張でがくがく震えながら、七紅府(しちぐふ)の最上階、テラコマリ・ガンデスブラッド七紅天大将軍の執務室までやってきた。

汗が止まらない。失礼なことを言っちゃったらどうしよう。大丈夫、切腹の準備はできている――そんなふうに文字通り決死の覚悟で特攻を試みたのだが、しかしエステルを出迎えたのはコマリン閣下ご本人ではなかった。

青い髪、クールな瞳(ひとみ)。

コマリン閣下の腹心のメイドさんだった。

「そんなところに立ち尽くしてどうしたのですか？　どうぞお入りください」

「し、失礼いたしました！」

エステルは泡を食って入室した。

予め用意しておいた挨拶の文句を死ぬような思いで口から絞り出していく。

「わ、私は……！　私は本日付けで第七部隊に着任いたしました、エステル・クレールと申しますっ！　階級は少尉ですっ！　不束者ではありますが、ご指導ご鞭撻のほど何卒よろしくお願いいたしますっ……！」

エステルは敬礼をしながらこっそり辺りの様子を見渡した。

執務室はいかにも将軍らしい趣だった。たとえば壁にかけられた六国の地図。戦術書や魔法書が並べられた本棚。ムルナイト帝国の国旗、緊急連絡用の通信用鉱石、豪勢なソファ、そのソファの横に転がっている血まみれの死体。……ん？　死体？

「私は第七部隊特別中尉のヴィルヘイズと申します。テラコマリ・ガンデスブラッド七紅天大将軍の右腕にして参謀にしてパートナーにして将来を誓い合った伴侶でもあります」

「あの……」

「コマリ様は席を外しているので私から仕事内容についてご説明いたしましょう」

「……あのっ！　そこで……誰か死んでいるように見えるのですが……⁉」

「？――ああ、ヨハン・ヘルダース中尉ですね。みんなで寄って集って殺しました」

「寄って集って殺したんですか⁉」

ヴィルヘイズは呆れたように溜息を吐いた。

「ことの発端はコマリ様なのです。コマリ様がそこの金髪男に食べかけの饅頭を差し出したのですよ。『お前もこれ食べるか？』――って。許せないと思いませんか？」

「事情がよくわかりませんが……」

「リンチが始まるのは自明の理です。激怒した吸血鬼たちが彼を血祭りにあげました」

動揺しすぎて言葉が出なかった。その饅頭には何か秘密があるのだろうか……？

そのとき、窓から吹き込む風とともに絶叫が聞こえてきた。まるで断末魔のような悲鳴である。さらに魔法を見境なしにぶっ放す音、何かが爆発する音、人体が弾け飛ぶ音……。

「……何の音でしょうか？」

「第七部隊が殺し合っている音ですね」

「え……？　それは演習ということですか？」

「違います。ヘルダース中尉に渡らなかった饅頭を巡って殺し合いが発生するのは容易に想像がつくでしょう？」

「も、申し訳ありませんっ……！　つきません……！」

「そうですか。あなたは意外にも普通の感性を持った人間のようですね」

戦闘音は断続的に響いている。

窓の外で宮殿の尖塔が爆破されて吹っ飛んでいった。

何これ？　夢？　なんで立派な帝国軍人が饅頭で殺し合いしてるの？　ここって本当にあの

第七部隊なの？――マトモな思考回路を持つエステルには信じがたい出来事だった。

「あの……失礼ですが、ガンデスブラッド閣下は……？」

「厨房（ちゅうぼう）で饅頭を作っています。一時間以内に五百個作らないと世界が滅亡します」

泣きたくなるほど意味がわからない。

不意にヴィルヘイズの持っていた通信用鉱石が光を発した。

『――おいヴィル！　大変だ！』

エステルはハッとして顔を上げた。

あの騒乱の夜に帝都に響いたものとまったく同じ声だったのだ。

「どうしたのですか？　我慢できなくて作ったお饅頭を食べてしまったのですか？」

『そんなわけないだろ⁉　聞いてくれ、饅頭が爆発したんだ！　お前に言われた通りのレシピで作っていたのに……！』

「すみません。間違って爆発するレシピをお渡ししてしまいました」

『何でそんなレシピが存在するんだよ⁉』

「ですが大した問題ではありませんよ。すでに饅頭どころか宮殿が爆発していますので」

『それを止めるために饅頭を作っているんだっつーのっ‼　ああもう、あいつらいつの間に和菓子が好きになったんだ⁉　そういうブームなの⁉――とにかくお前も手伝ってくれ！　はやくあいつらに饅頭を届けないとフレーテに怒られて串刺しにされるからな！』

「承知いたしました。全部毒入り饅頭にすれば解決ですね」

『やっぱ来んな‼　自分で作る‼』

エステルは感動してしまった。通信用鉱石越しではあるが、確かにテラコマリ・ガンデスブラッド七紅天大将軍がそこにいるのだ。

会話の内容はよくわからない。でも生きるか死ぬかの瀬戸際みたいな気迫が感じられた。

やっぱり七紅天ともなると日常が戦場なのだ。私もあんなふうになれるかな、とエステルは内心で尊敬の念を抱く。

「――さて、饅頭の件は置いときましょう」

「あの……よくわからないですけど、いいのでしょうか？」

「いいのです。放置プレイもたまには乙なものなので」

外ではドカンドカンと物騒な爆発音が響いている。いやいや放置してたら世界が滅亡しないか？――と思ったが、ヴィルヘイズは「いつものことなので」と完全無視していた。

「それよりも仕事内容についてご説明いたします。まずはお掛けになってください」

「あ……いえ！　私はこのままでっ！」

「そうですか」

気になることは山ほどあった。外で起きている謎（なぞ）の戦いとか、床に転がっている死体とか、コマリン閣下のこととか――　でもヴィルヘイズ中尉が「気にしなくていい」と言っているのだから気にする必要はないのだ。上官の命令は絶対。軍学校ではそう教えられてきたから。

不意にテーブルの上の通信用鉱石から鬼気迫る声が聞こえてきた。

『こちらケルベロ中尉！　まずいぞ、フレーテ・マスカレールが駆けつけてきた！　このままでは全員死ぬ、はやく饅頭を届けてくれ！　聞いているのかヴィルヘイズ中尉⁉』

……やっぱり気になって仕方がないんですけど⁉

しかしヴィルヘイズは鉱石の声に構うことなく説明を始めた。

「クレール少尉もご存知かと思いますが、帝国軍の仕事は大きく分けて二つあります。エンタメ戦争を勝ち抜きムルナイトの威信を高めること、そして非常事態のときには率先して戦うこと。どちらも重要ですが、主となるのは前者でしょうね。昨年末のような騒ぎはそうそう起きるものではありませんから」

「は、はい！　ムルナイト帝国のために粉骨砕身、鋭意努力する所存ですっ！」

「詳しいことは書類にまとめましたので後で読んでおいてください。――で、あなたは軍学校を首席で卒業したエリートだそうですね。つまり士官として第七部隊に入ってきたと」

「そんな、エリートだなんて……！　勉強不足を実感する日々でありますっ！」

ヴィルヘイズが「ふふ」と笑う。

「うちはムルナイト帝国を代表する人気部隊ですが、人事の連中はなぜか人を寄越したがらないのです。たまにやって来る新人は余所で狼藉を働いた殺人鬼だけ。あなたのように勉強と鍛錬をきちんとこなしてきた人材が欲しかったのですよ」

「きょ、恐縮です」

エステルの知る限り、ムルナイト帝国軍に入る方法は三つある。

一つ目は七紅府に志願すること。実力が認められれば入隊を許可され、七つの部隊のうちのいずれかに配属される。七紅天でいえばサクナ・メモワール閣下がこれに当たる。

二つ目はスカウトされること。七紅府は「野に遺賢あり」という考えのもと、在野の優秀な人材を直接引っ張ってきているのである。ヘルデウス・ヘブン閣下やミリセント・ブルーナイト閣下は政府から強く要請されて帝国軍に入隊したらしい。あとコマリン閣下も。

三つ目はエステルのように軍学校を卒業することだ。配属された時点で少尉の階級がもらえるため、一般的には志願兵よりも待遇がよくなる。ただし選民意識をもてあまして問題行動を起こすことも多く、陰で「お勉強組」「お貴族様」と揶揄されることもあるそうだ。

それはともかく——第七部隊はカミーラの言った通りの部署らしい。

つまり、大多数が志願兵。しかも他の部隊から左遷されてきた問題児ばっかり。

これは肩身の狭い思いをするかもしれないな、とエステルは思う。

「少しキツい仕事かもしれませんが、軍学校お墨付きの吸血鬼なら大丈夫でしょう。よろしくお願いしますね、クレール殿」

「はい！——いえ、あのっ、クレール〝殿〟なんて恐れ多いですっ！　私のことはぞんざいに呼び捨ててくださってけっこうですので」

「そうですか……そうですね。わかりました。では『エステル』とお呼びします」

「はい！　お願いします！」

「それと私のことは『ヴィルさん』とでも呼ぶのがいいでしょう。『ヴィルヘイズ中尉』では長いですし、『中尉』だけでは他の吸血鬼と区別がつきませんので」

「…………！」

　名前で呼び合うのはこそばゆい気もする……けど嬉しい。なんだか認められた気分だ。

　ヴィルヘイズは「さて」と窓の外を眺めながら言った。通信用鉱石からは『饅頭を！　饅頭をくれえええええ！』という食器と食器をこすり合わせたような絶叫が聞こえてくる。あれはいったい何なのだろうか。いや気にしたら負けだ。幻聴の類に違いない。

「エステルの最初の仕事は『超殺戮大感謝祭』ですね」

「ちょ、超殺戮……？　申し訳ありません。寡聞にして理解が及ばず……」

「ようするにエンタメ戦争です。国家同士が複数の部隊を出して戦わせるお祭り騒ぎなのですが、我々第七部隊は白極連邦のズタズタ軍団と戦うことになっておりまして」

「えと、それってあのプロヘリヤ・ズタズタスキーでしょうか」

「はい。単純な特攻ではどうにもならないので作戦を立てる必要があります。あなたにも協力してほしいのですが——はっきり言いましょう。エステル・クレール少尉には、第七部隊特殊班の班長になってほしいのです」

　頭の中が疑問符でいっぱいになってしまった。

「班長……ですか？」

「第七部隊には六つの班が存在しています。そのうち第六班・特殊班は長らくリーダーが未定だったのです。ちょうどいい尉官がいなかったのが原因なのですが……とにかくプロヘリヤ・ズタズタスキーに勝利するためには第七部隊全体で統率が取れていなければなりません。というわけでエステルには第六班の野蛮じ……精鋭たちを率いてもらいたいのです」

　エステルは感激してしまった。

　着任早々こんな大役を任せてもらえるとは。これは期待されていると考えても自惚れではないだろう。第七部隊のために、そして何よりコマリン閣下のために、身を粉にして任務を遂行しようではないか！――エステルは拳を握って気合を入れる。

「承りました！　班長として必ずや第七部隊に勝利をもたらしてみせます！」

「その意気です。部下に殺されそうになっても辞めないでくださいね」

「はい！　……はい？」

　気のせいか？　いま不穏な言葉が聞こえた気がしたのだが。

　問い質そうとした、そのときだった。

「……く。くくくくく……てめえ……新入りか……？」

ビクッ!! と身体が跳ねてしまった。

足元の死体がしゃべっていた。というか死体ではなかった。亡者のような目をしたヨハン・ヘルダース中尉がこちらを見上げている。まだ息があったらしい。

「悪いことは言わねえ……軍学校出身の温室育ちは机に向かってお勉強でもしてな」

「そ……それはどういう意味ですか……!?」

「へへへへへ。これは親切心から言ってるんだ。ウチはなあ、味方の背中に平気でナイフぶっ刺すイカレ野郎の集まりなんだよ。てめえみたいな小娘はすぐに身ぐるみ剝がされてオムライスの具にされちまうだろうさ……血を見たくなかったら故郷に帰れ」

「なっ……」

かちんと来てしまった。

この人は上官だ。反抗することは許されない。でも、根拠なしに侮られるのは我慢ならなかった。自分だってコマリン閣下のもとで働く覚悟はあるのに、「帰れ」はひどすぎないか?

ゆえにエステルはキッとヨハンを睨み下ろして声を張り上げるのだった。

「お、お言葉ですが! 私とて少尉の階級を賜った軍人です! 血など怖くありませ――――」

「ゲボボボボッボボボボッボボババババババババァアアアア!!」

「きゃあああああああああああああああああああああああ!?」

血をぶちまけられた。

エステルは恐怖の絶叫をあげて尻餅をついた。

虹ができるくらいの勢いで噴出された真っ赤な液体がびちゃびちゃとエステルの軍服に付着する。新品なのに！――そんな絶望を味わいながら呆然としていると、やがてヨハン・ヘルダース中尉は虚ろな視線を彷徨わせながら、何かを呪うような声で、

「許さねえ……殺す……殺す……生き返ったら絶対に殺す……饅頭……」

ガクリ。そのまま息を引き取った。

エステルは震えながら衝撃的な光景を見つめていた。

なんだこれ？　普通に殺人事件が起きてるんだけど？　警察とか呼ばなくていいの？――常識的な人間だったらそう思うはずである。実際エステルはそう思った。

「――さて。お仕事頑張ってくださいね、エステル」

ヴィルヘイズ中尉は暢気にお饅頭を食べていた。

意味がわからない。わからないけれど頑張るしかない。これが第七部隊の洗礼だというのなら喜んで浴びようではないか。庭のほうで鳴り響く爆音を聞きながらエステルは深呼吸をした。

そうしてギュッと拳を握る。

――絶対に挫けたりするもんか！

エステルが頑張る理由はもう一つあった。

故郷の温泉街には病気で寝込んでいる妹がいる。

彼女を元気づけるためにも、姉が軍人として立派に役目を果たしている姿を見せたい。

こうしてエステル・クレールの地獄のような日々が幕を開けた。

ちなみにムルナイト宮殿で行われていた饅頭争奪戦はフレーテ・マスカレール閣下によって鎮圧されたという。コマリン閣下はお詫びとして五百個の饅頭（間に合わなかったやつ）を差し入れしたが、激怒したマスカレール閣下に決闘を申し込まれたらしい。

エステルにとっては雲の上すぎて理解できなかった。

☆

「クレール少尉。悪いことは言わん——合わないと思ったらすぐに逃げるんだぞ」

「大丈夫です！　私だって帝国軍人の端くれですから！」

「……帝国軍人の八割はうちの部隊を見て閉口するものだがな」

前を歩く獣人が複雑そうな表情でそう言った。

ベリウス・イッヌ・ケルベロ中尉。

特殊班がたむろしている場所まで案内してくれるというのだ。

この獣人は第七部隊においてコマリン閣下の次に目立っているといえよう。吸血鬼の集団の中で犬頭が暴れていれば嫌でも注目は集まる。どんな経緯で帝国軍に入ったのかは不明だが、ヴィルヘイズ曰く「彼はムルナイトの魔核に登録された稀有な獣人ですよ」とのこと。種族による差別がない職場はやっぱり素晴らしいな、とエステルは思う。

しばらく歩くと七紅府の裏手にたどりついた。

ベリウスが足を止める。そこに聳えていたのは倉庫らしき建物だった。

手入れがなされていないのだろう。壁は黒ずんでいるし至るところに罅が入っている。さらにスプレーか何かで妙ちくりんな落書きが施されていた。髑髏やオバケのイラストはまだいいが、声に出して読むのも憚られるような単語や文章まで書き殴ってある。

「なんですか……この不良の巣窟みたいな場所は」

「もともとは武器庫だったそうだ。しかし特殊班の連中が制圧して根城にしている」

「ちょっと意味がわからないんですが……」

「そもそもだな」ベリウスは困ったように頭を掻いて言った。「お前のような人間にやつらをまとめられるとは思えん」

「それは……どういう意味でしょうか?」

「大人しくヴィルヘイズ中尉の部下になったほうが平和的だと思うのだがな。やつらの世話は軍学校出身の人間には荷が重すぎるだろう」

「っ……」

おそらく自分は自信に満ち溢れているのだろう。

そういうことを言われると少しムッとしてしまうのだ。

「──ケルベロ中尉。私が未熟者であることは百も承知です。しかし何事もやってみなければわかりません。だいたい、私はそのヴィルヘイズ中尉から言われて特殊班の班長を引き受けたのですよ？」

「それはわかっている。しかし──、」

「わかっていませんっ！」

ぐいっと背伸びをして睨みつけてやった。

「確かに不安もありますけれど……でもヴィルさんは私が班長に適任だと思ったから任命してくださったんです。異議があるならヴィルさんにお願いしますっ！」

「あのメイドは割と適当なことを言うぞ」

「ヴィルさんは私のことを正当に評価してくれているのだと思います！」

視線と視線がぶつかる。ベリウスはたじろいだように目をそらした。

そうしてエステルはハッとした。これは上官にとるべき態度ではない。でもこの人、エステルが小さい頃に飼っていた犬に似ているのだ。別に侮っているわけじゃないが、他の隊員よりも話しやすい気がする。

「も、申し訳ありません。失礼いたしました……」

「いやいい。わかった。悪かった。お前は命令通りに動けばいい。ただ……」

ベリウスは言いにくそうに口を開いた。

「特殊班の連中は第七部隊の悪いところを煮詰めたような吸血鬼どもだぞ。覚悟だけはしっかりしておけ」

「悪いところ……？　具体的にはどんなところでしょうか」

「脈絡もなく殺しにかかってくるところだ」

「………………」

そんな軍人が存在してたまるかと思う。きっとこの獣人はエステルのことを怖がらせようと思っているのだ。軍学校の先輩も新人いびりに悩んでいると言っていたし。特殊班の実態としては「仕事さぼって遊んでばかりいる不良の集まり」といったところが妥当(だとう)だろう。

「……皆さんはこの中にいるんですか？」

「ああ。基本的にここで暮らしているらしい。噂によれば地下にアジトがあって、城下町で盗んできたものを食っているとか」

それが本当ならただの犯罪集団である。

やっぱり新人いびりに違いない。そんなモノに屈してたまるものか。

エステルは負けん気を振り絞って扉に手をかけた。

そのとき、ふと誰かの笑い声のようなものが聞こえた。どうせ中でどんちゃん騒ぎをしているのだろう。こうなったら私が上官として徹底的に根性叩き直してやる！――そんなふうに決意を固めながら扉を開け放ったときのことだった。

――ひゅんっ

何かがほっぺたスレスレを通り過ぎていった。

「え？」

エステルは不思議に思って背後を振り返った。

そこに立っていた木が斜めに切断されている。切断面より上半分がゆっくりと滑り落ちてゆき――ずどおおおん！　という爆音を立てて地面に倒れ伏した。

「……え??」

「――惜しいッ！　外れちまったなァ!!」

怪鳥のような甲高い爆笑が響き渡った。驚いて視線を倉庫内に向ける。

そこにはムルナイト帝国の軍服を着崩した吸血鬼たちがたむろしていた。人数にして三十人弱だろうか。どいつもこいつも堅気らしくない面構えの猛者たちである。

エステルは驚き呆れて立ち尽くしてしまった。

――この人たちが私の部下？　どう見てもゴロツキじゃない！

倉庫内はひどいものだった。そこらじゅうに酒瓶だの煙草の吸い殻だのが転がっている。ついでに死体も転がっている。血のついたノコギリだのハンマーだのも転がっている。ロン毛の吸血鬼がじゃらーん！　とギターを鳴らしてメタルを奏で始めた。彼のヘッドバンギングに合わせて吸血鬼どもが「フォウォウォウォウ!!　コマリン!!　コマリン!!」と奇声をあげる。

そうしてエステルは気づいた。

後ろの木が真っ二つになったのは攻撃されたからなのだ。

ベリウスは言った——「脈絡もなく殺しにかかってくる」と。

どうやらあれは新人いびりでも何でもなかったらしい。この怖すぎる光景を一目見ただけで理解できてしまった。

「——おいおいおいおいベリウス。なんだその小娘は？」

スキンヘッドの男が近づいてきた。

指先に魔力が滞留している。さっき魔法を放ったのはこの男に違いない。

「ここは泣く子も黙る第七部隊第六班のホーム・スタジアムだぜ？　デートしてぇなら水族館のイルカショーにでも行きな。俺(おれ)たちのオモテナシを受けたいってのなら話は別だがよォ」

ギロリと睨まれた。

エステルは思わずベリウスの背後に隠れてしまった。

怖い。軍学校の不良なんて目じゃない。なんでこんなのが帝国軍人やってるんだ。

「無闇(むやみ)に脅すな」

ベリウスがエステルを庇(かば)うように一歩前に出た。

「今日は人事指令があって来たのだ。戦闘をしに来たわけじゃない」

「人事指令ぇ？　もしかしてこの俺様〝鎌鼬のウヌンガ〟を班長にするって指令か⁉　だったら大歓迎だぜ！　やっとコマリン閣下に俺の実力が認められたってことだ！」

「はあ⁉」「ふざけんなゴラ」「誰がそんな指令を出したんだ⁉」「殺すぞオラァ‼」――他の隊員たちが血走った目でスキンヘッドを睨みつける。エステルは生きた心地もしなかった。いまこの場で殺し合いが始まってもおかしくない。というか絶対さっきまで殺し合いしてた。

「落ち着けウヌンガ。班長はお前ではない」

「んだと⁉　殺し合いをして決めろってのか⁉　上等だぜ――」

「そうではない！　新しく班長になるのは――このエステル・クレール少尉だ」

「ふぇ⁉」

いきなり肩をつかまれて前に突き出された。

男は「はあァ？」と素っ頓狂な唸り声をあげた。

「……この小娘が班長？」

「そうだ」

「何かの冗談じゃねえのか？」

鎌鼬のウヌンガが品定めをするように睨み下ろしてきた。さらに倉庫内のゴロツキどもが猛獣の視線でこちらを射殺そうとしてくる。エステルはすっかり萎縮してしまった。

ベリウスが「ではクレール少尉」と改まったように開口した。

「私の用は済んだ。後は六班の連中とよろしくやってくれ」

「待ってくださいッ！」

がしッ！――と立ち去ろうとするベリウスの腕にしがみついた。

「一人じゃ無理ですっ！　この人たち人殺しの目をしていますっ！」

「は……放せ！　先ほど『何事もやってみなければわからない』と言ったではないか！」

「うぐっ……それは、そうですけど……！　そうですけどぉっ……！」

やってみる前にわからされてしまいそうだった。

もう泣きそうである。最初の任務にしては大役すぎます！――そんな感じで藁にも縋る思いでベリウスの瞳を見つめていると、やがて彼は「はあ」と溜息を吐いてスキンヘッドの前に立ちはだかるのだった。

「――おいウヌンガ。クレール少尉は軍学校を出たエリートだ。班長として申し分ない実力を備えている。そう邪険に扱うものではないぞ」

「なぁベリウスよ。その少尉サマは誰の命令で第六班の班長に就任したんだ？」

「ヴィルヘイズ中尉の命令だ」

「コマリン閣下の命令じゃないのか？」

「閣下は基本的に隊の人事権をメイドに委任している」

「じゃァ～～～～～聞くわけにはいかねェなァ～～～～～!!」

スキンヘッドが中指を立ててきた。

「俺たちが朝起きるとともに南南西の方角に向かって三跪九叩頭の儀式をしている理由を知らないわけじゃねえだろ⁉」

「知らん」

「コマリン閣下のご自宅がその方角にあるからだよッ！　いいか、俺たちはヴィルヘイズに仕えているわけじゃねえ。コマリン閣下をお守りするために第七部隊にいるんだッ！　なあそうだろう野郎ども⁉　俺たちはいったい何だ⁉」

「「「コマリン閣下の忠実なる下僕‼」」」

「だよなァ⁉　いくらヴィルヘイズが閣下の友達だからって命令を聞くわけにはいかねェんだよ――何故なら俺たちはコマリン閣下のためだけに戦う最強軍団だからな！　戦って戦って戦って……そして死んで生まれ変わってニワトリの卵に転生してオムライスに調理されてあわよくば閣下の胃袋に収まることが人生の野望ッ！　コマリン！　コマリン！」

「「「コマリン！　コマリン！　コマリン！　コマリン！」」」

……………………。

…………。

……こいつらヤベえヤツなのか？

「つーわけだ！　よくわからねえ人事なんざ却下だ却下！」

「そうは言ってもな。書類上はすでにクレール少尉が班長になっているのだが」

「知ったことか！　だいたいなァ、こんな小娘に第六班を纏められるわけねェだろ!?」

スキンヘッドに呼応して吸血鬼どもが「そうだそうだ！」と絶叫した。

「学校出身のお勉強組に第七部隊は似合わねえんだよ！　こういうヤツにはフレーテ・マスカレールの頭お花畑部隊がぴったりだぜッ！　それが嫌なら荷物まとめて田舎に帰りな！」

「そうだそうだ！」「ウチは実力至上主義の精鋭集団！」「ここにいる全員が路地裏で泥水啜ってきたんだ！」「言うなれば汚物！」「てめぇに汚物になる根性はねぇよなァ!?」「お前みたいな可愛い子にこんな掃き溜めは相応しくねぇ!!」「別の部隊で可愛がってもらいなッ!!」「フォウウォウウォウ!!」――吸血鬼たちは罵倒を叫びながら倉庫内を跳ね回っている。

なんだこれ。なんだこれ。

え？　あれ？　目から涙がぽろぽろと。

軍学校でも泣いたことなんてなかったのに。

「――処置なしだな。クレール少尉、大丈夫か？」

ベリウスが心配そうな目でこちらを見つめてくる。

大丈夫ではなかった。ショックすぎて死にそうだった。いくらなんでも真正面から「田舎に帰りな！」なんていう暴言を吐かれるとは思ってもいなかった。

でも――ここまでコケにされて黙っているわけにはいかない。

病気の妹のためにも頑張らなくてはならないのだ。

エステルは軍服の袖で涙を拭うと、ありったけの勇気を振り絞って声を張り上げた。

「――私はっ！　エステル・クレール少尉ですっ！　今日から第七部隊第六班・特殊班の班長に就任しました！　あなたたちには以後私の指示のもと行動していただきますっ！　とりあえずこの散らかった倉庫の掃除を――」

「しまったもう十二時だッ!!　今日の『班長決め死闘』を始めるぞォ――――ッ!!」

「「「うおおおおおおおおおおおぉぉぉぉぉ――――!!」」」

無視された。

エステルの言葉なんてそよ風でしかないらしい。彼らはそれぞれ武器を握ると何の脈絡もなく殺し合いを始めるのだった。次々と死んでいく部下たち（暫定）を眺めながらエステルは思う――なんで私はこんなところに来ちゃったのかなぁ、と。

「う、うう、ううううう……！　私の話を聞いてよぉっ……!!」

「泣くな。第七部隊はこういうところなんだ」

「で、でもぉっ……！　ケルベロ中尉っ……！」

「今日は出直すといい。やつらの殺し合いは全員が死ぬまで終わらんぞ」

異次元すぎて頭が爆発しそうだった。

というか目の前で人間が爆発していた。ベリウスが「ほら行くぞ」と顎で示してくる。

エステルは涙を流しながらその場を後にするのだった。

☆

書類上においては「ムルナイト帝国軍第七部隊ガンデスブラッド隊第六班・特殊班班長エステル・クレール少尉」となっているらしい。

しかしそれはあくまで書類上にすぎなかった。

第六班の連中はエステルの言うことを少しも聞いてくれないのである。

あの衝撃的な顔合わせ以降、足しげく第六班のホームグラウンド（倉庫）に通って説得を試みた。しかしやつらはエステルのことなんて雑草くらいにしか思っていないようで、どれだけ「言うこと聞いてください！」「次の戦争の作戦を立てますよ！」と叫んでも通じなかった。

酒を吞んだりケンカをしたりコマリンコールを絶叫したり。こちらに直接手出ししてこないのは幸いだが、これだけ無視されれば心のほうがズタズタに傷つくのは道理だった。

その最たる例が先日のエンタメ戦争であろう。

ラペリコ王国のペンギン部隊が宣戦布告してきたのである。ヴィルヘイズ曰く、やつらは他の獣人たちと違って冬眠しないタイプらしい。いや冬眠しないタイプって何だ？　と思ったが深く突っ込まないでおいた。

そんなことよりエステルにとっては初めての実戦である。

軍学校で鍛錬を積んできたのはこの日のためといっても過言ではない。コマリン閣下の戦績に泥を塗らないよう一生懸命頑張ろう!、エステルはそんな感じで気合を入れていた。

決戦の朝、帝国軍女子寮の自室で支度をしていると、化粧台の上に置いてあった通信用鉱石が光を発した。

『――おはようございますエステル。今日もいい朝ですね』

「ヴィルヘイズ中尉……じゃなくてヴィルさん! おはようございますっ! 本日はどのようなご用命でしょうか⁉」

『いえ。緊張で寝坊するといけないのでモーニングコールを差し上げただけです』

そのクールな物言いには隠しきれない優しさが含まれていた。

ヴィルヘイズ中尉はエステルのことを何かと気にかけてくれるのだ。人間の言葉が通じない部下たちに振り回されている身としては涙が出るほどありがたかった。

「お気遣いありがとうございます……! でも目覚めはすっきりです。今日のために色々と準備をしてきましたので」

『それはけっこうです。ところで部下たちとコミュニケーションは取れていますか?』

「うっ……それは……」

いちおう今日の戦いにおける特殊班の運用戦術は考えておいた。しかし彼らがエステルの命令を聞いてくれるかどうかはわからない――いやわかる。絶対聞いてくれない。

だがなんとかするしかないのだ。何故ならエステルは彼らの上司なのだから。

『どうやら芳しくないようですね』

「そ、そんなことはありませんっ！　いえ……その……実はそんなことないこともないのですけど……根気強く接していれば振り向いてくれるはずですから！　そのためなら私はどんな苦行も喜んで行うつもりですっ！」

『では現在ムルナイト宮殿で暴れている特殊班をなんとかしていただけませんか？』

「へ？」

『他の部隊と揉めて決闘が始まったみたいですね。このままではラペリコ王国との戦争どころではありません。修復途中の宮殿の建築物がみるみる再破壊されています』

「…………」

顔が真っ青になっていくのを自覚した。


エステルは髪を梳かすのも忘れてムルナイト宮殿へと急行した。

まず目に飛び込んできたのは死体の山である。

帝国軍に入隊してはや一週間。部下が死んでいく光景は幾度となく目撃してきたが、今回のこれは単に仲間割れをして全滅したという感じではない。何故なら彼らを討伐したであろう軍隊の姿が見えたからだ。

「――あら？」

死体の山の前に立っていた吸血鬼がこちらに気づいた。貴族然とした立ち居振る舞いの女性である。細剣(レイピア)についた血液を振り払いながら威圧的な視線をこちらに向けてくる。

「あなたはどこの部隊ですか？　ご心配なさらずとも蛮族なら退治いたしましたわよ」

フレーテ・マスカレール七紅天大将軍。

軍学校に数々の伝説を残していった最強の卒業生である。

「まったく呆れたものですわね！　つい先週も暴れたばかりだというのに！　あなたも清く正しい軍隊生活を送りたければ第七部隊には関(かか)わらないのが賢明ですわ！」

ギクリとした。むしろエステルは第七部隊の幹部そのものである。

フレーテは忌々しそうに眉(まゆ)をひそめて溜息を吐いた。

「バシュラール！　ガンデスブラッドさんを呼び出してくださいっ！――まったく、あの吸血鬼は何を考えているのかしら。いいえ何も考えてないに決まっていますわっ！　この間も私の顔を見るなりバケモノにでも遭遇したかのような表情で回れ右をして……！　ああもう許せませんッ！　あなたもそう思いませんか⁉」

「えっと……」

「――おいフレーテ。こいつらは第七部隊でも過激派として知られる特殊班の連中だぞ」

エステルはぎょっとした。

音もなく仮面の吸血鬼が現れたからである。

見覚えがあった。七紅天大将軍デルピュネー。

彼（彼女？）は帝国軍で支給されるドッグタグをつまんでいた。どうやら鎮圧した吸血鬼の軍服から奪い取ったらしい。エステルは目を凝らして刻まれている文字を読み取った。

――『第七部隊特殊班曹長ゴル・ウヌンガ』

「特殊班？　何ですのそれは」

「ようするに歯止めのきかない獣ということだ。私の部下の報告によれば、この騒動は『閣下Tシャツ』の限定品を巡って勃発したらしい」

「は？」

「テラコマリの顔が描かれたTシャツだ。新年祝いの限定品として〝お寝坊コマリ〟を製作したらしいのだが、これが限定百着しか販売されないらしくてな。ひとり入手したやつがいて殺し合いが巻き起こった」

「知りませんわそんなことッ!!」

「これが押収した品だ」

「いりませんわこんなものッ!!」

バシッ!!　とフレーテがデルピュネーの手を引っ叩いた。

Tシャツがひらひらと地面に落ちる。私もあれ欲しいな――いやいやそうじゃない。

軍学校に通っている者でフレーテ・マスカレール&デルピュネーのコンビを知らない者はいない。学年はエステルよりも五つほど上。同時期に在籍していたことはないが、その信じられないような噂は耳にタコができるほど聞いている。

成績のツートップは常にこの二人だったとか。当時荒れに荒れていた軍学校の生徒たちを一人ずつ殺して風紀を正していったとか。挙句の果てには学生の身分でありながら当時の七紅天に決闘を挑んで打ち負かしたとか。それゆえに校長ですら廊下ですれ違ったときは土下座をして道を譲ったとかなんとか。

とにもかくにもスゴイ人たちなのである。

そんなスゴイ人たちを前にして平気でいられるほどエステルは世間ずれしていなかった。

「――もういいですわ。これからガンデスブラッドさんに直談判しに行きます。前回は『銅像の手入れをしなくちゃいけない』などと適当なことをほざいて逃げましたからねッ！　今度こそ地獄の果てまで追いかけて問い質してやりましょう！」

「とはいってもな。正直これはテラコマリの手に負える案件ではないと思うぞ」

「なんですの？　ガンデスブラッドさんの肩を持つつもりですか？」

「そうではない。テラコマリが強大な烈核解放を持っていることは確かだが、発動していない状態ではただの小娘にすぎない、ように見える。それはフレーテもわかるだろう？」

「それはまあ……そうですけれど」

「軍隊のぐの字も知らぬ小娘にこの野獣どもを御せるとは思えん。つまりこいつらを真に管理運用すべきなのはテラコマリの隊の幹部連中なのだ」

「そうだとしてもッ！　結局ガンデスブラッドさんの責任ですわ！」

「お前の気持ちはわかる。わかるが……私は特殊班の班長とやらがしっかりしていれば今回の事件は起きなかったと思う。なあエステル・クレール少尉」

そう言ってデルピュネーはこちらに向き直った。

仮面の奥から鋭い眼光が溢れ出してくる。急に名前を呼ばれて奈落に突き落とされたような気分になった。この人はエステルが何者であるかを正確に理解しているのだ。

デルピュネーは困惑するフレーテを置き去りにしてゆっくり近づいてきた。

「軍学校の後輩からお前の情報は上がっているぞ。すべての科目において一等の成績を記録して卒業したエリート。そして現在は第七部隊に配属されて小隊を――そこで死んでいる特殊班を受け持っているらしいな。つまりお前がきちんと部下の面倒を見ていれば殺し合いは起きなかったというわけだ」

「も……申し訳ありませんっ……‼」

「謝って時間が巻き戻るのならいくらでも謝るといい――ちなみに私が率いる第四部隊は皇帝陛下から『宮殿修復係』に任命されている。昼夜を問わず寝る間も惜しんでムルナイト宮殿の修繕にあたっていたのに、お前の班の連中が暴れたせいでパァだ。これはもうリストカットしたくなってくるな。最近貧血気味で困っているというのに……」

「えっと、その、貧血にはブロッコリーがいいと聞きましたが……」

「そういう問題ではない」

確かにそういう問題ではなかった。七紅天から直々（じきじき）にお咎（とが）めを受けるなんて思ってもいなかったので思考回路がおかしくなってしまっている。

「私はお前の直接の上官ではないから滅多（めった）なことは言わん。だが相応の落とし前をつけてもらわなければ――」

「――デル！　あんまりイジめるものではありませんっ！」

フレーテが呆れたようにデルピュネーの腕をつかんだ。

「後輩だからって調子に乗るのはやめなさいな。クレールさんが困っていますわよ」

「しかし。私があれだけ苦労して整えた芝生が穴ぼこに……」

「誰にだって失敗はあるものです。広い心でもって許してあげるのが将軍としての務めではありませんか？」

「テラコマリのことは許さないのか？」

「それはそれです。――クレールさん。デルピュネー将軍もあなたを責めるつもりはありません。言い過ぎたことについては許してあげてくれませんか？」

エステルはすっかり恐縮してしまった。世間では〝高飛車貴族〟などと呼ばれることもあるらしいが、実物のフレーテ・マスカレール閣下は意外にも優しかった。

「い、いえ！　こちらこそ……監督不行き届きで……！」

「そうですね。その点についてはあなたに非があるのは確かです」

「………」

「デルも私もねちっこく糾弾するつもりはありませんわ。しかし自分のミスは自分で取り戻すのが社会的な常識です。というわけで――ここの後片付けはあなたにお願いしましょう。エステル・クレール少尉、それで構いませんね？」

目の前に広がっているのはボロボロになった中庭の風景。

そして山のように折り重なった吸血鬼たちの死体。特殊班のみんながこの有様ではどのみちエンタメ戦争には参加できない。こうしてエステルの初陣は幻となったのである。

結局デルピュネーの手伝いという形になった。

「私が一人でやります！」と宣言したのだが、デルピュネー曰く「建築知識のないやつには任せられん」とのこと。正論が刺さりすぎて口を利くこともできなくなってしまった。

なんとか庭は元通りになったものの、石材やら木材やらを何度も運ばされたため全身が悲鳴をあげている。

で、デルピュネーから「もういいぞ」と言われる頃にはすっかり陽が傾いていた。

エステルは自室のベッドに倒れ込むと深い溜息を吐いた。

――その様子ですと第六班は戦争には出られませんね。エステルはデルピュネー殿の指示に従って宮殿の整備を行ってください。

ヴィルヘイズ中尉からはそんなふうに言われた。

せっかくの初陣だったのに。軍人としての役目を果たせる機会だったのに。コマリン閣下の勇姿が見られるチャンスだったかもしれないのに――すべてが台無しだった。

それもこれも第六班の吸血鬼たちのせいなのだ。

「もーっ！　ほんとにムカつく！　何なのあいつら！」

エステルは枕を壁に向かって放り投げた。

わかっている。彼らをまとめ上げることができない自分の手腕にも問題があるのだ。しかしそれ以上に第六班の横暴は目に余る。軍人なら上官に従うのは普通じゃないのか？　いやあの大馬鹿野郎どもは普通じゃない。普通じゃないからエステルが悩む羽目になるのだ。

「私が！　こんなにっ！　苦労してるのにっ！　殺し合いはするなって言ってるのにっ！　なんでわかんないのっ！　倫理観おかしいよっ！」

吊るしてあったサンドバッグを殴る。何度も何度も殴る。勢いのついたサンドバッグが戻ってきて顔に激突した。ぐえっと悲鳴が漏れる。背後にごろごろ転がって数秒沈黙。そうして床に伏しているうちにだんだん罪悪感が膨れ上がってきた。

そうだ。責任を他人になすりつけてはいけない。すべて自分が未熟なのが原因なのだから

――そんなふうに静かに思考をしていると隣の部屋から呟くような声が聞こえてきた。

五月蠅かっただろうか？　と不安になってしまったが違うらしい。

お隣さんは「コマリさんコマリさんコマリさん……」と呪文のように殺戮の覇者の名前を唱えていた。ここに引っ越してきて一週間ちょっと。どうやら隣も常軌を逸したコマリンファンらしく、壁が薄いこともあって頻繁に奇妙な声が聞こえてくるのだった。

「コマリさん。私のオムライス美味しいですか？」

「えへへ。嬉しいです。いつでも作ってあげますよ」

「私が食べさせてあげます。はい、あーん……って駄目ですよ！　それオムライスじゃなくて私の指ですからっ……！　きゃっ、急に血を吸わないでくださいっ！　もうっ！」

ときおり返事をしない誰かと会話をしているけれど気にしたら負けだ。

そんなことよりも今後のことを考えなければならない。

故郷には病気に侵された妹がいる。彼女は根っからのコマリンファンだ。エステルが第七部隊に配属されたことを伝えると、それまで何を言っても生返事しかしなかったあの妹が、年相応に目を輝かせて「すごい」と呟いたのだ。

姉が挫けていたらいけない。

妹を元気づけるためには自分が頑張るしかないのだから。

☆

さらに三日後。

エステルをはじめとした第七部隊の尉官はガンデスブラッド閣下の執務室に集められた。

集めたのはヴィルヘイズ特別中尉である。毎週金曜日に幹部会議が開かれるらしい――しかし先週はケンカが勃発してベリウス以外のメンバーが死んでいたのでナシになったとか。

つまりエステルにとっては初めての幹部会議だった。

「――さて。それではさっそく会議を始めたいと思います」

ヴィルヘイズが何故かコマリン閣下の椅子に堂々と座りながら口火を切った。

「ちなみにコマリ様は皇帝陛下とお食事のため出席できません。陛下の紅茶に毒でも盛ってやりたいところですが今日のところは我慢しておきましょう。そして今回の議題ですが――」

「特殊班の現状についてだろう」

ベリウス・イッヌ・ケルベロ中尉が口をはさんだ。

「プロヘリヤ・ズタズタスキーの部隊に対抗するためには我々も組織立った動きをする必要がある。そしてそのためには第六班・特殊班の統率が取れていることが望ましい」

エステルは気分が沈んでいくのを自覚した。

あれから三日――フレーテに殺された部下たちは魔核で全員蘇った。

しかし彼らに反省の色など少しも見えなかった。箸が転んでも殴り合いを開始するような有様である。当然エステルの指示なんて聞いてくれるはずもない。この調子だと超殺戮大感謝祭でも自滅覚悟の特攻をするに決まっていた。

「そういうベリウスは自分の部下をまとめられているのですか？　先日饅頭の取り合いをして全滅したのは主にあなたの部隊ですよね？」

挑発的な態度でそう言ったのはカオステル・コント中尉である。

第七部隊では広報を担当。類稀なる空間魔法を操るエースらしいが、ヴィルヘイズ曰く「やつは幼女誘拐の疑いがあるので近づかないほうがいいですよ」とのこと。この重要な会議でも閣下Tシャツ（恥じらいコマリ）を着ている。明らかにヤバイにおいがする。

「うちの部隊はいいだろう。問題は特殊班なのだ」

「そもそも第七部隊に統率など必要ないと思いますがね。ウチは特攻と暴走で勝利を重ねてきた最強の部隊ですよ？　蒼玉風情にわざわざ方針を変えることはありません」

「お前、仮にも第七部隊の参謀を自称していなかったか……？」

「ええ参謀ですよ。参謀として作戦を考えた結果、作戦は必要ないという結論に至りました」

「コント中尉は適当なことを言っていますが、プロヘリヤ・ズタズタスキー相手に突撃したところで銃弾の的にしかなりません。やはり今回は作戦を練ることが肝要かと思われますが――エステル。特殊班は現在どのような様子でしょうか？」

びくりとしてしまった。

その場の人間の視線がこちらに集中する。エステルはガタリと椅子から立ち上がった。

「……仲間割れを起こすことが少々あります。勤務時間中にお酒を呑んだり煙草を吸ったりと問題行動も見られます……。……でも！　私がいずれ統率の取れた班にしてみせます！　少なくとも指示が無視されない程度には……」

「超殺戮大感謝祭は次の日曜日ですが？」

「うっ……それは……」

ヴィルヘイズから下された命令は「超殺戮大感謝祭までに第六班をまとめ上げること」。エステルの初めての任務はこの時点で失敗したも同然だった。

いや――まだだ。まだ時間は少しある。自分は今まで様々な困難を乗り越えてきた。今回だって死ぬ気で頑張ればなんとかなる。挫けるんじゃないエステル・クレール――

「――はッ！　無理に決まってるだろお前には」

不意に嘲(あざけ)るような声が聞こえてきた。

エステルの正面。金髪の吸血鬼――ヨハン・ヘルダース中尉がこちらを睨んでいた。

「特殊班の連中がお前みたいな小娘に靡(なび)くわけねーよ！　この僕ですらあいつらには呆気(あっけ)なく

殺されたんだからな！　お前みたいな根性ナシにゃ班長どころか第七部隊の隊員も務まらねえんだ。というか軍人すら向いてないんじゃないか？」

「そ、そんなことはありませんっ！　軍学校で勉強してきましたので――」

「あーあー無理無理無理！　軍学校ってあれだろ？　お辞儀の仕方とか紅茶の飲み方とかを勉強する場所だろ⁉　人間を一人だって殺したこともないようなガキが粋がるなよ」

「っ……じゃ、じゃあヘルダース中尉は何人殺してきたんですか⁉」

「お前は今まで殺した人間の数を覚えているのか？」

「ゼロ人ですっ！　だって……私はまだ軍人になったばっかりだから……」

「知ったことか！　ウチの連中は軍人になる前から人殺しをしてきたような犯罪者ばっかりなんだよ。お前みたいな甘ちゃんには帝国軍なんて似合わないんだ！」

犯罪自慢してどうするんだよ。ばか。あほ。――とは思ったが口には出さなかった。

もちろん自分が未熟であることは理解している。でも何故ここまで言われなければならないのか理解できない。やっぱり帝国軍において「お勉強組」は嫌われるようだ。軍学校出身の者が多いフレーテ・マスカレール閣下とかの部隊を希望しておけばよかったのだろうか。

でも違う。自分はコマリン閣下のもとで働きたかったのだ。

第七部隊で頑張っていこうと決意したのだ。

だけど――

「ってなわけだ。わかったら大人しく真っ当な会社にでも就職しな」

「おい糞餓鬼。それくらいにしておけ」ベリウスが言った。「クレール少尉だって努力しているのだ。知りもしないのに責め立てるのはよくない」

「知ったことか！　むしろ責め足りないくらいだぜ――――ん？　え？」

あれ。まずい。涙が――涙が止まらない。

この程度で泣いていたら益々馬鹿にされるだけなのに。なんか最近色々と上手くいかなすぎて感情の起伏がおかしくなっている。もうだめだ。また恥をさらしてしまった。

「うっぐ……ひっく……み、見ないで……ください……」

ヨハンが動揺して立ち上がった。

「……いや……あの。そんな泣くほどのことか？」

「泣いてなんかいません……目にゴミが入っただけで……」

「――女性を泣かせるとは最低ですねぇヨハン。これは首を吊って詫びるべき案件だと私は思いますよ」

「はぁ!?　僕はそんなつもりじゃ……」

「イエーッ！　お前はヨハン、好物チャーハン、女泣かせの常習犯。ヨハンのケツに蒙古斑」

「意味わかんねぇよぶっ殺すぞ!!」

メラコンシー大尉が「おや。雨が降ってきたな」とハンカチを渡してくれた。

頬を拭いながらエステルは思う——自分はこんな状態でいいのだろうかと。

私は何のために第七部隊にいる？　同僚や部下から「田舎に帰れ！」と中指を立てられるためでは断じてない。病気の妹のために、コマリン閣下のために、そして何より「軍人になって国のために戦いたい」という自分自身の夢のためにここにいるのではないか。

だったらこの程度でめそめそしている場合ではない。

それは頭ではわかっているはずなのに。

「——エステル。新人のあなたには少々荷が重すぎましたね」

ヴィルヘイズが優しい口調でそう言った。

しかしエステルのプライドはズタズタに傷ついていく。

「第六班の班長は保留にしておきましょう。ひとまず私の班の副班長になってもらいましょうか。第七部隊の仕事を目で見て学んでもらうのがいいですね」

「ま、待てヴィルヘイズ！　もうちょっとやらせてみたらどうだ……？　さすがにまだ二週間くらいだろ？　僕でも二週間であいつらを手なずけるのは難しいだろうし」

「おや？　さっきと言っていることが違いますが」

「べつにいいだろうが！　意見が変わることは誰にでもある」

「しかしですね。エステルは新人なのでこれ以上無理をさせるわけには——」

「——いえ。大丈夫です」

エステルはハンカチをポケットに突っ込んで立ち上がった。

胸に手を当て心を落ち着ける。そうして目の前のヨハンをキッと睨みつけた。

「私は……私はまだやれますっ！　コケにされたまま任務を放り出すわけにはいきません」

「いや、べつに僕はお前をコケにしたわけじゃ」

「いいえコケにされましたっ！　ここで逃げ出したら軍学校のみんなに顔向けできません！――ヴィルさん！　私は第六班・特殊班の班長として部下たちを纏めてみせます！　そして超殺戮大感謝祭で勝利に貢献してみせますっ！　だから班長の任を解かないでください！　どうかお願いいたしますっ！」

エステルはヴィルヘイズに向かって勢いよく頭を下げた。

それはヤケクソの勇気だったのかもしれない。

しかしヴィルヘイズは「わかりました」とクールに言い放つ。

「あなたがそこまで言うのならお任せします。特殊班を上手く調教してくださいね」

「はい！　必ずなんとかしてみせます！　では失礼いたします！」

よかった。まだチャンスが潰えたわけではない。さっそく部下たちのもとへ行こう――エステルはそんなふうに決意を固めると、上官たちに黙礼をしてから部屋を後にするのだった。

「お待ちください。まだ『コマリ像の二体目を建てるか否か』の議題が残っています」

「え……!?　も、申し訳ありませんっ！」

エステルは大慌てで部屋に戻ってきて椅子に座った。

恥ずかしすぎて顔を上げることもできなかった。

☆

しかしエステルの思いが結実することはなかった。

ウヌンガを始めとした特殊班の面々はついぞエステルのことを認めなかった。そうしてあれよあれよという間に超殺戮大感謝祭の日がやってきてしまった。

結論から言えば、第七部隊ガンデスブラッド隊は勝利することができた。

プロヘリヤ・ズタズタスキー六凍梁が風邪をひいて休みだったのだ。かわりに蒼玉たちを率いるピトリナ・シェレーピナ少佐は第七部隊のことを骨の髄まで舐めていた。

「――私の計算によれば！　吸血鬼なんてわざわざ戦略を用いるまでもなく捻り潰すことが可能なのです！　蚊！　まさに蚊みたいなものでしょう！　ベッドで魘されているお姉さまに蚊どもの断末魔をプレゼントして差し上げます！　さあ親愛なる蒼玉たちよ！　祖国とお姉さまと今晩のガルショークのために！　その粗末な命を燃やし尽くすのですっ！」

部下たちの「この人大丈夫なのか？」という視線を無視して全軍突撃を命令。

プロヘリヤは策を練って相手の意表を突くことを得意とするタイプである。ゆえに蒼玉たちにとってはピトリナの突撃戦法など不得手もいいところだった。一方で第七部隊は策など必要としない正真正銘の突撃バカ。そんな連中と正面衝突した蒼玉たちが蹴散らされていくのは自然の道理に他ならない。

エステルはほとんど何もすることができなかった。

特殊班は戦闘開始と同時に突進した。エステルがどれだけ「待ってください」「作戦を考えてきました」と叫んだところで意味はなかった。彼らに耳はついていないらしい。

そうしてエステルが右往左往している間にピトリナ・シェレーピナ少佐は大爆発してこの世から姿を消した。

一瞬だった。一瞬すぎて何が何だかわからなかった。

ただ一つだけわかることは――この戦争でエステル・クレール少尉は何一つ成し遂げられなかったということ。それだけだった。

☆

エステルはとぼとぼとムルナイト宮殿の敷地内を歩いていた。

倉庫に行った帰りである。今日も今日とて彼らの説得を試みたのだが――効果はなかった。そんなことよりお前も酒を呑もうぜ！　などと誘ってくる始末。班長としての命令以外の部分では意外にフレンドリーなのでギリギリ心が折れずにいるが、それでもさすがに限度というものがある。ちなみにエステルは未成年なのでお酒は呑めない。

「はあ……つかれた……」

七紅府の近くのベンチに腰を下ろした。

太陽が沈もうとしている。しばらく茜色の空を眺めていると無性に泣きたくなってきた。なんだか帝国軍に入ってから泣き虫になった気がする。それもこれも仕事が上手くいかないのが原因なのだろう。

こないだの超殺戮大感謝祭でも結果を残せなかった。

確かに第七部隊は勝利した。しかしそこにエステルが寄与したものは一つもない。

「……私って、いらない存在なのかな」

そんなふうに考えてしまうのも無理からぬことだった。

毎月お給料をもらっていることすら申し訳なくなってきた。

ヴィルヘイズ中尉に泣きついて班長を辞めさせてもらおうか。いやむしろ第七部隊ではなく他の部隊に変えてもらうように打診しようか——後ろ向きな気持ちが鎌首を擡げる。

そのときだった。

不意に冷たい風が吹き抜けていった。

「——どうしたの？」

エステルはびっくりして視線を隣に向けた。

びっくりしすぎて死ぬかと思った。

茜色の光を背にして小さな少女が立っていたのである。長い金髪と紅色の瞳が印象的だった。食べ物らしきものでいっぱいになった紙袋を抱えている。服装は帝国軍の制服――そして準一位の位階をあらわす〝望月の紋〟。

ということは。つまり。この人は……、いや。わざわざ階級章なんか確認するまでもないではないか。この人の顔はエステル自身がいちばんよく知っている。

「コマ……ガンデスブラッド閣下⁉　どうしてここに⁉」

「あれ？　私の名前を知ってるの？」

テラコマリ・ガンデスブラッド七紅天大将軍。

いったい何故この人がここにいるのだろう？　そういえば第七部隊に入ってから一度も話したことがなかった。というか自分は隊員として認識されているのだろうか。いやされていないのだろうな。だって「私の名前を知ってるの？」だぞ。隊員にそんなこと聞くはずないし。じゃあなんで声をかけてきたのだろう？――ダメだ。わからない。緊張で頭が破裂しそう。

でも無言を貫くのは失礼すぎる。

エステルは咄嗟に立ち上がって敬礼をした。

「あ、あのっ！　わ、わた、私はエステル・クレールと申しますっ！　第七部隊の特殊班の班

長をやらせていただいておりますっ……！」

「第七部隊？」

「はいっ！　つい二週間ほど前に着任いたしました！　ご、ご挨拶が遅れて本当に申し訳ありません」

自分で言っておきながらエステルは戦慄した。

着任して二週間も経つのに部隊長に挨拶をしていないなんて無作法にもほどがある。

殺されても文句は言えないな――と思っていたのだが。

何故かコマリン閣下はぽかんと口を開けて茫然としているのだった。

「え……？　うちの隊に入ってきたの？　なんで？」

「第七部隊への配属を希望いたしました。えっと……軍学校卒業時に希望を聞かれるので」

「でもエステルさんってどう見ても殺人鬼じゃないよね」

「申し訳ありませんっ！　殺人鬼になったほうがいいでしょうか⁉」

「いやいやいやならなくていいぞ⁉　むしろなってほしくない‼」

緊張のあまりコマリン閣下の言っていることがよくわからなかった。

エステルは失礼にならないようこっそり憧れの人を観察してみた。近くで見ると想像よりもはるかに小さい。身長はエステルと頭一つぶん違う。そして何より――可愛い。きれい。花みたいな良い香りがする。巷で一億年に一度の美少女と言われているだけのことはあった。

まずい。いったい何を話せばいいのだろう。無礼のないようにしなければ――

コマリン閣下もコマリン閣下でエステルのことをジーッと観察し始めた。頭のてっぺんから爪先まで見つめながら「そっか」「そうなのかぁ」「やっとうちにもマトモそうな人が……」などと感心したように頷いていた。やがて笑みを浮かべて手を差し出してくる。

「よ……よろしく！　私はテラコマリ・ガンデスブラッドだ！　七紅天大将軍なんてものをやらされている。是非仲良くしていただけると嬉しい」

「そんな！　仲良くだなんて……！　こちらこそよろしくお願いいたします！」

エステルは恐縮しながら握手に応じた。

まずい。手汗がにじんできた。閣下の手、ぷにぷにしてる。

「……ところで、こんなところに座ってどうしたの？　寒くない？」

「平気です。寒さには慣れていますので」

「なんか悩み事がありそうな雰囲気だったけど……」

「だ、大丈夫です！　閣下にご迷惑かけるわけには参りませんので！」

「うーむ」

コマリン閣下は紙袋を抱えたまま困ったようにこちらを見つめていた。

弱気な態度を見せてはならない。エステルは嫌というほど思い知ったのだ――第七部隊がとんでもない実力至上主義集団であるということを。弱音を吐けば「おまえクビな！」と追い出されるかもしれなかった。

しかしコマリン閣下は「ごめん」とばつが悪そうに頬を掻くのだった。

「実はさっきメイドから言われたんだよ――『あそこに困っている人がいるから助けてあげてください』って。まあ、私なんかに何ができるのかわからないけど……」

「え……？」

「向こうの厨房でお饅頭を作ってきたんだ。執務室で一緒に食べないか？」

拒否する余裕もなかった。

エステルはコマリン閣下に手を引かれて歩き出す。


「そうか。よくわかった」

七紅府の七階。テラコマリ・ガンデスブラッド将軍の仕事部屋である。

エステルは結局事情を話してしまった。

部下たちが話を聞いてくれないこと。学校で習ったことが何の役にも立たなかったこと。超殺戮大感謝祭では立っていることしかできなかったこと。

憧れの七紅天を前にして虚勢を張れるほど豪胆ではない。

というよりも――この人を前にすると内に抱えていた苦悩を洗いざらい吐き出してしまいたくなるのだ。初めて相対したテラコマリ・ガンデスブラッドからは奇妙な優しさと包容力、そして親しみやすさが感じられた。六国新聞で『殺戮の覇者』『ケチャップの帝王』『ＵＳＢ（アルティメット・スカーレット・バーサーカー）』などと謳われているのが嘘のようだった。

エステルは饅頭をかじりながらコマリン閣下の反応を待つ。

失望されただろうか？――そういう心配はすべて無駄となった。

「――ごめん！　本当に悪かった！」

「ふぇ？」

何故かコマリン閣下に謝られていたのである。

「ヴィルのやつも何を考えているんだ。せっかくの新人にわけのわかんない仕事を押しつけるなんて――いやそうじゃないな。私がしっかりしていればエステルが悩む必要なんてなかったんだ。本当にごめん」

「ち、違います！　これはすべて私の実力不足が原因なんです」

「そんなことない。あいつらを制御できる人間なんていないよ」

「でも……閣下なら簡単にまとめ上げることができると思います」

「エステルに無理なら私にできるはずがないよ。だってきみは軍学校できちんと勉強してきた優秀な吸血鬼なんだろ？　私なんて軍人になる前は部屋でぐーたらしてただけだしな――いや違った！　核領域を練り歩いてストリートファイトに精を出していたんだ！　小指で殺した人間の数は一億人をゆうに超え――いやいや違うんだ！　とにかく私よりエステルのほうがしっかりしてるはずだから！」

何が言いたいのかよくわからない。コマリン閣下にはこちらとの距離感を測りかねているような空気があった。なんというか……大切な秘密を話そうか話すまいか迷っている感じ。

でもエステルにはわかった。

この人は気を遣ってくれているのだ。こんなロクでなしの隊員に対して。

「……閣下。たしかに私は学校での成績は優秀でした。二番以下になったことはほとんどありません。先生や同級生からも『すごいね』ってよく言われてました」

「うん。私はそういう人材が欲しかったんだ」

「ッ……でも！　現実の部隊では何の役にも立ちませんでした……！」

自分ならどんな任務もこなせると思っていた。しかしそれは思い違いに過ぎなかった。エステルのちっぽけな自尊心は特殊班の吸血鬼たちによって散々に踏み荒らされてしまったのだ。

「自分がここにいる意味がわからなくなってしまったんです。実は……故郷に病気の妹がいるんですけど。私が第七部隊に配属されたことを伝えるとすごく喜んでくれたんです。ご存知ないかもしれませんが、六国大戦のとき、閣下のおかげで私の故郷は救われたんですよ？」

「え？　そ、そうなの……？」

「はい。だから私と妹はガンデスブラッド閣下のファンなんです。だから……あの子を元気づけるためにも私は第七部隊で頑張らないといけないんです。いいえ、妹のためだけではありません。私はガンデスブラッド閣下のような軍人になりたいんです。でも私にはその才能がないらしくって。向いてないんじゃないかなって思うんです。大人しく実家の温泉宿を継いでいればよかったのかな、なんて」

あははは、とエステルは乾いた笑いを漏らした。

ムルナイト帝国の吸血鬼にとって軍人は憧れの職業だった。多くの人々の期待を背負って他国と矛を交える——なんてキラキラした世界なのだろう。

おそらく自分のような才能のない吸血鬼は場違いなのだ。

人は〝ちょうどいい〟夢を抱かなければならない。分不相応な夢は自らを縛り上げる鎖のようなものだ。理想と現実の差異を認識するたびに絶望的な気分になってしまうから。

「そろそろ転職を考えたほうがいいのかもしれませんね。私にはもっとぴったりな職業があるでしょうから——」

「そ、そんなことないよっ！」

ぎゅっ。コマリン閣下の右手がエステルの右手に添えられた。

躊躇（ためら）いがちな、何かを迷っているような、しかし心の底からエステルのことを心配している温かい瞳が間近にあった。

「いや……そんなことないって言ったら失礼かもしれないけど……エステルは軍人としてやっていけるだけの素質があるはずだ。少なくとも私はエステルのことが必要だと思う」

「ど、どうしてですか……？　今日初めてお会いしたのに……」

「それはきみがマトモな人間だからだ」

マトモな人間？　どういう意味だ？

「えっとだな！　うちは三度の飯より殺し合いが大好きな殺戮集団なんだが、エステルのようにきちんと学校で勉強した人間がほとんどいないんだ。だから第七部隊にいい変化をもたらしてくれると……私は思っている」

それはヴィルヘイズ中尉にも言われた。しかし「学校で勉強した」という経歴は第七部隊においてはむしろ鼻つまみ者にされる要因でしかない。つまりデメリットなのだった。

「無理ですよ。だって……勉強が得意なだけじゃ軍人はやっていけないから……」

「私がきみの夢を応援するよ」

エステルはハッとして顔をあげた。

どこまでも誠実な紅色の瞳がこちらを見つめてくる。

「ひとりで抱え込むのはよくない。たぶんエステルは『自分で何でもやる！』っていう気分で特殊班のみんなに接していたのかもしれないけど、あんなやつらを一人で纏められるわけがない。纏められるやつはバーサーカーを超越した超バーサーカーに違いないよ」

「でも、特殊班の班長は私に与えられた任務なんですよ」

「七紅天大将軍も私に与えられた任務だ。でも私ひとりでこなしているわけじゃない」

「どういうことですか……？」

「年末の騒ぎで学んだんだ。私ひとりじゃ将軍なんてやっていけない。第七部隊のみんなや他の国の友達が支えてくれるから辛うじて仕事をこなすことができるんだ。本当にこなせているかわからないけどな……とにかく。エステルは私に相談してくれた。だから私はエステルが夢を叶えられるように手伝うよ。というかそもそも私はエステルの上司なんだからな。職場の環境を改善するのも仕事のうちだ」

コマリン閣下は「よいしょ」とゆっくり立ち上がった。

エステルは救われたような気分で小さな将軍の姿を見上げた。

この人にそう言われると勇気が湧いてくるから不思議だった。そうだ――吸血動乱のときもそうだった。エステルは宵闇に響く彼女の声に感銘を受けたのだ。

「私にできることならなんでもしよう。さっそく行こうじゃないか」

「え？　あの、どこへ行くんでしょうか？」

「特殊班の倉庫だよ。そうだな、万が一のことも考えてヴィルを連れていくか――もしもしヴィル？　困っている人の話を聞いたぞ。もう大丈夫だからこっちに来てくれ」

「ここにいます」

「わあああああっ⁉」

冷蔵庫の中からヴィルヘイズ中尉が姿を現した。最初から聞き耳を立てていたらしい。

コマリン閣下が通信用鉱石を放り投げて叫んだ。

「お前そんなとこで何やってんだ⁉」

「エステルの行く末が心配だったので盗み聞きをさせていただきました。でも大丈夫そうですね。コマリ様のおかげで彼女の顔色がよくなったようです」

なんだか恥ずかしくなってしまった。自分とコマリン閣下を引き合わせたのはこのメイドなのだ。どうやらこの人もエステルのことを心配してくれていたらしい。

「いや、それもそうだけど寒くないの⁉　そこ冷蔵庫だぞ⁉」

「冷却用の魔法石は破壊したので問題ありません」

「はあああああ⁉　私のプリンが入ってたのに！」

「プリンは私が食べておいたので問題ありません」

「問題大アリだこら‼」

ヴィルヘイズはコマリン閣下を無視してエステルのほうに向き直る。

そうして微かな笑みを浮かべて言うのだった。

「それではエステル。一緒に倉庫へ参りましょう。――大丈夫です、やつらが襲いかかってきてもコマリ様がものすごい魔法でまたたく間に殺してみせますから」

「おい、ハードル上げないでくれるか？　それはヴィルの役割で……」

「何を仰っているんですか？　部下の前ですよ？」

「そ、そうだったな！　心配するなエステル。きみには私がついている！　思う存分特殊班のやつらと対話するがいい！　あくまで対話メインで頼むぞ！　挑発したりするなよ！」

こうしてコマリン閣下に背中を押されて決戦に挑むことになる。

この人がついていてくれる――そう考えるだけで無敵になった気分だ。

☆

ムルナイト宮殿の外れにある倉庫。

エステルはコマリン閣下とヴィルヘイズに見守られながら扉に手をかけた。

毎日のように通っている場所。それにも拘わらず特殊班の吸血鬼たちは一度だってエステルのことを班長と認めてくれなかった。

だが今回は違う。コマリン閣下がついていてくれるのだから。

「こんばんは！　エステル・クレール少尉です！」

扉を力いっぱい開いて声を張り上げる。倉庫の内部では吸血鬼たちがいつものように屯していた。それまで響き渡っていた話し声がぴたりとやむ。

「――なんだぁ？　エステルじゃねえか。お前も一緒に大富豪するか？」

「しません！　本日は皆さんにお話があって来ました！」

エステルはずんずんと倉庫内に足を踏み入れる。

彼らは書類上の班長に向かって殺人鬼もかくやという視線を向けていた。

「皆さんもご存知の通り私は第六班の班長です！　次の戦争に勝利するためには統率の取れた班になる必要があります！　そこでいくつかルールを考えてきたのですが――」

「はっ！　そういう話だったら余所でやりな！　てめぇみたいな小娘に従う義理はねえ！」

「「「そうだそうだ!!」」」

吸血鬼たちはエステルを無視して大富豪大会を再開した。

やっぱりだめだ。認めてもらえない。

自分には班長としての素質がないのだろうな――そんなふうに奈落の底に叩き落とされた気分になる。しかし光明はエステルの背後から突如として差してきた。

「――おいお前ら！　エステルの話を聞いてやってくれないか!?」

ぴたり。

死んだように物音が消し飛んだ。しかしすぐにざわめきが巻き起こる。

「閣下……？」「閣下だ……！」「閣下がいらっしゃるぞ！」「どうしてここに!?」――そんな感じで驚愕と歓喜が広がっていく。まるで神の降臨を目の当たりにした信者たちのような雰囲気である。コマリン閣下は突き刺さる視線を気にもとめずに言葉を続けた。

「エステルはお前らの班長だろ！　班長をあんまり困らせるんじゃないぞ！　これ以上言って

も聞かないようならお菓子はもう作ってやらないからな！」

「「「「すみませんでしたッ!!」」」」

バッ!!――といっせいに吸血鬼たちが土下座した。

土下座の風圧でエステルは吹っ飛びそうになってしまった。

汚い床に額ずいて静止する吸血鬼の軍団。エステルはあまりの光景に度肝を抜かれてしまった。これがあの聞き分けのない特殊班のバーサーカーたちなのか……？

コマリン閣下は靴音を鳴らしながら彼らに近づいていく。

よく見れば土下座している吸血鬼たちが震えているのが見える。上司に怒られるのがよほど恐ろしいのだろう。こういう点からもエステルは実感させられるのだ――エステル・クレールはテラコマリ・ガンデスブラッドに及ぶべくもないという現実を。

「いちばん階級が高いのは……ウヌンガか！　どうしてエステルのことを無視したんだ？」

「そ、それは……」

スキンヘッドの男、鎌鼬のウヌンガが気まずそうに目をそらした。

「第六班にはルールがあるからです。いちばん強いやつが班長になるっていう……」

「だからって無視し続けるのはどうなんだ？　エステルの気持ちを考えたのか？」

「全部エステルのためを思ってのことなんですッ！　せっかく軍学校でちゃんと勉強したのにウチみたいな汚物集団に入ったらもったいないですから！　掃き溜めに鶴ですよぉ！」

「お前よくそんな自分たちを卑下できるな……」

「これは心の底から思ってることなんですがね……リーダーってのはリーダーに相応しいヤツがなるべきなんですよ。そして第七部隊の指導者に必要なのは一にも二にも〝強さ〟。実際ウチの幹部は強い吸血鬼ばかりでしょう？　ヨハンは例外なので後で殺しますが……つまりですね、エステルみたいな子はウチにいても怪我するだけだと思ってるわけです」

「おやウヌンガ曹長。コマリ様に対して言い訳をするおつもりですか？」

「えッ⁉　いやそんなつもりじゃ――」

「あーあ。コマリ様を怒らせてしまいましたね。明日の朝になると白骨化したあなたの死体が七紅府の入口に飾られていることでしょう」

「おいヴィル適当なこと言うんじゃねーよ⁉」

「申し訳ありません申し訳ありません申し訳ありませんっ‼」

「嘘に決まってるだろ‼」

ウヌンガは号泣して許しを請うていた。他の吸血鬼たちも戦々恐々として固まっている。

コマリン閣下は「とにかくだ！」と大慌てで話題をもとに戻した。

「お前らにも言い分があるのはわかった。でもエステルの事情も斟酌してやってほしいんだ」

「承知いたしました！　閣下がそう仰るのなら死ぬ気で斟酌いたします！」

特殊班の吸血鬼たちは飼い慣らされた犬のように平身低頭していた。

これで一件落着――なのだろう。

しかしエステルは胸の内にモヤモヤを感じてしまった。まったく難儀な性格だなと自分でも思う。コマリン閣下が解決してくれたのは嬉しい――しかしエステル・クレール自身が認められたわけではないのだ。コマリン閣下に頼りっぱなしな自分が情けなかった。

そんなエステルの内心を見抜いていたらしい。

ヴィルヘイズが「なるほど」と不敵に笑ってこんなことを言った。

「――コマリ様。そこの張り紙をご覧ください」

「ん？　張り紙？」

エステルもつられて壁に視線を向ける。

そこには猛々しい墨文字でこんなことが書かれていた。

【強いヤツが班長。階級は関係ナシ。何人たりともこの掟を破ることはできない。】

「郷に入っては郷に従え、といいます。いくら七紅天大将軍とはいえ、特殊班のルールを勝手に捻じ曲げるのはよくありませんね」

「そういうもんなのか……？」

「というわけでエステル。特殊班のみんなを皆殺しにしていいですよ」

「「え⁉」」

　エステルとコマリン閣下の声が重なった。予想外すぎる展開だった。

「そもそも第七部隊は武力を最重視する野蛮な部署です。ならばエステルも武力を示すことで皆に認めてもらったほうが収まりがよいのではないですか？　ねえウヌンガ曹長」

「まあそれはそうだが……そうならないために俺たちはエステルを無視してたんだよ」

「ちょっと待てヴィル！　いくらなんでも酷すぎるだろ⁉　そんなことをしたら――」

「――そんなことをしていいんですか⁉」

　思わず身を乗り出してしまった。珍しい野生動物でも目撃したかのような視線がこちらに集中する。ヴィルヘイズは「そうですね」と顎に手を当てて言い放った。

「コマリ様が承諾すれば可能です」

「そうなの⁉」

「ムルナイト帝国において殺人は基本的に違法です。しかし帝国軍法においては『七紅天の許可があった場合のみ殺人を認める』という条項があります」

「は？　意味わかんないんだけど？」

「つまりコマリ様が『殺していいよ』と言えば殺していいんです」

「なんでそんな権限が私にあるんだよ⁉　私は絶対に許可しないからな！」

「ですがコマリ様。エステルが夢を叶えるためにはコマリ様の協力が必要なのですよ」

特殊班を統率するのに最も効率的な方法は〝武力で制圧すること〟。エステルは早い段階からその事実に気づいていた。

しかしエステルは頑なに対話の姿勢を維持し続けたのである。

無用な争いごとが嫌いだから——という理由ももちろんあった。

しかしそれ以上に重要なのは「殺人が法律で禁止されているから」ということだった。

たとえそれが最も有効な手段だったとしてもエステルには行使することができない。何故なら、エステル・クレール少尉は、「素行SS」「礼儀作法SS」「規律遵守SS」「生活態度SS」の成績を保持したまま軍学校を卒業した、超がつくほど真面目な優等生だったからである。

でも。許可さえあるならば。

この状況を変えることができるかもしれなかった。

「——閣下！　お願いですっ！」

エステルは必死になって閣下に食い下がった。

「私に殺人の許可をください！　そうすれば特殊班の皆と分かり合える気がするんです！」

「え……？　エステルって〝そっち側〟の人間だったの……？」

「そっち側というのはよくわかりませんが……でも私は皆に認めてほしいんです！」

「そう言われても……」

コマリン閣下は困ったようにたじろいでいた。

エステルから目を逸らし、ウヌンガたちを見つめ、やがて腹心のメイドにすがるような視線を向ける。見かねたヴィルヘイズが彼女の耳元で「大丈夫ですよコマリ様。何かあっても私がなんとかしますから」と囁いた。そうしてコマリン閣下は決心したらしい。

紅色の瞳がエステルをまっすぐ見据えた。

「……わかったよ。本当はこういうこと言いたくないけど……どうしてもって言うなら……誰も死なない程度にやってくれ。あくまで死なない程度にな」

そうして戦いの火蓋は切られた。

次の瞬間――じゃららららららん‼ とエステルの軍服の袖から魔力をまとった鎖が飛び出してきた。その先端で輝いているのは鋭利な刃物。軍学校の模擬戦で幾度となく同期を葬ってきた最強の武器――《チェーンメタル》である。

その場の誰もが呆気にとられて言葉を失っていた。

エステルは魔力で鎖を宙に浮かせながら吸血鬼たちを睥睨する。

「『強いヤツが班長』――ですよね？　班長を決める戦いに私も参加させていただきます！」

「お、おいおいエステル。べつに戦うのは構わねえけどよぉ？　そんなオモチャじゃ俺たちの重厚なる一撃を受け止められるわけがウゲボァ⁉」

ウヌンガの頭部に神速の刃が命中していた。

鎖がじゃらじゃらと音を立てながら空中を旋回する。スキンヘッドの身体が壊れた案山子のように崩れ落ちた。死んだわけではない――意識を失うツボを撃ち抜いただけだ。だってコマリン閣下に「死なない程度に」って言われたから。

人を殺した経験はなかった。だが殺すための訓練なら飽きるほど積んできた。

仕留め損ねることなど万に一つもあり得ない。

「かかってきてください。私はあなたたちに認めてもらえるまで止まりませんっ！」

軍学校の教員はこう語ったという。

――あーあの子ね。うん。ありゃとんでもねえ優等生だよ。成績だけ見るならマスカレール閣下やデルピュネー閣下も目じゃないね。ちょっとルールを守りすぎな感はあるけど。

エステル・クレール少尉。

卒業時における〝戦闘能力〟の成績――SS。

ヴィルヘイズが「ほお」と感心したように溜息を吐く。

コマリン閣下が「これ夢かな？」と笑いながら頬をつねっている。

そうして特殊班の吸血鬼たちは――

「「「――上等じゃねえかゴラアアアアアアアアアアアアアアアアアア!!」」」

激怒してエステルに襲いかかった。

かくして血で血を洗うような激戦が始まった。

迫りくる吸血鬼たちを《チェーンメタル》で突き刺していく。動きが単調すぎるため外すほうが難しかった。こんな突撃馬鹿ばかりではプロヘリヤ・ズタズタスキーの軍団なんかに勝てるわけもない――そんなふうに冷静に考えながらエステルは倉庫を血飛沫(しぶき)で汚していった。

「死ねやオラァ!!――グエッ」

背後から殴りかかってきたロン毛の首に鎖を巻きつけて窒息させる。

それが最後の一人だった。ロン毛が気絶して床に倒れ伏したことを確認すると、エステルは《チェーンメタル》に付着した血液を振り払いながら辺りを見渡した。

死屍累々(ししるいるい)。屍山血河(しざんけつが)。

とはいえ一人たりとも死んではいない。意識を失ってのびているだけなので時間が経(た)てば魔核で完全回復するだろう。いずれにせよ攻撃してくる者はもういなかった。

この間わずか一分。

そしてこの一分を与えてくれたのはテラコマリ・ガンデスブラッドに他ならない。

エステルは晴れやかな気持ちで憧れの人に向き直るのだった。

「――ありがとうございますっ！　閣下のおかげで皆と分かり合うことができました！」

この言葉を受けたコマリン閣下は――

「……はは。あははは。うん。よかったね……」

「コマリ様、ショックを受けている場合ではありませんよ。これは現実です」

何故か放心したような様子でメイドに身体を支えられているのだった。

☆

第七部隊に配属されて一カ月後の日曜日。

エステルは帝都のレストランで妹と連絡をとっていた。

自分の部屋ではあまり通信用鉱石を使いたくない。何故なら壁が薄すぎるせいで丸聞こえだからだ。隣人の「コマリさんコマリさん」という呪文は毎晩鮮明に聞こえてくる。

その点、昼時のレストランはほどよい喧噪（けんそう）に満ちているから居心地がよかった。

シチューをスプーンで掬いながらエステルは嬉しそうに語る。

「――こないだ第六班のみんなが歓迎会を開いてくれたんだよ。宮殿の中庭でパーティーをしたの。みんな私のことを班長だって認めてくれたみたいで嬉しかったなあ」

『へえ。すごいね』

「みんな本当にいい人たちだよ。すぐに喧嘩（けんか）をするのは考えものだけど――私が『やめろ』って言えばちゃんとやめてくれるし。最初はどうなることかと思ったけど、なんとかやっていけそうだから良かったよ」

あの倉庫での戦闘以降、特殊班の吸血鬼たちはエステルに対する態度を変えた。なんだか恐れられているような気配がある。ウヌンガなどは「今まで調子こいてすんませんでした班長！」とレモンジュースを奢ってくれた。他の連中も大なり小なり似たようなものである。無視されたり暴言を吐かれることも一切なくなった。

武力こそが正義――そういう風土があるからこその結果なのだろう。

聞けばコマリン閣下も最初は部下を殺害することで信頼を得たのだという。エステルが取った「腕っぷしで黙らせる」という戦法は間違っていなかったのだ。

「ぜんぶコマリン閣下のおかげだよね。あの人が励ましてくれたから折れることがなかったんだと思う。やっぱり〝殺戮の覇者〟は違うよね！　コマリ隊に入れて本当によかった――お姉ちゃん頑張るからね。モニクも応援してくれたら嬉しいな」

『……うん』

妹――モニクは素っ気ない返事しかしなかった。

彼女を蝕んでいるのは身体の病気というよりも心の病気である。

あらゆるモノに対して興味関心が薄れていく謎の奇病。つい半年ほど前までは笑顔を絶やさない天真爛漫な少女だったのに、今では一日中ベッドから出られない生活を送っている。

『コマリン閣下……』

「モニクも会いたい？」

『うん。〝影〟がそう言ってるから……』

エステルは頭を抱えてしまった。

どうにも妹は幻覚を見ているような節がある。彼女と会話をしているとしばしば〝影〟という存在が出てくるのだ。影はモニクの周囲をうろついて様々な言葉を囁いていくという。母親曰く「そんなものは見たことがない」。

つまり明らかにモニクの想像上の存在にすぎない。

心が弱っているからおかしなものが見えてしまうのだろう。

とはいえ彼女がコマリン閣下に会いたがっていることは確かである。なんとかして閣下を実家の温泉宿に招待することができればモニクも喜ぶと思うのだけれど——現実はそう簡単にはいかない。七紅天の仕事は死ぬほど忙しいらしいし、そもそもエステルとコマリン閣下は「一緒に温泉行かない？」なんて気軽に誘えるような仲じゃないのだ。

そのときだった。

不意にべつの通信用鉱石（仕事用）が光を発した。

「——ごめんモニク！　隊のほうから連絡が来ちゃった」

『いいよ。べつに』

「本当にごめんね。また連絡するから」

『うん。……頑張ってね、エステル』

ばいばい――別れの言葉を告げて通信を切る。続けざまに仕事用の鉱石に魔力をこめた。通信経路が構築されて聞き慣れたクールな声色が耳元に届く。

『お疲れ様ですエステル。こちらヴィルヘイズです』

「お疲れ様ですヴィルさん！」

相手はコマリン閣下の腹心のメイド――ヴィルヘイズ特別中尉だった。

第七部隊においてはエステルの実質的な教育係でもある。彼女は「お休み中にすみません」と前置きをしてからさっそく用件を告げてきた。

「エステルに重要な仕事があるのです。これはあなたが変態ではないからお願いできることなのですが……」

「へんた……え？　どういうことですか？」

「実はアルカ共和国のネリア・カニンガム大統領から招集状が届いておりまして。コマリ様の誕生日を祝うための話し合いが行われるそうなのです。本当なら無視してやるべきところですが、誕生日当日に勝手に騒ぎを起こされても困りますからね。こうなってしまった以上は招集に応じて釘を刺しておくのが賢明でしょう」

「はあ……」

「というわけでエステルには私に同行してもらいたいのです。あなたは他の連中とは違って変態ではありません。コマリ様に近しい普通の感性を持っているはずです。なので是非話し合いの場で色々とご意見いただけると嬉しいのですが」

それはまさに天から降ってきたような話だった。

これならコマリン閣下に恩返しをすることができるかもしれない。

そして――場合によっては彼女を自分の実家に招待することさえも。

ヴィルヘイズから日程や場所などの詳細情報を教えてもらいながら、エステルは密かに拳を握るのだった。

1.5 むかしの記憶

Hikikomari
the Vampire Countess
no
Monmon

「――素敵な場所に連れていってあげよう。コマリだけ特別だよ」

冬の日だった。私は母に手を引かれながら雪の道をさくさくと歩いていた。

フレジール温泉街――だったと思う。

父と母の休暇が偶然重なったことによって実現した奇跡である。ガンデスブラッド家のみんなは温泉街にて最初で最後の家族旅行を楽しむことになった。

しかし幼い私は温泉というものに興味を持てなかった。

たぶん家で本を読んでいたかったのだ。自分だけの時間を邪魔されて無理矢理外につれ出されたのが気に食わなかった。温泉街の旅館でもずーっと窓の外の雪景色を眺めながら拗ねていたような気がする。

見かねた母が声をかけてきたのだ――「退屈なら外で遊ぼうよ」と。

他の兄妹には内緒だと言われて少しだけ心が弾んだ。

私は母に促されるまま温泉街の街並みを散策することになった。

昨日までひどい暴風雪だったらしい。街の景色はきれいだったけれど、木が倒れていたり、建物が崩れていたり、あちこちに災害の傷痕(きずあと)が残っていた。自分たちはちょうどいいタイミングで来ることができたようだ。

「素敵な場所ってどこ？　ペンギンの住みかに連れていってくれるの？」

「うーん。ちょっと違うかな。世界の秘密がわかる場所」

「世界の秘密……」

よくわからなかった。しかし母と二人きりで外を出歩けることが嬉(うれ)しかった。

しばらくすると母は「〝門〟を越えよう」と言った。温泉街の端っこには【転移】のための入口が設置されているのである。私は行き先もわからぬまま母についていった。

そうして【転移】した場所は小高い丘の上。

そこではフレジール温泉街を一望することができた。天照楽土(てんしょうらくど)とムルナイト帝国の建築技術によって築かれた異国情緒あふれる石造りの風景。しかし私の目を奪ったのは地上の街並みではない――上空の街並みだったのである。

温泉街の真上。空から逆さまの街が生えているのだ。

鏡写しのような光景。しかし二つの街は同じというわけではなかった。きらきらと降(ふ)り注(そそ)ぐ雪片に彩(いろど)られる幻想的な〝空の街〟は、フレジール温泉街よりもはるかに古めかしくて、小ぢんまりとしていて、まるで物語の挿絵から飛び出してきたかのような姿をしていた。

「……何、これ？」

「あれはここととは違う場所の景色が銀のスクリーンに映し出されているんだよ。災害が起きて条件が合致すると現れるんだ――こういう現象はフレジール特有のものなんだけどね」

異界の景色が投影される自然現象。現地の人たちはこれを〝黄泉写し〟と呼ぶらしい。

しかし母曰く「あれは死後の世界なんかじゃないよ」とのことだった。

「この温泉街は核領域の真ん中にある。ここととは違う場所――〝外国〟にいちばん近い。だからこういう不思議な景色が見られるんだと思う」

「外国ってどこ？　動物の国？」

「動物の国でも仙人の国でもないよ。世界中の誰もが知らない国さ。――私たちは引きこもりなのかもしれないね。世界は人々が想像するよりも遥かに広いんだ」

何が何だかわからなかった。

当時の私にとっての世界はあらゆる意味で狭かった。自分の親しい人たちと美味しいお菓子で構成された猫の額のような閉鎖空間。しかし温かな空気に満ち満ちている幸せな場所。

娘の困惑を感じ取ったらしい。

母は「そうだね」と優しく私の髪を撫でてくれるのだった。

「小さなことはどうでもいい。お母さんはこの光景をコマリに見せたかったんだ。――すごいだろう？　三年に一回くらいしか見られないんだよ」

「うん。きれい」

母は微笑(ほほえ)んだ。

私もつられて笑みを浮かべた。

「――そうだ。コマリは何か欲しいものある？」

「欲しいもの？」

「もうすぐ誕生日でしょ？　言ってごらん」

自分が何を欲しがったのかは思い出すことができない。

当時の私のことだから、お菓子とか玩具とか本を望んだのかもしれない。

しかし母の反応は覚えている。彼女は困ったように笑ってこう言ったのだ。

「そっか。わかったよ……でもそれだけじゃ誕生日って感じがしないから、別のプレゼントも考えておくね」


プレゼントをもらった記憶はない。

母は家族旅行の直後からほとんど家に帰らなくなったのだ。

戦争が忙しくなったのだと父は言っていた。そのまままろくに言葉を交わすこともなく月日は流れ――ユーリン・ガンデスブラッドは核領域の戦場で姿を消した。

2　まったり温泉旅行

目的の温泉街は核領域のほぼ真ん中にあった。

位置的には昨年サクナやミリセントと一緒に潜入した聖都レハイシアの近くである。

ヴィル曰く「昔からムルナイト帝国と天照楽土が共同管理する観光地」らしい。そのため街全体からどこか和風っぽい空気が感じられた。建物はだいたい瓦屋根だし、川にかかっている橋は木造ばかりだし、そこらに立っている街灯は灯籠みたいな形をしていた。

私は雪に包まれた街路を歩きながら周囲の風景を見渡す。

温泉宿はもちろん、飲食店やお土産屋さん、遊興施設まで何でもござれ。

様々な種族の人々が楽しそうに会話を弾ませながら歩いている——

「——ふむ。悪くない。悪くないぞ。これは創作意欲を刺激させられる光景だな」

二月十七日。金曜日。天気は細雪。

私は有給休暇を使ってフレジール温泉街までやって来ていた。

メンバーは私とサクナとヴィルとエステルの四人である。もともと福引で獲得したのは三人分。しかしここで驚くべき事実が判明した。私たちが宿泊する予定の宿がエステルの実家だったのだ。こんな偶然あるんだな――と感心していたところ、ヴィルが「じゃあエステルも一緒に行きましょうか」と提案した。そうして彼女も一行に加わったのである。

私はふと視線を背後に向けた。

カルガモの雛（ひな）のようについてくる少女、エステル・クレール少尉である。

彼女は軍学校を首席で卒業したエリートだ。ヴィルに特殊班の班長を任命されて色々と苦労していたようだが、最終的には部下をボコボコにするという方法で信頼を獲得した。

とはいえそれは部下を統率する手段がそれしかなかったからである。この少女は他の連中みたいに頭のネジがぶっ飛んでいるわけではないのだ。今後は彼女を中心として第七部隊に一般的な倫理観が浸透することを期待するとしよう。腐ったミカンは他のミカンを腐らせるというが、美味（おい）しいミカンが他のミカンを美味しくすることがあってもいいではないか（願望）。

「あのっ……！　どうでしょうか？　フレジール温泉街は……」

こちらの視線に気づいたらしい。エステルが不安そうに尋ねてきた。

「とてもいい場所だな。歩いているだけでワクワクした気分になるよ」

「よかった……実は閣下に気に入っていただけるか心配だったんです。気に入らない温泉街を跡形もなく破壊するのがご趣味だと聞いたので……」

「誰（だれ）から聞いたんだよ⁉」

「私です」

隣で饅頭を貪っていたヴィルが呆気なく自白した。

ほかほかと湯気が出ていて美味しそう――いやそれはどうでもいい。

「まーたお前は適当なことばっかり言いやがって！　エステルが信じたらどうするんだよ」

「冗談ですよ。エステルだってわかっているはずですから――それにしてもいい街ですね。食べ物も美味しくて素敵です」

「……その饅頭は何だ？」

「そこの屋台で売っていた〝チョコまんじゅう〟です。ふわふわした生地の中に甘くてとろけるようなチョコレートクリームが入っています。ほっぺたが落ちるとはこのことですね」

「私のぶんは？」

「ありません」

「………………」

「どうしても食べたいなら私の言うことを聞いてください。そうですね……とりあえず今日のお風呂ではコマリ様の身体を私が素手で洗わせていただきましょうか」

なんてやつだ。こいつには主人を敬うという気持ちが米粒ほどもないらしい。

もちろんヴィルの要求を呑むわけにはいかない。だけどチョコまんじゅうは食べてみたい。

ちなみに私の財布は何故かメイドに管理されているので勝手に買い食いできない。ふざけやがって――と思っていたら反対側からサクナが「コマリさん」と声をかけてきた。

「私も買ったので食べますか？」

「え、ほんと⁉　食べる食べる」

「お待ちくださいメモワール殿！　コマリ様にエサを与えないでください！」

「私は野生動物かよっ！　こら、邪魔するなーっ！」

「邪魔しないでくださいヴィルヘイズさん。コマリさんには好きなものを食べる権利があるんです。はい、あーん」

「ああっ！　コマリ様！」

ぱくり！　とサクナが持っている饅頭に噛みついた。

もぐもぐと咀嚼する。チョコレートの甘味がふわりと口内に広がっていった。なんて美味しいんだ。私がこの地に足を踏み入れたのはこれを食べるためだったのかもしれない。

「コマリ様駄目です。私のチョコまんじゅうのほうが美味しいですよ」

「どうですか？　美味しいですか」

「うん美味しい！　やっぱり私の願いを叶えてくれるのはサクナだけだな」

「コマリ様見てください‼　私のにはハチミツもかかってますよ‼」

「えへへ……じゃあ私がコマリさんの身体を素手で洗ってあげますね」

「コマリ様こっち向いてください‼　いま生クリームもかけているところです‼」

「わあああ⁉　押しつけるなよっ⁉　トッピングしすぎだろ‼」

そんな感じで大騒ぎをしながら温泉街を進む。他の観光客たちが「あれ閣下じゃね?」と注目してくるけど気にしない。最近は知らないフリをするのが一番だと気づいたのである。

しばらく歩くと、不意にエステルが「着きました」と声をあげた。

「ここです。皆様が滞在する予定の宿で、私の実家でもある〝紅雪庵〟」

「おお……!」

私は思わず声を漏らしてしまった。

そこに佇んでいたのは巨大な旅館である。天照楽土とムルナイトの意匠が鮮やかに織り交ぜられた外観は街中で見かけたどの建物よりも大きくて豪勢だった。

もしかしてエステルっていいところのお嬢様だったりするのか……?

「どうぞ。従業員には閣下のことは報せてありますので」

「だそうです。コマリ様、さっそく服を脱がせてあげますね」

「まだ早いだろ! おい触るな!」

このメイドと一緒に温泉に来たのは間違いだったかもしれないな。

そのとき、ふと、私は視線のようなものを感じた。

二階の窓からこっちを見ている人影があった。パジャマに身を包んだ少女である。彼女は私と目が合うと「しまった」という感じでその場にしゃがんでしまう。

なんだろう。いつもの野次馬とはちょっと違う気がしたけれど。まあいっか——そんなふうに適当に考えながら私は本日の宿に足を踏み入れるのだった。


「――はぁ⁉　貸し切りじゃないってどういうことですか⁉　金ならいくらでも支払うので他の客は叩きだしてくださいっ！　これではお姉さまが羽根を伸ばすことができませんっ！」

「そう言われましても……他のお客様のご迷惑になるので」

「他のお客様がいるせいで私たちが迷惑を被っているのですッ！　まったく使えない宿ですねえ――旅行雑誌で☆5評価だったから遥々足を運んで差し上げたというのに！　VIPに対する態度がなっていませんっ！　責任者を呼んでください責任者を！」

宿に入るなりクレーマーに遭遇した。

受付で嵐のように文句をまくし立てている少女がいる。

きらきらと輝く白銀の髪。誰がどう見ても蒼玉種である。彼女は受付が困り果てているのもお構いなしに「貸し切りにしてくださいっ！」「さもなくば旅行雑誌に『この宿にはゴキブリが二万匹くらい住んでる』って投書しますからねっ！」などと無茶なことを言っていた。

しかし私はその奇天烈な口調に既視感を覚えてしまった。

なんか、あの子って戦場で見かけたことがある気がする。しかもつい最近。

「あーもう！　こうなったら私が自ら他の客を始末して――」

「そこの方。邪魔なのでどいてくれませんか？　コマリ様が困っています」

「はあ？　あんたこそ私の邪魔を――」

蒼玉の少女が振り返って――その紅色の瞳が私の顔をとらえた。

彼女は何故か「えっ？」と驚いたように声を漏らして動きを止めていた。しかしすぐに再起動した。とつぜん私のほうに人差し指を向けて金切声を響かせるのだった。

「あ……あああああああああっ⁉　テラコマリ・ガンデスブラッド⁉」

「うん。テラコマリだけど……きみは誰だ？」

「誰って！　こないだ戦ったでしょう⁉　覚えていないんですかっ⁉　っていうか何でテラコマリがここにいるの⁉　もしかして温泉街をオムライス化しに来たとか⁉」

「そんなわけないだろ……ってそうか！　思い出したぞ……！」

こいつは先月開催された〝超殺戮大感謝祭〟とかいう何に感謝しているのかよくわからないイベントで戦った子だ。六凍梁大将軍プロヘリヤ・ズタズタスキーの右腕だか何だかで、風邪で寝込んでいる将軍のかわりに部隊を率いていたのである。

名前はたしか――ピトリナ・シェレーピナ。

やたらと突撃戦法を敢行する過激なバーサーカーという印象しかない。

現に受付に向かって過激な突撃をしていたみたいだし。

「なんでこんなところに……他の客ってまさかテラコマリのことだったんですか……⁉」

「その通りですシェレーピナ殿。我々は超殺戮大感謝祭であなたの軍勢を完全に・徹底的に・

完膚なきまでにボコボコにして泣かせたお祝いとして温泉旅行に来たのです」

やめろ。違うだろ。福引で当たっただけだろ。息を吐くように煽るんじゃねぇよ。ブチギレられたらどうするんだ——と思っていたら案の定「ブチッ」というキレる音が聞こえた。

「あーあーいいですねぇ暢気に旅行ですか！　勝者の気分ですか！　でもそれって井戸の中の蛙さんみたいなもんですよねっ！　わかってます？　お姉さまが壮健だったらコマリ隊とかいう蚊柱にも等しい烏合の衆なんて一瞬で捻り潰せたというのに！」

「は？　蛙なのか蚊なのか烏なのかよくわかりませんね。罵倒にもセンスがありません」

「センスの有り無しとか関係ありますぅ？　我々にとって重要なのは言葉遊びじゃなくて戦争での白黒なんですが？」

「負けたのはあなたですよね？　まさに負け犬の遠吠えです」

「私の話を聞いていましたかっ⁉　お姉さまが元気なら勝利していたんですっ！　何をどうあがいてもズタズタスキー隊の勝利だったんですっ！　だからあの戦いは私たちが勝ったも同然なんですっ！　たまたま戦争の前日にお姉さまのパジャマがめくれてお腹が丸出しになっていたから間違った運命を辿ってしまっただけなんですっ！」

「何を言っても通じませんね。コマリ様、さっさとお部屋に参りましょうか」

「こら逃げるつもりですか！　現実を認めなさい現実を！　おいメイド！　テラコマリを連れて行かないでくださいっ！　その蚊は私が捻り潰しますからっ！」

むくっ。

隣のヴィルから殺意の波動が膨れ上がった。

「――コマリ様。殺人の許可をお願いします」

「物騒なこと言うなよ。今日は平和な休日なんだぞ――」

「はっ！　殺人も許可できないような腰抜けが七紅天じゃ先が思いやられますねっ！――おや？　そこにいるのはサクナ・メモワール七紅天大将軍ではないですか。蒼玉の血を引くあなたが蚊風情に従属する必要はありませんよ？　テラコマリ・ガンデスブラッドなんかと一緒にいたら汚れてしまいますっ！　あなたもズタズタスキー隊に入りませんか？」

むくっ。

隣のサクナから殺意の波動が膨れ上がった。

「コマリさん。この人とちょっとお話してもいいですか？　種族で差別をする人を見ると我慢できないんです。星座を書き換えて思想を矯正するのもいいかもしれませんね……」

「え？　それって本当にお話なの……？」

「あの……閣下……ここで戦闘が始まるのはちょっと……」

「わ、わかってるよ！　あーもうしょうがないな」

私はヴィルとサクナを押しのけて前に出た。

ヴィルが「いけませんコマリ様手を噛まれますよ！」と肩を摑んでくるが無視しておく。ピトリナが狼狽したように半歩下がってこちらを睨んできた。

「な……なんですか⁉　殺し合いなら受けて立ちますよ……⁉」

「違うよっ！　べつに私たちはきみと敵対するつもりなんかない。エンタメ戦争の勝ち負けは忘れて仲良くしようじゃないか。せっかく温泉に来たんだから」

私は少し緊張しながら右手を差し出した。

ヴィルとサクナとエステルと——さらにピトリナまでもが目を丸くしていた。

最近私は気づいたのだ。誠意をもって接すれば相手も相応の誠意を返してくれるものだと。

ピトリナは宇宙人でも見るかのような目でこちらを見た。しかし彼女もわかってくれたらしい。雪のように白い手をゆっくりと持ち上げて——

ぺちん。

私の手をぶっ叩いた。

「——ふんっ！　私たちはオトモダチではないのですっ！　吸血鬼なんかとつるんでいるのがバレたら共産党本部から何を言われるかわかったものではありませんっ！」

「さて殺しましょうか」

「洗脳します」

「待て待て待て待て待て‼　揉め事を起こしたら宿の人に迷惑だろっ‼」

しかし事態はどんどん悪化の一途を辿っていた。ヴィルもサクナも第七部隊の連中とは違って戦闘が大好きというわけじゃない。何故こんなにも怒っているのだろうか。

「わかりましたっ！　そっちがその気ならこの宿で殺人事件を起こしてあげましょう！　犯人はもちろん私ですっ！　最初から自白しておきますっ！　さあかかってきなさ――」

「――ああああああ寒い寒い寒い寒い寒い寒い寒い寒いっ!!　お手洗いに暖房がついていなかったぞ!!　死ぬかと思った!!」

不意に聞き覚えのある声が響き渡った。

その場の誰もが振り返った。

自分の身体を抱きしめるようにして走り寄ってくる少女がいる。

いやまあピトリナがいる時点でいるだろうなとは思っていたのだが。

「ピトリナ！　迅速に部屋へ向かおう！　チェックインは済んだのかね……ん？」

向こうもこちらの存在に気がついた。

白い髪とルビーのような瞳がトレードマークの蒼玉種――プロヘリヤ・ズタズタスキー。

彼女は狐につままれたような顔でこちらを見つめてきた。

「テラコマリ・ガンデスブラッド……？　なんでここにいるんだ」

「なんでって……普通に観光しに来たんだけど。福引で当たったんだよ。むしろプロヘリヤがここにいることのほうがびっくりだ」

「びっくりとは失礼だな！　いくら蒼玉種が強靭な肉体を持つといえども保養は必要だぞ。

この地にはあったかい温泉がたくさんあると聞いたからな。べつに私はそれほど期待してはいなかったが部下が『行こう行こう』と五月蝿(うるさ)いから来てやったのだ」

　何故かプロヘリヤは早口でまくし立てていた。

オフモードなのかもしれない。いつもの軍服ではなくモコモコしたコートとモコモコしたマフラーを装備している。あったかそうだった。私の視線に気づいたらしい。彼女は「こっちを見るんじゃないっ！」と何故か恥ずかしそうにそっぽを向いてしまった。

「と、とにかく奇遇だな！　今日は休暇だ。戦争のことなど忘れて羽を伸ばしたまえ。……ああそうそう、ちなみにお手洗いは寒いから気をつけろよ。マフラー一個じゃ足りない」

「そういえば風邪は治ったの？」

「そもそも風邪なんて引いてない！　こないだの超殺戮大感謝祭に参加できなかったのは都合が悪かったからだ！　決して熱を出して寝込んでいたわけではないぞ！」

　よくわからない。しかし私は少しだけ嬉(うれ)しくなった。

　この少女は昨年の吸血動乱でムルナイト帝国を助けに来てくれたのだ。振り返ってみれば天舞祭(てんぶさい)のときも最終的にはカルラの味方をしてくれた。それなのに私は満足にお礼もできていないのだ。というか私はプロヘリヤのことを全然知らない。これは仲を深めるチャンスかもしれないな――と思っていたら何故か隣のヴィルが「これは想定外ですね」と呟(つぶや)いた。

　見ればサクナやエステルの表情にもどこか険しいものが感じられた。

え？　もしかして仲悪いの？　プロヘリヤは良い子だと思うんだけど。

「――プロヘリヤ様。吸血鬼たちの存在を許してはいけません」

ぎょっとしてしまった。

ピトリナである。それまでの騒がしい口調とは正反対だった。

「我々の休暇に吸血鬼という異物は不必要。ご希望とあらば自分が貸し切りにしてみせるであります。まずはテラコマリ・ガンデスブラッドたちを武力で追放して――」

「何を言ってるんだ？　私とテラコマリは対等なお客さんであるからして闘争をするべき間柄ではない。お前のそれは盗賊の思想だ。あまり褒められたものではないな」

「失礼いたしました。仰せの通りに」

ピトリナは借りてきた猫のような態度で一礼をした。

なんだこいつ。プロヘリヤに対する態度と私たちに対する態度が月とスッポンである。

どっちが本性なのだろう？――と頭を悩ませていたらプロヘリヤが「というわけだ！」と話をまとめにかかった。

「本日はべつにお前と戦うために来たわけではない。せいぜいお互い休暇を楽しもうではないか。――ピトリナ、行くぞ。さっそく温泉というものを視察したい」

「承知であります」

そう言って二人組は去っていった。

と思ったらピトリナだけが猛スピードで戻ってきた。

ギロリと私を睨みつけながら声を潜め、

「これで勝ったと思ったら大間違いですからねっ！　べーだっ！」

「どっちが本性なんだよ」

「お姉さまの前では〝模範的な連邦軍人〟を演じているんですっ！　失望されたくありませんからねっ！　もし私の本性をお姉さまに言ったら――こうですからね」

ピトリナは両手でピースをして蟹みたいにチョキチョキした。それが何の動作なのかわからない。そもそも何故自分から弱みを差し出してくるのかわからない。

「――おいピトリナ！　もたもたするな！　温泉が冷めてしまったらどうするんだ」

「申し訳ありませんプロヘリヤ様。すぐ参ります」

ピトリナはもう一度だけ「あかんべえ」をしてから去っていった。

なんか色々と個性的な人だな。まあ私は私で旅行を楽しむとしようじゃないか――と暢気に考えていたとき、ふと、隣のヴィルがニヤニヤと笑っていることに気がついた。

「ズタズタ殿に伝えてやりましょう。やつの本性を」

「やめてやれよ……」

かくして二泊三日の温泉旅行が始まった。

☆

私たちに宛(あて)がわれたのは二階の三人部屋だった。

私とヴィルとサクナの三人で使用することになる。ちなみにエステルは自分の部屋があるので別である。温泉旅館が実家ってすごいよね。温泉入り放題じゃん――そんなふうに羨(うらや)ましい気持ちを抱きながら私は窓際のふかふかベッドに倒れ込んだ。

「コマリさんは窓際ですか？　じゃあ真ん中は私が使いますね」

そう言ってサクナが真ん中のベッドに座る。

そして勝ち誇ったような視線をヴィルに向けるのだった。

これを受けたメイドは「やれやれ」といった調子で溜息(ためいき)を吐く。

「コマリ様の隣のベッドを取られてしまいましたね。これは仕方ありません」

「早い者勝ちです。ヴィルヘイズさんは壁際のベッドを使ってくださいね」

「いえ。私はコマリ様と同じベッドを使いますので」

「⁉⁉」

サクナが稲妻に打たれたような表情をしていた。

何の駆け引きだ？――と疑問に思っているうちにヴィルが私のベッドに腰を下ろした。いやなんでだよ。普通に端っこのベッドで寝ればいいじゃないか。

「おい。せっかく三つあるんだから一つずつ使わないともったいないだろ」

「核領域はムルナイトよりも気温が低いんです。コマリ様の身体が冷えないように私が一晩中抱きしめて差し上げます」

「いらんわ！　おいサクナ！　なんとか言ってやれ！」

「ヴィルヘイズさんは邪（よこしま）なので駄目です。かわりに私が温めてあげますから……」

「え？　なんでサクナも私のベッドに座るの？」

「そうですよメモワール殿。このベッドとコマリ様は私のものです」

「お前のものじゃねえよ」

「独り占めはよくないと思います。それにヴィルヘイズさんはいつもコマリさんと一緒にいますよね？　たまには私がコマリさんと一緒でもいいと思うんです」

「そうですか。では相撲（すもう）をして決着をつけましょう」

「おいやめろ。相撲するんじゃねえ」

「望むところです！　負けませんよ……！」

「やめろサクナ。ヴィルの挑発に乗るんじゃない」

「先にベッドから落ちたほうの負けですね。コマリ様は行司（ぎょうじ）をお願いします」

「やってられるか！　私はちょっと外に出てくるからなっ！」

背後で勃発（ぼっぱつ）する争いを無視して私は部屋を後にした。

せっかく立派な旅館に来たんだから一人で広々とベッドを使えばいいのに。というか私が使いたいのに。もしかしてサクナはヴィルの迷惑行為を止めるために相撲勝負に乗ってくれたのだろうか？　だとしたらやっぱりサクナは無害な美少女で間違いないな。

そんなふうにサクナの評価を上方修正しながら廊下を進む。

すると自分の部屋から出てきたエステルと鉢合わせた。

「あ……閣下！　どうなされたんですか？」

「ちょっと散歩してた。部屋では争いが起きてるからな……それにしてもここって良い旅館だよね。まだ来たばっかりだけど」

「ありがとうございます……！」エステルは本当に嬉しそうな笑みを浮かべた。「閣下に気に入っていただけて嬉しいです。実は紅雪庵はフレジール温泉街でもトップクラスの評価を受けている宿なんですよ。旅館の人気投票で一位に選ばれることもよくあるんです」

「へえ。たしかにサービスがすごいもんね。部屋がピカピカだったよ」

「そうなんです。私も小さい頃は旅館の娘として厳しく教育をされて——あっ、す、すみませんっ！　私の身の上話なんて面白くもなんともありませんでした！　忘れてください……」

「むしろ聞きたいくらいだよ。将来的にエステルは紅雪庵の女将になるの？」

「えっと……私は軍人の道を選びましたので。継ぐとしたら妹ですね」

そこでエステルの表情に少しだけ影が落ちた。

彼女は緊張した面持ちで「閣下、」とこちらを見つめてくる。

「実は……私の妹が閣下のファンなんです」

「え？　そうなの？」

「はい。閣下がお見えになると聞いてすごく喜んでいました。もしご迷惑でなければ……会っていただくことはできないでしょうか？――いえっ！　あのっ、閣下のお時間をいただくという行為がどれほど罪深いのかは承知しております！　ご都合が悪ければ断っていただいても一向に構いませんので……！　というか断っていただいたほうが気が楽なのですが……！」

エステルは恐縮しきった様子でそう言った。

怖がる必要はないのに……とは思うが彼女は新人なので仕方ないのかもしれない。エステルの頼みなら断る道理もなかった。というか普通に会ってみたいしな。

「――わかった。妹さんのところへ連れていってくれると嬉しい」

案内された先は『関係者以外立ち入り禁止』と書かれた先のスペースだった。

その中でも奥まったところにある部屋――扉のところに『モニク』というプレートが張り付けられている部屋まで連れていかれた。

「モニク！　コマリンかっ――ガンデスブラッド閣下が来てくれたよ」

エステルがノックをしながら声をかける。

間もなく内側からガチャリと扉が開かれた。姿を現したのは白衣を着た少女だった。この子がモニク？――と思ったが違うらしい。エステルが「あっ」と声をあげて一歩引く。

「クーヤ先生……！　いらしてたんですね」

「ああ。土曜日だから訪問診療をしていたんだ」

頭に二つのお団子が乗っているような髪型の神仙種である。

クーヤと呼ばれた少女は明らかに寝不足気味な瞳でエステルを見上げた。

「きみは休暇かね。ならモニクくんに会ってやるといい。家族と会って話すことも心を療養するうえでは大事だからな」

「はいっ。あの……モニクはどんな感じなのでしょうか」

「変わらずといったところだね。週に一度神具を用いた治療をしているのだが効果が表れる気配はない。治療方法が確立されていないんだ――ところで」

夭仙が私のほうを見つめてくる。なんだか不思議な雰囲気の人だな――と思っていたらエステルが慌てて「申し訳ありませんっ！」と謝罪をしてきた。

「閣下。こちらはモニクの主治医のクーヤ先生です。そしてこちらはテラコマリ・ガンデスブラッド閣下です。クーヤ先生もご存知かと思われますが――」

「もちろん知っているよ」

クーヤ先生は笑みを浮かべて私に近づいてきた。

「帝国を救った英雄だよね。ご活躍はかねがね耳にしている。お会いできて光栄だ」

「えっと……こちらこそ。私は英雄なんかじゃないんだけど……それよりもお医者様？」

私は疑問に思ってしまった。

医者とは人の病気や怪我(けが)を治療する職業のことだ。大昔は大勢いたらしいけど——世界が魔核(まかく)の影響下に置かれるようになってからは姿を消していったと聞いている。

クーヤ先生は少しだけ自虐的に微笑(ほほえ)んで言った。

「時代遅れな職業だがね。しかし需要は存在するんだよ。たとえば魔核で治らない傷を受けたとき。あるいは自国の魔核の効果範囲外で負傷したとき。そして今回のモニクくんのように——魔核ではどうしようもない〝心の傷〟が開いてしまったときとか」

「心の傷……？」

「そうだ。モニク・クレールは身体が悪いというわけではない。だんだんやる気がなくなって動けなくなる——そういう心の病なんだ。私は〝消尽病(しょうじんびょう)〟と呼んでいる」

「モニクは半年くらい前までは普通に学校にも通えていたんですが……今では部屋に引きこもったまま眠ってばかりいる毎日らしくて……」

そんな病気が存在するのかと私は驚いてしまった。

クーヤ先生は「ふむ」と顎(あご)に手を当てて視線を上に向けた。

「しかしモニクくんはコマリン閣下のファンだ。閣下の話になると少しだけ元気を取り戻す。

ちょうどいい——会っていただけると彼女のためになると思うのだが」

「すみません閣下。モニクのためにも少しお話していただけると助かります」

「なんかプレッシャーな気もするけど……」

本物の私を見て幻滅されないか心配だった。

でもまあエステルや先生がそう言うなら会わせていただこうじゃないか——そういう旨のことを告げるとエステルは「ありがとうございます」と薄く笑って頭を下げるのだった。

「モニクくんは起きているよ。さあどうぞ」

クーヤ先生が扉を全開にする。

ヌクヌクした空気が溢れ出してきた。暖房用の魔法石が稼働しているのだろう——そうして私が見たのは何の変哲もない少女の部屋だった。

本棚とかテーブルとか観葉植物とかが置かれている。

そして窓際のベッドには一人の少女が座っていた。

「え……誰？」

驚きに満ち満ちた呟きが漏れた。

エステルと同じような紅褐色の髪の吸血姫。お姉ちゃんと顔立ちは似ているけれど、触れたら壊れてしまいそうな儚さが感じられるような気がした。

「こちらは七紅天大将軍のテラコマリ・ガンデスブラッド閣下だよ。モニクに会いにきてくれたの。——閣下、妹のモニク・クレールです」

「初めまして。テラコマリ・ガンデスブラッドだ。帝国軍でお姉ちゃんと一緒にお仕事をしている。よろしくね——モニク」

純真無垢な瞳がじーっとこちらを見つめてくる。けど肩の辺りを見つめられているような気がする。目を合わせるのが恥ずかしいのかもしれなかった。

それはともかく私は驚愕の事実に気づいてしまった。

お土産も何も用意していなかったのだ。なんか一発芸とかやったほうがいいのか？　でも私ができる芸なんて猫の鳴き声をモノマネするくらいだし——と思っていたのだが杞憂だったらしい。モニクは感激したように「本物だ……」と呟いて顔を真っ赤にしていた。

「あの。本当に七紅天なんですか」

「そうだぞ。世界最強の七紅天大将軍だ」

「いずれ世界征服するって本当なんですか」

「そうだぞ。まあ今すぐってわけじゃないが」

「小指で五兆人殺したって本当ですか」

「そうだぞ！　私の小指には五兆人の血と悲鳴がこびりついているんだ！」

嘘はつきたくない。でも小さい子の夢を壊したくない。

というか五兆人ってなんだよ。どこまで数字を盛れば気がすむんだよ。全世界の人口超えて

湯

るだろ。六国新聞のやつらには後で正式に抗議をしておく必要がある――けど抗議したところで効果はゼロなんだろうな。くそめ。

モニクが尊敬の眼差しを向けてきた。

視線が痛い。そんな目で私を見ないでくれ。いやそれよりも気づいたことがある。

「――クーヤ先生？　なんか元気そうじゃないか？　病気のようには見えないけど」

「普段は返事すらしてもらえないことが多い。さっきもそうだった。そもそも起きている時間が極端に短くてな……一日のうち十五、六時間は眠っている。そう考えてみるとこれは快挙といってもいい」

「はい。久しぶりに妹の表情が動くのを見ることができました。閣下のおかげです」

なるほど。詳しい事情はわからないけど役には立てたようである。

私はモニクのほうに近寄った。なるべく年上らしい包容力のある笑みを浮かべて言う。

「応援してくれてありがとう。私もモニクに会えて嬉しいよ。――よかったら私と一緒に遊ばない？　普段はどんなことをして遊んでいるの？」

「読書……」

「そっか。私も読書が好きなんだ」

「でも最近は読めてない。みんな忙しいから読み聞かせてくれないの」

「じゃあ私が読み聞かせてあげるよ。モニクはどんな本が好きなの？」

「たぶん知らないと思う。『宵の森のハイキング』とか……」

「知ってるよ！　最後の謎解きはびっくりだったよね！　まさか最初に出てきたキツネが伏線だったとは思いもしなかったよ」

「……!!」

モニクの目が見開かれていった。

それから彼女は私に少なからず心を許してくれたらしかった。

『宵の森のハイキング』の話題から始まり、好きな本、好きな作家、おすすめのシリーズなど話が広がっていく。彼女は最初の印象よりも遥かに饒舌だった。クーヤ先生曰く「だんだんやる気がなくなる病気」らしいが――そんなものに罹っているとは到底思えないほど彼女はよく喋り、よく笑った。

「閣下の書いた小説も読んでみたい。本になったら絶対買うよ」

「ありがとう。ちょっと恥ずかしいけど期待しておいてくれ」

趣味の話題で盛り上がれる機会はあんまりない。なのでついつい自分が小説を書いていることも教えてしまった。モニクは「すごいすごい」とめちゃくちゃ喜んでくれた。あまりにも純粋だったので少々こそばゆい気分になってしまう。

「閣下。そろそろお時間が……」

「え？」

エステルに耳打ちされてふと気づく。

モニクの部屋に来てから二十分ほど経っている。さすがにお邪魔しすぎただろうか。モニクも眠たそうに欠伸をして目の辺りを擦ってるし。

「ごめん。話が長くなっちゃったな」

「ううん……楽しかった。でも眠い……」

一日に十何時間も眠るというのは本当だったらしい。あとでヴィルに聞いてみようかな。毒とか薬とかに詳しい彼女なら治療法とかにも心当たりがあるかもしれない——と思ったのだが本職の医者にもわからないのだから期待はしないほうがいいだろう。

「じゃあモニク。私はこれで失礼するよ。明後日まではいるから、会いたくなったらいつでも呼んでくれ。というか私のほうから会いにくるけど」

「うん。あ……でも……」

モニクが言いづらそうに目を伏せながら言った。

「……たぶんコマリン閣下は死んじゃうと思う」

「………………」

……ん？

なんか予想外すぎる台詞が聞こえた気がしたんだが？

「こ、こらモニク！　何言ってるの⁉　そんなことあるわけないでしょ！」

「違うよエステル。だって〝影〟はコマリン閣下に来てほしいって言ってたんだよ」

「まーた影とか言って！　そんなのどこにもいないでしょ？」

「いるよ！　昨日も私のベッドに来てくれたもん」

いやちょっと待て。二人は何の話をしているんだ？　影？　影って影法師の影？――私が困惑していることに気づいたらしい。クーヤ先生がこっそりと耳打ちしてくれた。

「イマジナリーフレンドの類かもしれん。モニクくんは『影が語り掛けてくる』としばしば主張するんだ。精神が参っているから変な幻覚を見ている可能性もあるな」

「そんなことがあるのか……？」

「モニクくん曰く『紅雪庵に〝影〟がうろついている』そうだ。でも彼女以外に見た者はいない。もちろん私もな。しかし無理に否定するのもよくないから気をつけてくれたまえ」

「気を遣う必要はないですよクーヤ先生。これはモニクの妄想ですので……」

モニクが「妄想じゃないっ！」と大声をあげた。

心臓が止まるかと思った。彼女は切実な目でエステルを見つめていた。

「影はいるもん。私を幸せなところに連れていってくれるって言ってたもん」

「いないったら。お母さんも見たことないって言ってたでしょ」

「私以外には見えないんだよ。影は恥ずかしがりやだから……」

これは本当に妄想とかの類なのだろうか。

それともモニクの冗談？　あるいはガチのホラー？

なんか一気に話の流れが変わってきたぞ。

「えっと……モニク？　なんで私は死んじゃうんだ？」

「わかんない。でも影はコマリン閣下に怒ってた……」

「…………」

おっとっと。これはクーヤ先生の推察通りで確定だろうな。

だって私は影さんなんて会ったこともないし。会ったこともない人（？）から怒りをぶつけられるなんて意味わからないし。だからこれはモニクが私を驚かせるために考え出したジョークなんだ。そうに決まっている。

「はっはっは。そうかそうか。じゃあ影さんとは私が話をつけておこう。なぁに心配することはないぞ。私は宇宙最強の七紅天大将軍だからな――」

ぱりんっ!!――と棚の上の花瓶にヒビが入った。私は悲鳴をあげそうになってしまった。

誰かが触ったとかそういうわけじゃない。何の前触れもなく壊れたのである。

モニクがぼそりと言った。

「影が怒ってる。今夜、誰か死ぬかも」

これはお祓いをしたほうがいいかもしれないな。

ヴィルに頼んで幣を持ってきてもらおう。

「気にしないでください閣下。経年劣化していただけです」

「そうだな。まあ影さんとやらが出てきても私がなんとかするから大丈夫だ。――モニク、また来るからゆっくり休んでくれよ。おやすみ」

「うん。おやすみコマリン閣下……」

モニクはベッドに横たわると静かに目を閉じるのだった。

十秒もしないうちに安らかな寝息が聞こえてくる。

クーヤ先生が「というわけだな」と溜息を吐いて近くにあった椅子に座る。

「私はモニクくんの容態を診てから帰ることにするよ。ありがとうコマリン閣下……あなたのおかげで彼女の〝意志力〟が少しだけ回復したように思える」

「意志力……？」

「心のことさ。さあ二人は旅行を楽しむといい」

よくわからないが医者がついていてくれるのなら大丈夫なのだろう。

私はエステルと一緒にモニクの部屋を出た。出た瞬間にエステルが「申し訳ありませんでした」と頭を下げてきた。

「気にしないでください。あれはモニクの世迷言なので……」

「むむ……」

そうは言われてもな。

影とはいったい何なのだろう。クーヤ先生の言うように幻覚である可能性は捨てきれない。

でも彼女の表情はあまりにも真剣だった。幻覚とはそういうものなのだろうか。あとモニクの話を聞いていると〝影〟というモノはあまり良くない存在なのではないかと思えてくる。

たとえば「影は私を幸せなところへ連れていってくれる」という台詞。

なんかヤバそうな気配がするんだけど気のせいか？

しかも何故か私に怒りを抱いているらしいんだけど大丈夫か？

「……考えても仕方ないな。とりあえず旅行を楽しもうじゃないか」

「はい。紅雪庵での時間を楽しんでいただけると幸いです」

私は気を取り直してモニクの部屋を後にした。

影とかいう謎の存在も気がかりだが――いまは温泉を満喫するのが先決だ。

☆

部屋に戻ると相撲の決着がついていた。メイドが両手両足を広げて床の上に倒れていたのである。

「馬鹿（ばか）な……私が負けた……？　いったい何故……」

理解できない世界である。ショックを受けているみたいなので放っておくとしよう。

不意にサクナが「お帰りなさいコマリさん」と微笑んだ。何故か私のベッドの上に座って両手の拳を握っている。かわいい。

「勝ちました！　約束なので今日は寝るときご一緒させていただきますね」

「え？　約束？　なんだっけ」

「忘れたんですか？　勝ったほうがコマリさんと一緒に寝られるっていう約束ですよ」

サクナは純真無垢に笑っていた。

そんな約束したっけ？　でもサクナは真面目ないい子だからな。べつに一緒に寝るくらいはいいか。ヴィルみたいに変なことしてくるわけじゃないし。いいにおいしそうだし。

「エステルさんと一緒だったんですか？」

「うん。エステルと一緒にエステルの妹さんに会ってきたよ。ちょっと病気で寝込んじゃってるみたいだけど……」

「そうなんですか……私が回復魔法をかけてあげましょうか？」

「いや、たぶんそういうのじゃないと思うんだよな……」

回復魔法はクーヤ先生がとっくに試しているだろう。おそらくモニクは肉体的な傷を負っているわけじゃないから魔核の効果は及ばない。つまり魔核の魔力供給速度を高める回復魔法も効果が及ばない。サクナは「そうなんですか」と残念そうに言った。

「私にできることがあったら何でも言ってください——とエステルさんに伝えてください。

これでも補助系の魔法はかなり得意なので」

「うん。ありがとね」

サクナみたいな良い子がヴィルのように邪なことをするはずがないのだ。

今日は安心してサクナに抱き着いて眠るとしよう。

「……コマリ様。メモワール殿にベッドから突き落とされてしまいました」

いつの間にかヴィルが涙目でこちらを見つめていた。

私にはわかる。あれは嘘泣きに違いない。

「見てください。全身の骨が一つ残らず粉々に砕け散りました」

「そうか。それは災難だったな」

「まったくです。メモワール殿は嫌だ嫌だと泣き叫ぶ私を容赦なく突き落としたんです。私はただコマリ様のベッドで寝たかっただけなのに……ひどいと思いませんか？　可哀想なメイドを抱きしめて慰めたくなりませんか？」

「そんなことより今日の計画を立てよう。私は温泉オムライスを食べてみたい」

「わかりました。コマリ様が慰めてくれないので今すぐコマリ様の服を引き千切って温泉に放り込みたいと思います」

「わーっ！　やめろ服をつかむなっ！　脱ぐときは自分で脱ぐよっ！」

「じゃあコマリさん。せっかく来たんですから……温泉に入りませんか？」

サクナがもじもじしながらそう言った。

私はヴィルの頭を押さえつけながら考える——確かに温泉に入らなくちゃもったいない。

でもここに来て躊躇いのようなモノが芽生えてきた。

だって。冷静に考えたら友達と一緒にお風呂に入るんだぞ。

なんか恥ずかしくないか？　いやまあ恥ずかしがるほうが変なのかもしれないが。

「どうしたんですか？　温泉に入れば小説のネタが思い浮かぶかもしれませんよ」

「むむむ……」

言われてみればそうだ。一日において最も妄想が捗るのは寝る前とお風呂のときである。そもそも私がこの旅行に来た理由はスランプから抜け出すためなのだから。

「わかった。サクナの言う通りだな。じゃあさっそくお風呂に——」

「お待ちくださいコマリ様」

ヴィルが私のお腹にしがみついて止めてきた。

脇腹をつまみながら不服そうに声をあげる。

「温泉に浸かるのは大賛成です。しかしその前にやらねばならぬことが発生しました」

「何それ？　準備運動しなくちゃとか？　あと離れろ」

「プールではないので必要ありません。——実は紅雪庵にやってきたのは我々やズタズタ殿の一行だけではなかったのです」

「そりゃ他にお客さんがいて当然だろ。あとお腹を揉むな。くすぐったい」

「そうではありません——」

ヴィルは通信用鉱石を取り出した。

そうして驚くべき〝偶然〟を教えてくれるのだった。

「アルカや天照楽土の連中も来ているそうです。先ほど連絡がありました——『一階の休憩室で待っているから早く来い』だそうです」

「——コマリ！　本当に奇遇ね！」

休憩室とやらに入るなり突進してくる人影があった。

「え？　どうしてお前が——」

挨拶(あいさつ)をする暇もなかった。

なんとなく予想はついていたことである。彼女は弾丸のような速度でそのまま突っ込んできて——ギュー ッ!!　と私に抱き着いてくるのだった。背後のサクナとヴィルが悲鳴をあげるのもお構いなしに頬(ほお)ずりまでしてくる始末。

その正体は言うまでもない——桃色の髪をツーサイドアップにした少女である。

アルカ共和国の大統領ネリア・カニンガム。

「コマリも温泉に来てたのね！　すごい偶然！　これって運命だと思わない？」

「う、運命かどうかはさておき奇遇だな。とりあえず離れてくれないか？」

「いやよ！　私とあなたは血を分け合った姉妹なのよ？　姉妹が仲良くハグをするのは当然のことだと思わない？　ましてや二カ月くらい会えてなかったんだから」

　すりすりすりすりすりすり。

　ネリアの頰ずりは止まらない。恥ずかしいからやめてくれ。色々な人が見てるんだぞ――と思ったが彼女はむしろ周りに見せつけるような感じで私に密着してくるのである。

「最近寒いわよね。私が温めてあげよっか？」

「い、いらないよ！　これから温泉に入る予定なんだ」

「そうね！　じゃあ一緒に入りましょう！　姉として責任をもって背中を流してあげるわ！」

「なんでお前が姉なんだよ⁉　そもそもお前と私は姉妹でも何でもないし仮に姉妹だったとしても私のほうが知的で大人な雰囲気を漂わせているだろ！　お姉ちゃんは私だ！」

「何言ってるの？　私はもう十六歳になってるわよ」

「…………」

　え？　じゃあネリアのほうがお姉さんだったの？　というかいつ十六歳になったの？　お祝いしてあげたかったのに――そんな感じで残念な気持ちを抱いているとヴィルが強引に私とネリアを引き離した。

「やめてくださいカニンガム殿。コマリ様のほっぺの皮膚が削げ落ちたらどうするんですか」

「なぁに？　嫉妬？」

「嫉妬ではありません。コマリ様の一番は私だと決まっていますからね。カニンガム殿は血を交換した仲だと自慢しましたが、私だって先の騒ぎのときに血を吸い合いましたので」

「そうよね。あなたは私の〝後〟にコマリと血を吸い合ったのよね」

「……それはどういう意味ですか？　後とか先とか関係あるのですか？　あなたはニワトリが先かタマゴが先か気になって眠れないタイプの人間なのですか？　ちなみに私は順番よりも回数が重要だと思いますので今すぐコマリ様の血を吸わせていただきます」

「わああああああっ⁉　こらっ‼　くっつくな変態メイド‼　助けてくれネリア‼」

「はいはいごめんごめん。冗談だからやめなさいなヴィルヘイズ」

　ネリアはおかしそうに笑って私から離れていった。

　どうやらヴィルを揶揄っていたらしい。しかもネリアの隣ではガートルードが頬を膨らませて私を睨んでいる。争いの火種を撒くのは本当にやめてほしい。何故争いが起きるのかはよくわからないけれど。

「ネリア様。こんなやつのお祝いなんて……」

「いいじゃないガートルード。あなたのときも盛大にお祝いしてあげるから」

「そんなこと言われても……言われても……嬉しいだけですけど……」

　ネリアとガートルードが何かコソコソと会話をしていた。お祝いという単語が聞こえたけど何のことだろう？　まあいいか。それよりも——

「なんでネリアがここにいるんだ？　もしかして福引が当たったとか？」

「そんなところね。ちなみに私たちだけじゃあないわよ」

「——ごきげんようコマリさん。お変わりはありませんか」

しゃん、と鈴の音が鳴った。

休憩室のテーブルでお茶を啜っている少女がいた。いつもの和風チックな衣装を身にまとった天照楽土大神、アマツ・カルラである。その隣の席では忍者装束の峰永こはるがプリンを食べていた。私もあれ食べたい。

「カルラも福引当たったの？」

「はい。一生分の運を使い果たしたような気がします」

「……なんか偶然にしてはできすぎじゃないか？　同じ時期に福引を引いて同じ旅館に泊まることになるなんて起こり得るのか？」

「普通は起こらない。普通じゃないから起こった」

「ちょっとこはる！　余計なこと言わないでくださいっ！　バレたらどうするんですか！」

バレる……？　何を言っているのだろう。

首を傾げていると「気にしないでください」とカルラが愛想笑いを浮かべながら近づいてきた。何か隠し事をされているような気配があるけど彼女の言う通り気にしないでおこう。

「お元気でしたか？　ムルナイト帝国は順調に復興していると聞きましたが」

「え？　ああ――特に問題は起きてないと思うな。私も普通の生活ができている」

ムルナイト帝国帝都は昨年末のテロで甚大な被害を受けた。

しかし現在は皇帝主導で急速に復興が進んでいる。破壊された街並みもほとんど修復が完了しており、吸血鬼たちは平和な日常を取り戻しつつあるのだった。

それもこれもテロリスト鎮圧に協力してくれたネリアやカルラのおかげだろう。

この二人には感謝してもしきれない。

「逆さ月のやつらはロクでもないわよね。魔核を壊したいって言ってるらしいけれど――そんなことをしたら世界が混沌（こんとん）に包まれるのは目に見えているのに」

「混沌を望んでいるからこそテロリストなのではないでしょうか。お祖母（ばあ）様も言っていましたが、ああいう輩（やから）はそもそも破壊や殺戮が主目的であることが多いようです」

「本ッ当にロクでもないわね。理念があっただけマッドハルトのほうがまだマシだわ」

ネリアが呆（あき）れたように溜息を吐いた。

そうして思い出されるのはスピカ・ラ・ジェミニのことである。

彼女はいったい何を思って帝国に宣戦布告したのだろうか。単に「魔核を破壊する」以上の目的があったようにも感じられたが――わからない。あいつとは腹を割って話す必要がありそうだ。腹を割る前に腹をぶっ刺される可能性もあるけど。

「カニンガム殿。そんな辛気臭い話はどうでもいいのです。今はいかにして例の作戦を進めるかが重要ですよ」

「そうだったわね！」ネリアは快活に笑って私の手を握ってきた。「じゃあコマリ。さっそく温泉に入りましょう」

「いや……でも……」

「なぁに恥ずかしいの？　大丈夫よ。私がしっかりエスコートしてあげるから！」

☆

そもそも私はお風呂なんて一人で入るものだと思っている。

誰にも邪魔されない癒しの時間。日々の激務でたまったストレスを洗い流すことができるのはお風呂だけなのだ。メイドもその点に関しては気を遣ってくれているようで、私が入浴している最中に押し入ってくることはまずない。いやあるけど三回に一回くらいの割合である。

だが――今日はべつだ。

みんなで温泉。メイドどころかその他の友人たちも一緒なのである。

改めて考えてみると恥ずかしいことこの上なかった。私だけ時間をずらそうかな？――脱衣所の隅っこで硬直しながらそんなことを考える。

「──コマリ様？　動きを止めてどうしたのですか？」

「べつに……」

「ああっ！　シャンプーハットを忘れてしまいました。申し訳ありません。これではコマリ様の目に泡が入ってしまいます」

「いらんわそんなもんっ！　そうじゃなくてだな……」

ヴィルが「なるほど」と納得したように頷いた。

「ようするに恥ずかしいのですね。私が脱がして差し上げましょう」

「わあああああああ⁉　こっち来るな！　いいよ自分のことは自分でやるから！」

「そうは言ってもですね。もうアマツ殿もカニンガム殿も行ってしまいましたよ」

彼女はすでに全裸になっている。恥ずかしくないのだろうか。いやヴィルに羞恥心なんてものを期待するだけ無駄だな。こいつは変態メイドなのだから。というか目のやり場に困るんだけど私はどうしたらいいのだろう。

「あの……タオルとかない？」

「はいどうぞ。湯船につけるのは厳禁ですよ」

バスタオルを受け取る。しかし私は動くことができない。

「……なあヴィル。先に行っててくれないか」

「駄目です。コマリ様が逃げてしまうかもしれません」

「逃げないよっ！　ただ……恥ずかしいんだ」

「何を子供みたいなこと言ってるんですか。羞恥心なんてものは百害あって一利なしです。温泉を楽しむためには自然に還る(かえ)ことが重要なのです――覚えていらっしゃいますか？　昨年の夏、みんなで海に行ったときのことを」

「覚えてるけど……それがどうしたんだ？」

「コマリ様は最初、水着を披露するのを恥ずかしがっておられました。ですが一度水着になってみたら羞恥心など忘れてはしゃいでいましたよね？」

「それはそうだけど……」

「今では水着で街中を歩くことにも抵抗がなくなりましたよね？」

「あるに決まっとるだろうが」

「それと同じ理屈ですよ。一度全裸になってしまえば全裸であることが普通に思えてくるはずなのです。それでもコマリ様が嫌だと仰る(おっしゃ)のなら私が脱がして差し上げましょう。さあコマリ様じっとしていてください。今すぐ生まれたときの姿にしてあげますから――」

「やめろ！　自分で脱ぐよっ！　ヴィルはあっち向いてて！」

　もうどうにでもなれ――そんな気分で私は衣服に手をかけた。

　ヴィルの言ってることは滅茶苦茶(めちゃくちゃ)だが一理あった。ようするに慣れである。慣れればみんなと温泉に入ることにも抵抗はなくなるはずなのだ。つまり最初の一歩さえ踏み出してしまえば後は野となれ山となれなのである。

私は念仏を唱えながら服を脱いでいった。

雑念は捨てろ。温泉という至福の時間がそこにあるのだ——

「——コマリ様？　準備はできましたか？」

「う、うん……」

躊躇いがちに頷く。それまでこちらに背中を向けていたヴィルが振り返った。

そうして彼女は「まあ！」と驚いたような声をあげる。

「なんて美しいお身体なのでしょう！　久しぶりに明るいところでコマリ様の裸体を拝見しましたがさっそく鼻血が出そうな思いです。カメラを持ってきましょうか」

「犯罪だろうが!!　私は先に行くからな!!」

「駄目です」

走り出した瞬間、ギュッ！　と背後から抱きすくめられてしまった。

蜘蛛の巣にかかった蝶とはこんな気分なのだろうなと瞬時に理解した。

「——やめろ放せ！　おいこら変なところ触るんじゃねえ！　これ以上変態じみた行為を働くとサクナに言いつけるからな！」

「べつに変態行為ではありませんよ」

「じゃあ何だよ！」

「お風呂場で走ると大変なことになります。そこにも注意書きがありますよ」

壁に張り紙が張ってあった。

デフォルメされたウサギが『転倒危険！　走らないでね！』としゃべっていた。

なんだか別の意味で恥ずかしくなってしまった。

「はしゃぎたくなるのはわかります。でも怪我にはお気をつけくださいね」

「……はしゃいだわけじゃない。お前が変なこと言うからだ」

「そうですね。申し訳ありません。では一緒に参りましょう」

「うん」

私はヴィルの背中に隠れて浴室へと足を踏み入れるのだった。

紅雪庵にはいくつか浴場があるらしい。

私たちはその中でも雪見が楽しめるという露天風呂へとやってきた。浴場に入った瞬間身も心も凍らせるような寒風が吹き抜けていった。緊張による身体の火照(ほて)りなど吹っ飛んでしまった。はやくお湯に浸かって温まりたい――そう思って視線を前方に向ける。

「コマリ！　あったかくて気持ちいいわよ」

ネリアたちはすでにお湯に浸かっていた。ガートルードもカルラもこはるもサクナも恥ずかしがっている様子は少しもない。未(いま)だに愚図(ぐず)愚図している私のほうが変なのかもしれなかった。

まあ大丈夫だろう。これだけの湯気があればなんか色々と隠してくれるはずである。

かけ湯をしてから岩々に囲まれた浴槽へと向かう。

爪先からゆっくりと身を沈めていき——やがて肩まで湯に沈めることに成功。

そうして私は思わず溜息を漏らしてしまうのだった。

「気持ちいぃ……」

「でしょっ⁉」

突然ネリアが高速で身を寄せてきた。

肩と肩が密着する。輝くような笑顔で見つめられてたじろいでしまった。

「あそこの看板に効能が書いてあったわよ。疲労回復、ストレス解消はもちろん、お肌の美容効果もあるらしいわ。お湯に魔力が含まれているんだって」

「へえ。ここは核領域の中心だからなぁ」

「あと身長が伸びる効能もあるそうよ」

「ほんと⁉」

私は驚きのあまり立ち上がってしまった。お湯の飛沫がネリアにかかって「ちょっとコマリ〜っ！」と文句を言われてしまった。私は「ごめんごめん」と謝罪をしながら再び座り込む。

ちょっとはしたなかったな。

最近思うのだが〝身長が伸びる飲み物〟とか〝身長が伸びる体操〟とかに過剰な反応を示す

のはよくない気がするのだ。だって小さいのを気にしていることがバレバレだし。むしろ「身長なんてどうでもいいですけど？」みたいなスタンスを貫いたほうがかっこいい。

　というわけで表向きはクールな感じでいこうじゃないか。

　この温泉には浸かりまくるけど。

「――あ、そういえば、最近マッサージを習い始めたのよ」

「マッサージ？　どうした唐突に」

「ガートルードが疲れてるって言うからね。本を読んで勉強したんだけど――その中に『身長を伸ばすマッサージ』っていうのがあったわ。お風呂から出たらやったげる」

「ほんと⁉」

　私は驚きのあまり立ち上がってしまった。お湯の飛沫がネリアにかかって「やっぱり食いつきがいいわね！」と笑われてしまった。私は絶望した。なんだこの条件反射は。身体が身長を求めて言うことを聞かない。

「カニンガム殿。マッサージなら間に合っているのでけっこうです」

「あらそう？　コマリは身長が欲しいみたいだけど？」

「コマリ様に身長はいりません。持ち運びできるくらいのサイズがちょうどいいのです」

「そうですよネリア様。テラコマリの身長なんてこの世でいちばんどうでもいいです。もともと私の疲労を取るためのマッサージだったんですから……」

「疲れてるの？　ガートルード」

私が話しかけると、びくっ！　とガートルードの肩が震えた。

話しかけられるとは思わなかったという顔である。よくよく思い返してみれば私はこのメイド少女と言葉を交わしたことがほとんどない。いつもネリアが間に挟まっていたし。

「……そうですね。疲れています。八英将の仕事は重労働ですからね」

「ガートルードには八英将だけじゃなくて私のメイドもやってもらってるのよ。あとはまあレインズワースの手伝いとして首都の見回りもしてもらってるわ。うちはまだまだ安定とは程遠いからねえ……殺人事件が毎日たくさん起きるのよ」

「そっか。大変そうだなぁ」

その何気ない言葉が癪に障ったらしい。

ガートルードが眦を吊り上げて睨んできた。

「一応言っておきますけどね！　私とテラコマリ……さんは同格の将軍なんですからね！　なんで私がこんなに苦労しているのにあなたは毎日のほほんと過ごしているんですか⁉」

「え⁉　わ……私だってそれなりに忙しい毎日を送っているぞ⁉」

「嘘言わないでください！　その証拠に――ほらっ！」

ぎゅっ‼――と腕をつかまれた。

突然だったので思わず声が漏れてしまった。

「――二の腕がぷにぷにじゃないですか！　これは苦労を知らない者の身体です！　ネリア様にマッサージしてもらいたかったら少しは筋肉つけてからにしてください！」

「ちょっ……モミモミするなよっ！　くすぐったいだろ！」

「ガートルードだけずるいわ！　私もコマリの柔らかい腕をぷにぷにしたい」

「翦劉どもは引っ込んでいてください。コマリ様の腕は私の第三、第四の腕ですので」

「お前がいちばん引っ込んでろ!!　おいこら――揉むなあああああああっ!!」

ネリアとヴィルは遠慮会釈なしにひっついてきた。

私は水飛沫をあげながらなんとか変態どもの魔手から逃れようとする。ガートルードが何故か羨ましそうな目で睨んでくる。そんな顔をするんだったらネリアはお前が受け持ってくれないか？――と思っていたらそのネリアが「あっはっはっはっは！」と楽しそうに大笑いしていた。こいつは変態行為そのものが目的なのではなく私をからかうことを目的としているのだ。

やってられん！――ついに怒りの波動を抑えつけていた堤防が決壊した。

私はお湯を巻き上げることによってネリアとヴィルの視界を封殺。やつらが怯んだ隙に湯水をじゃぶじゃぶ掻き分けて地獄から離脱するのだった。

「ああっ！　コマリ様ひどいです！　もっと堪能したかったのに！」

「あーあ。ヴィルへイズのせいね。へそ曲げちゃったわ」

「何を言ってるんですか。カニンガム殿がセクハラするからですよ」

背後で行われている言い争いなんて無視だ無視。

私はそのまま大急ぎで浴槽の反対側へと回った。私たちのやり取りを見ていたカルラが苦笑しながら迎えてくれる。

「コマリさんは慕われてますね」

「慕われている……のか？　変なところ触ってくるやつばっかりだぞ……？」

「それこそが慕われていることの証左だと私は思いますけれど——まあ確かにヴィルヘイズさんやネリアさんはやることなすこと過激ですね」

カルラの近くにはサクナとこはるしかいなかった。

ここにいれば安全だろう。ちなみに向こう側では未だにネリアとヴィルが言い争いをしていた。それを止めようとしたガートルードの顔面にヴィルの水鉄砲が命中。あれよあれよという間にメイド同士の取っ組み合いが始まった。旅行先でくらい仲良くすればいいのに。

「……ここには変態が一人もいないから安心だな」

「えへへ……コマリさん。後で身体を洗ってあげますね」

「へ？　う、うん……」

サクナがそろそろと近寄ってきて私の隣に座った。

上気した肌を滴が伝って流れていく。あまりにも美少女すぎて雪上の妖精でも幻視したのかと思った。——ん？　なんか近くない？　腕と腕が触れ合ってるんだけど？

でもサクナはいきなり揉んできたりしないからな。無害のはずだ。至近距離からジーッと見つめられている気もするけど無害といったら無害のはずなんだ。

私は慌ててカルラのほうに向き直った。

「そ、それにしても旅行なんて久しぶりだな！　カルラはよく温泉とかに来るの？」

「天照楽土には温泉がたくさんありますから、空いた時間によく利用していますよ。——あでもフレジール温泉街に来たのは初めてですね。雪景色がとっても美しい場所です」

「そうだよなぁ。来てよかったよ」

露天風呂からは降り積もった雪の光景をうかがうことができた。

一面の銀世界——ふと私は既視感のようなものを覚えた。

やっぱりここには来たことがあるのだ。

あれはまだ母がムルナイト帝国にいた頃の出来事である。

当時の私は温泉なんかに全然興味がなくて、せっかく旅行に来たのに部屋の中で窓の外ばかりを眺めていて、見かねたお母さんから「一緒に出かけよう」と言われて——

「——コマリさん？　少し星座が輝いたような気がするのですが」

「星座？　まだお昼だけど……」

「いえ。記憶の形の話です」

サクナに言われてハッとした。だんだんと昔の記憶が戻りつつあるのかもしれない。

というか、サクナって相手のお腹を貫かなくても記憶が読めたりするのか？

そうだとしたらヤバイってレベルじゃねえぞ。私が普段の仕返しにヴィルのおやつを盗み食いしたことがバレてしまうかもしれない。

いや、まあそれはともかく。

昔のことはさして重要ではないのだ。

今はこの温泉に可能な限り浸かることによって身長を伸ばすことだけを考えよう。

「あ〜〜〜それにしても生き返るな。俗世の疲れが吸い取られてゆく……」

「コマリさんもお忙しそうですからね。今後も戦争のご予定はあるのですか？」

「あるよ。私は知らないけど確実にヴィルが予定を入れてるからな。——まあそれよりも私にとっての懸念(けねん)事項はスランプに陥(おちい)っているということなんだ」

「スランプ？」

「小説のことだよ。出版社の人とやり取りしているうちに何を書いたらいいかわからなくなっちゃったんだ。この二泊三日のうちにスランプを抜け出せればいいんだけど……」

「それは難儀ですね——」そこでカルラが思い出したように隣を振り向いた。「そういえばこはる。コマリさんに話したいことがあったんじゃないですか？」

「!!」

それまで無言でお湯に浸かっていた忍者の少女——こはるがこちらを向いた。

彼女は少しだけ逡巡（しゅんじゅん）するような素振りを見せた。しかし何かの決意を固めたらしい。忍者らしく音を立てない動作で私のほうに近づいてくるのだった。

「テラコマリ」

「どうしたの？」

「これ……」

何故かペンを渡された。こんなモノどこに隠し持ってたの？――と思ってこはるを見る。彼女は何故か恥ずかしそうにもじもじしていた。そうして蚊の鳴くような声で呟く。

「……サインほしい」

「えっ……サイン？　私の？」

「七紅天大将軍としてじゃなくて。作家としてのサインが欲しい」

私は激甚なる衝撃を受けた。確かに将軍としてのサイン会は開いたことがある。だけど小説家テラコマリ・ガンデスブラッドとしてサインをしたことはなかったのだ。

鼓動が速まる。全身から汗が流れてくる。

なんだ。なんなんだこの気持ちは……⁉

「――こはるはコマリさんの『黄昏（たそがれ）のトライアングル』を読んだんですよ。まだ本になっていませんけれど、うちに原稿がありますから。そしてファンになってしまったみたいです」

「お願いします。せんせい」

「!?!?!?!?」

せんせい。せんせい。せんせい——

それは新世界の始まりを告げる福音に他ならなかった。

そうして私は神の声を聞いた気がした。必ずやこはるに渾身のサインをプレゼントしてあげなければならないという使命を自覚したのである。

私は手の震えを必死に押さえつけながらペンを受け取った。

サイン。サインである。今までこっそり練習してきた成果が発揮されるときが来たのだ。

「ち、ちなみに『黄昏のトライアングル』を読んだの？　ど、ど、どうだった……？」

「おもしろかった。どのシーンもいい。でも——最後に手をつないで黄昏の空を眺めているシーンが特によかった。感動した」

こはるの素朴な感想は私の理性を完膚なきまでに破壊した。

私はペンを握りしめて絶叫した。

「——わかった！　こはるのために精魂込めてサインしようじゃないか！」

「えっと……どこに書くんですか？」

サクナに言われて気がついた。普通サインといったら本とか色紙とかにするものである。でもそれらしきモノはここにはなかった。いやお風呂なんだから当たり前であるが。

こはるもその事実に気づいたらしく、絶望的な表情をしてワナワナと震え出した。

「色紙持ってくるの忘れた……ペンは準備したのに……」

「あらあら。では何か私物にサインしてもらったらどうですか？」

「私物……ここにはない……」

「お部屋にあるでしょう。お風呂をあがってから書いてもらいましょうね」

「……ううん。やっぱりあった」

　こはるがカルラの腕をぎゅっと掴んだ。

「へ？」――カルラが困惑気味の吐息(といき)を漏らした。しかしこはるはお構いなしにそのままグイッ！　と引っ張って私のほうに主人を差し出してくるのだった。

「私のカルラ様。これにサインして」

「ちょっ――こはる⁉　私はあなたの私物じゃありませんからね⁉」

「よし！　待ってろ……いま願いを叶えてやる……！」

「コマリさん⁉　こはるの冗談ですから真に受けないでくださいっ‼」

「冗談じゃない。本気」

「冗談じゃありませんっ！　それ油性ですよね？　なかなか落ちないですよね⁉」

「お尻(しり)に書いて。そうすれば目立たない」

「何の意味があるんですか⁉」

「えっと……こはる？　お尻に書くのはさすがに……」

「お願いします。せんせい」

「⁉⁉⁉――任せろ！　今すぐこはるのカルラに私のサインを刻んでやるからな！」

「ちょっ……やめ……きゃあああああああああああああああああ⁉」

暴（あば）れるカルラにしがみつきながら私はペンをふりかざした。

ファンの頼みなら断るわけにはいかない。それに記念すべきサイン第一号なのだ。絶対に失敗は許されない――そんなふうに使命に燃えていたときのことだった。

ガラリ。脱衣所へとつながる扉が開いた。

「お、お楽しみのところ失礼しますっ！」

現れたのは紅褐色の髪の少女――エステルである。

お風呂に浸かっていた者たちは（私も含めて）動きを止めて彼女に注目した。

「フレジールの気象予報士によると、間もなく激しい吹雪（ふぶき）になるそうです。安全を確保するため露天風呂はいったん閉鎖となるのですが……すみません、水を差すようで本当に恐縮なのですが、お上がりになる準備をしていただけると助かるかな……と」

私は何気なく頭上を仰ぎ見た。灰色の空からふわふわと雪が舞い降りてくる。風も強くなってきているような気がした。もう少しだけ満喫したい気持ちもあるが……これは仕方がないだろう。エステルの言う通りそろそろ上がろうではないか。

そう思って立ち上がろうとした瞬間、自分がカルラの胸を思いっきり摑んでいることに気がついた。私は光の速さで手を引っ込めた。これでは変態メイドと同じじゃないか。

カルラは頬を染めながら「そうですね」と呟いた。

「では吹雪が来る前に退散しましょうか。他にもお風呂はあることですし」

「サイン……」

「サインは私のお尻以外の場所にしてもらってくださいっ！――ネリアさん、ヴィルヘイズさん、いったん部屋に戻りましょう」

ヴィルやネリアからは「えー」というブーイングがあがった。

たぶん冗談のノリである。しかしエステルがこれを真に受けて「すみませんすみませんすみません!!」と全身全霊の謝罪をし始めてしまい、逆に申し訳なさを感じたらしいヴィルとネリアが「冗談よ冗談！」「エステルの言うことに従います」などと真面目な空気になっていたのが印象的だった。エステルみたいなタイプの子は彼女らにとっても新鮮らしい。

とにもかくにも――こうして一日目の露天風呂は幕を閉じたのだった。

ちなみに私は気づかなかった。

サインのときの話である。こはる曰く「ペンだけは準備した」――それはつまり私が温泉に来ることを知っていたことを意味する。しかしカルラに最初に会ったときはそういう素振りを見せなかった。何か秘密が隠されているのは明白だが、このときの私は、温泉とかサインとかで内心めちゃくちゃ盛り上がっていて見落としてしまったのである。

※

プロヘリヤは世界最強に違いない——とピトリナ・シェレーピナ少佐は考えている。

世間ではアマツ・カルラとかテラコマリ・ガンデスブラッドあたりの人気が高い。しかしプロヘリヤが他の将軍たちに劣っているとは思えなかった。彼女が世間で過小評価されている理由は簡単——所属している組織がいわゆる〝悪役の国〟だからである。

白極連邦(はっきょくれんぽう)はその陰湿な外交政策によって世界中から白い目で見られている。ゆえに六凍梁大将軍は七紅天や五剣帝(ごけんてい)と比べて悪く言われやすいのだ。

ふざけているとしか思えない。プロヘリヤ・ズタズタスキーが最強なのは事実なのに。

ようするにピトリナは面白くないのだ——自分の敬愛すべき上官がテラコマリ・ガンデスブラッドより低く見られていることが。

「——プロヘリヤ様。湯加減は如何(いかが)でありましょうか」

「うむ。よい」

プロヘリヤは頭にタオルを乗せながらうっとりした表情を浮かべていた。

紅雪庵の檜風呂(ひのきぶろ)。露天風呂もあるらしいのだがプロヘリヤ曰く「外は寒い！」らしいので室内の浴場を利用することにしたのだ。ちなみに他に客の姿はないので貸し切りも同然。

「来た甲斐があったな。滞在期間はずっと湯に浸かっているのもいいかもしれん」

「では一日中利用できるよう宿の者を脅迫するであります」

「そこまでしなくていいぞ。ルールは守らなくちゃいけない」

六国での評価はともかく白極連邦においては絶大な人気を誇るズタズタ閣下。

普段は連邦軍人に相応しい英姿颯爽とした立ち居振る舞いをしているが、プライベートでは意外とゆるゆるとした一面を見せることが多い。オンとオフの切り替えが上手なのだろう。

ピトリナは〝クールな部下〟を装って慎重に口を開いた。

「……ところでプロヘリヤ様。先日体調を崩されましたが」

「あれは仕方ないだろぉ。気温が急に下がったんだもん……」

「承知しております。プロヘリヤ様の許可なく下がるとは許せません」

「何に対して怒ってるんだ」

「世界に対する憎悪であります。――現在の調子は如何でしょうか」

「私は丈夫だから問題ない。すっかり治ってしまったよ。……それよりもお前のほうこそどうなんだ？　ちゃんとご飯食べてるか？　また痩せたんじゃないか？」

「ご心配痛み入ります。しかし自分には飲まず食わずで労働をする覚悟がありますので」

「駄目だぞ。休むときはちゃんと休めよ……休暇は大事だからな……それにお前の仕事はある意味で将軍よりも大変だし……」

「そんなことはありません。情報収集は趣味でもあります」

「でもさぁ。あれだろ。こないだラペリコの仕事の後も疲れてたじゃないか」

「獣の空気が合わなかったに過ぎません。仕事自体には支障はありませんので。――〝連邦保安委員会〟メンバーとして当然のことであります」

ピトリナ・シェレーピナは連邦軍人の少佐でもあるが、〝連邦保安委員会〟という組織にも所属している。むしろこっちの活動が主体といっても過言ではないだろう。

その仕事はようするにスパイである。

他国に潜り込んで色々な情報を摑み取ってくるのだ。先月は冬眠中のラペリコ王国に忍び込んで不穏な動きがないかを調べた。その際クマの毛皮を被って変装をしていたのだが、獣の毛でアレルギーっぽいものが発症してしまいひどい目に遭った。それだけのことだ。

「ラペリコのニワットリ国王に異常はありません。あの様子では白極連邦のことなど眼中にないでしょう。朝を告げることしか考えていないようです」

「そんな仕事断ってもいいのに。書記長から言われたんだろ」

「書記長の信任を獲得しておくためには必要不可欠なことでありますので」

「だがなあ。お前はちょっと働きすぎな気もするよ」

「失礼ですが……むしろプロヘリヤ様のほうこそお休みするべきなのでは。毎週日曜日に軍とは無関係の労働をなさっていると聞きました」

「ピアノの先生のことか？　あれは趣味みたいなもんだよ。技術を持っている者は後進に伝えていく義務があるのだ。最近は新しい子も増えて賑やかになってきたなあ。みんないい子たちだぞ……こないだ私にビーズ細工をくれたんだ。先生ありがとうって。嬉しかったなあ」

「素晴らしいご活動であります。出過ぎた発言をお許しください」

取り留めのない会話が続く。

プロヘリヤは「ふわーあ」と小さく欠伸をした。

それにしてもオンとオフの差が激しすぎるようにも思える。

意外なことに、この蒼玉少女はいいところのお嬢様らしいのだ。

ピアノもバイオリンも何でも弾ける。ダンスも踊れるし歌も上手い。休日は狩猟を嗜んだり読書に勤しんだりしている。さらに〝荒野に緑を増やす会〟の会長をやっていたりと環境問題にも関心がある。連邦軍人としてはかなり異質な人材なのだった。

白極連邦書記長はプロヘリヤを評してしばしばこう言う――「あの子は正義の味方に憧れているんだよ」。それが何を意味するのかは今のピトリナにはよくわからなかった。

そのとき、ふと、遠くのほうから笑い声が聞こえてきた。

たぶんテラコマリ・ガンデスブラッドたちがはしゃいでいる音だろう。

「テラコマリは元気そうだな。まさかこんなところで鉢合わせるとは思わなかったが」

「テラコマリどころかアマツ・カルラやネリア・カニンガムなど各国の要人が集まっております。テロリストにとっては絶好の狩り場ですね」

「ふむ……」

プロヘリヤは腕を組んで天井を見上げた。

湯気がモクモクしていて視界が悪い。

「客は我々とテラコマリ一行以外に来ていない。どうやら何かの陰謀が張り巡らされているようだな。まあ我々は傍観者として温泉を楽しもうではないか」

「はい。最初からそのつもりであります」

プロヘリヤは「それにしても」と溜息を吐いて言った。

「白極連邦のボッチ具合にも困ったものだ。私にも声をかけてくれてもよかったのに……」

「⁉——失礼。白極連邦は〝栄光ある孤立〟を保っているのでは」

「そういう考えは今の時代には合わんよ。おそらく真に求められているのはテラコマリ・ガンデスブラッドやネリア・カニンガムが掲げているような融和思想なのだろう。それは書記長もわかっているのだ——わかっているからこそあの男は焦っている」

「焦っている……？」

「これは私の予想だがね。今年中に白極連邦では騒動が起きるだろう」

「…………」

プロヘリヤが言うのならば間違いはない。

いずれにせよピトリナがやることはただ一つ――

「――お任せください。何が起きてもプロヘリヤ様の敵は私が皆殺しにするであります」

「頼もしいな。だが部下に苦労はかけたりしない――吸血動乱のとき皆に怪我を負わせてしまったことを申し訳なく思っている。次は誰も傷つかない方向で調整しようではないか」

ピトリナは尊敬の念をいっそう膨らませるのだった。

やはりこの少女はテラコマリなんて目じゃないくらいの逸材だ。

「……プロヘリヤ様は変わりませんね。そういうところが素敵であります」

「何を言ってるんだ？　私は日進月歩しているだろうに。そもそも変わらない人間なんていないんだ。お前だって今日はまるで別人だったじゃないか」

「どういう意味でしょうか」

「？　宿の受付でテラコマリのメイドと口論していたよな。口論というよりもまるで子供のケンカみたいだったが……お前も年相応にいとけない部分があるのだな」

「…………………、」

落ち着けピトリナ・シェレーピナ。

まだ本性がバレたわけではない。いくらでも誤魔化しようはある。

「……気のせいでは。寒さも度が過ぎると幻覚が見えるといいますし」

「そうか？　確かにあの時はトイレが寒すぎて冷静ではなかったが」

「すべて幻覚です。連邦軍人である私が子供のように口喧嘩をするはずがありませぬ。そもそも私がプロヘリヤ様に隠し事をすると思いますか？」

「それもそうだな。幻覚ということにしておこう」

「っぷねぇ……」

「なんか言ったか？」

「何も言ってないであります」

プロヘリヤの前では〝模範的な連邦軍人〟を演じている——というのは正確に言うと間違っている。この少女を前にすると緊張して素の自分をさらけ出せなくなってしまうのだ。

それは度を越した尊敬がもたらす悲劇に違いなかった。

自分の本来のお転婆な性格が知られれば失望されるのではないか？——そういう恐怖によって行動に制限がかかってしまうのである。語尾に「であります」などとつけて堅苦しい軍人を装っている理由はひとえに彼女から〝減点〟されないための応急処置。そしてそれは自分の意志でオンオフを切り替えられない発作のようなものでもあった。

つまりプロヘリヤがいないところでは〝模範的な連邦軍人〟なんて演じられるわけもない。

何の手も打たなければピトリナの本性がプロヘリヤにバレるのは時間の問題である。

ゆえにピトリナは周りの人間を脅迫し、籠絡し、殺害し、あるいは土下座したり賄賂（わいろ）を渡したり泣き落としをすることによって、自分のはっちゃけた性格が敬愛すべき上官に伝わらないよう工作しているのだった。

常々思う。自分はなんて難儀な生き方をしているのだろうか、と。

「――まあ何があっても私がなんとかしよう。物騒(ぶっそう)な話は後回しにして温泉を楽しみたまえ。まとまった休暇がとれるのは今が最後かもしれないからな」

「承知であります」

「ふむ――」

そこでプロヘリヤが天井を見上げた。

彼女の耳がぴくりと動く。

「……今夜は暴風雪だな。まるでクローズドサークルだ」

「せっかくの慰安旅行が台無しであります」

「そう残念がるな。台無しもまた乙なものだぞ～」

プロヘリヤは目を瞑(つむ)って「はぁああ～良い湯だな～」と溜息を漏らした。そして白極連邦で人気のアイドルソングを口ずさみ始める。音楽の好みはクラシックだが、最近はピアノ教室の子供たちに教えてもらって流行歌も嗜んでいるという。

彼女の歌声に耳を澄ませる。

ふと気づいた。浴室の扉のあたりを影が横切ったような。

※

日が暮れる頃にはすっかり天気が荒れてしまった。

風がごうごうと唸(うな)っている。窓の外を見ると恐ろしい勢いで雪のかけらが舞っていた。こんな状態で外を出歩けば私のような貧弱吸血鬼など一瞬で吹き飛ばされてしまうだろう。とはいえ屋内に引きこもっていれば問題はない。

現在、私たちはネリアの部屋に集まってゲームに勤しんでいた。

ゲームといってもトランプである。同じ絵柄のものを引くと手札を捨てることができ、先にゼロ枚になった者が勝ち……という単純なものだ。

しかしこれが意外と難しい。何故か全然勝てないのである。

やつらはまるで私の手の内を見通しているかのようにジョーカーを回避していく。ちなみに現在五戦目、私とこはるが最下位をかけて熾烈(しれつ)な争いを繰り広げていた。こちらの手札は二枚。ジョーカーとハートの5である。

こはるが無表情でジッと私の顔を見つめてきた。

「テラコマリ先生。どっちがハズレ？」

「言うわけないだろ！　これは私の運命を担う大事な一戦なんだからな！」

「こっち？」

「どうだろうな」

「じゃあこっち？」

「……違うな」

「テラコマリ先生は嘘がつけないタイプだね。じゃあこっち」

「ああああああああああああああ‼」

いとも容易く(たやすく)ハートの5を奪われてしまった。こはるは「勝った」と無感動に言いながらカードをベッドの上に放り投げる。私は絶望的な気分で手元に残ったジョーカーを見下ろした。

ありえない。何故こんなにも差が出るんだ。これって運が全て(すべて)のゲームじゃないの……？

「五回勝負の結果が出ました。一回戦最下位・コマリ様。二回戦最下位・コマリ様。三回戦最下位・コマリ様。四回戦最下位・コマリ様。五回戦最下位・コマリ様。総合最下位——コマリ様です。よってコマリ様が最弱であることが判明しました」

「いちいち言わなくていいだろ⁉　そんなことはわかってるんだよっ‼」

「私のようにポーカーフェイスを習得するのをオススメします。コマリ様は顔に出すぎなのですよ」

「嘘だ。私ほど演技が上手な人間はいない。第七部隊のみんなも私の正体を見抜けていない」

「それは第七部隊のみんなが馬鹿だからです」

「馬鹿って言うなよ。陰口はよくないぞ」

「失礼いたしました」

「そんなことより罰ゲームでしょ！」ネリアが満面の笑みで近寄ってきた。「総合最下位になったら他の参加者の命令をなんでも聞くってルールよ。まさか忘れたわけじゃないわよね？」

「忘れてはいない。でもなかったことにしようかなって思ってる」

「コマリの敗北は事実よ！　何をしてもらおうかしら――」

他の連中も思い思いに命令を考え始めた。ルールに欠陥があるのは明らかである。最下位ひとりに全員が命令できるっておかしくない？　私の負担が大きすぎない？――そんなふうに激甚なる不満を抱いているうちに各々考えが決まったらしい。

「私のメイドになりなさい！」とネリア。

「では新作のお菓子を味見していただけませんか？」とカルラ。

「明日は私が身体を洗ってあげますね」とサクナ。

「『黄昏』以前に書いた小説読ませて」とこはる。

「私と結婚してください」とヴィル。

「閣下に命令なんて恐れ多いですっ……！」とエステル。これに反応したのは鞄からメイド服を取り出そうとしていたネリアである。彼女は「なーに言ってんのよっ！」と笑いながらエステルの背中を、ばんっ！　と叩いた。

「せっかくコマリを好き放題できるチャンスなのよ？　有効活用しないと損だわ」

「かっ、かか、カニンガム大統領っ……！　そんな……無理ですっ！　そもそも私のような一介の軍人が同席していることが異常事態でして……！」

「軍人も大統領も大神も関係ないわ。だって今日は仕事とは全然関係ない旅行なんだから」

「でも……でも……」

ちなみにエステルは途中からの参加だった。二回戦が終わったくらいのところで突然ガートルードが「お風呂に忘れ物をしたので取りに行きます」と言って退室。そのまま続けてもよかったのだが、ちょうどエステルがお茶を運んできたので代わりに強制参加させたのである。ネリアに肩を組まれたエステルは恐縮しきった様子で硬直していた。

私は思わず笑顔になってしまった。やはりこの少女は世にも珍しいマトモな感性を持っているのだ。そこらによくいる変態どもとはわけが違う。

「――ほらな！　お前らみたいに無理な要求はしてこないんだよ。いやまあ、カルラとこはるとサクナはべつにいいんだけどさ。とにかくエステルは私の味方だ！」

「私が駄目でメモワール殿がＯＫなのは基準がぶっ壊れていませんか？」

「サクナは純粋な良い子なんだからＯＫだろ。そしてエステルも良い子だ」

「あ、あわわ、閣下……」

私はエステルの頭をナデナデした。ナデナデしてから思ったけどエステルって何歳なんだろう？　完全に年下のつもりで接しているけど。と思っていたらヴィルが絶叫した。

「あああああああっ！　ずるいですエステル！　良い子のフリしてコマリ様にナデナデしてもらうなんて……！　許せませんッ！」

「ええっ⁉　そんなつもりじゃ……」

「これは怪しいわね。コマリの近くに変態じゃない人間が寄ってくるわけないもの。あなたも実はサクナ・メモワールみたいに猫被ってるだけなんじゃないの？」

「あの……私は猫被ってるわけじゃないんですけど……」

「ち、違いますっ！　上官に命令するのを躊躇うのは当然の感情だと思いますっ！」

「御託は聞きたくありません。さあ変態の片鱗を見せてください」

「ちょっ……ヴィルさん⁉　やめ……あはははははははははは‼」

ヴィルとネリアがエステルにくすぐり攻撃を仕掛け始めた。

私は巻き添えを食らわないように俊敏な身のこなしで退避する。エステルもなんだかんだ皆と仲良くやれているようで安心だ。ヴィルとかに毒されなければいいけれど。

不意に風がごうごうと大きな音を立てた。飛ばされてきた何かが壁に激突したらしい――ガンッ‼　というすさまじい衝撃が室内に響き渡る。

隣のカルラが「ひどい天気ですね」と冷静に呟いた。

「これでは温泉街を歩くこともできません。せっかくの誕生……じゃなくて温泉旅行なのに」

「気象予報士に聞いた。三年に一度レベルの吹雪なんだって」

こはるは頬を膨らませていた。露天風呂に入れなくなって少し不満らしい。

「【転移】の魔法石も使えない。魔力が乱れている」

「そうなの？　じゃあ帰れないってことか」

「室内でじっとしてるしかありませんね——あ、お団子食べます？」

「うん。ありがとう」風前亭（ふうぜんてい）のみたらし団子を受け取りながら私は窓の外を眺める。「明日の朝には回復してるといいんだけどなぁ。ちょっと行ってみたい場所があるから」

「行ってみたい場所ですか？　オムライス屋さんとか？」

「それもあるけど……この近くにある丘の上に行ってみたいんだ」

温泉街の光景を見ていて思い出したことがある。

かつて家族でフレジールを訪れたとき、私は母に手を引かれて小高い丘の上に行ったのだ。そして逆さまの街が空に浮かんでいる映像を目撃した。あれがいったい何だったのかは未だにわからないが、しかし現在も見ることができるのか非常に気になった。

そして母はあの現象を「世界の秘密」と呼称していた。

せっかくフレジールまで来たのだから世界の秘密を探っておくのも一興である。

そのことを掻い摘（つま）んで伝えると、カルラは「なるほど」と唸って皿の上の串団子を手に取った。

「逆さまの街ですか……後でお祖母様に聞いてみようかしら」

「数年に一回しか見られないらしい。あとフレジール特有の現象だったような」

「そ、その話ならっ！　知ってますよ！」

　急にエステルが声をあげた。ヴィルとネリアの魔手から辛うじて逃げおおせたらしい。というよりも逃げるための口実として食いついてきた感がある。彼女は呼吸を整えながら「逆さまの街とはですね」と切り出した。

「閣下の言う通りフレジール特有の現象です。この辺りの人たちは〝黄泉写し〟と呼んでいますね。三年に一度くらいの周期で雷雨とか暴風とか大きめの災害が起きるんですけど、これが鎮まった後に異界の光景が浮かび上がるんです」

「異界……？　異界って何だ？」

「申し訳ありません。詳細は誰にもわかっていないそうです……ある人は〝死後の世界〟と言いますし、またある人は〝別次元の異世界〟とも言います。これはフレジールに限った話ではありませんが、核領域の中央部にはこの異界に関する伝説が数多く残されています。人が突然姿を消したり、どの国でも使われていない文字のメモ書きが発見されたり……」

　なんだか浪漫のある話である。

　そして私はその異界とやらに少しだけ心当たりがあったのだ。私のペンダントにヒビが入ったときに現れた新月の世界。あれと何か関係があるのではないかと思えてならない。

「もしかしたら……今回の吹雪でも〝黄泉写し〟が発生するかもしれません。前の黄泉写しはちょうど三年前だったはずですから」

「わけわかんない話してんじゃないわよっ！　私から逃げようってわけー!?」

「や、やめてくださいカニンガム大統領！——あはははははは!!」

エステルがネリアに捕まって弄ばれていた。ガートルードが見たら嫉妬して歯軋りでもしそうな光景である。あのメイドは本当にネリアのことが大好きだからな。

カルラが団子をもぐもぐごくんと呑み込んでから言った。

「——まあ結局、この吹雪が収まらないことにはどうにもなりませんね。丘に見に行くこともできませんし」

「そうだよな。この感じだと露天風呂にも入れないだろうし……っていうか忘れ物を取りに行ったガートルードは大丈夫なのか？　風で吹き飛ばされたりしてないよな？」

ネリアが「あー」と思い出したように天井を見上げた。ちなみに彼女の両手はエステルの脇の下に滑り込んでいる。いつの間にこんなに仲良くなったのだろうか。

「様子を見てこようかしら？　滑って転んで気絶でもしてたら可哀想だし」

「夜も更けてきました。そろそろ解散にいたしますか？」

「そうね。じゃあ今晩はこれくらいにしておきましょうか。遅くまではしゃいでたら他の客に迷惑だろうし——まあ他の客っていっても蒼玉二人しかいないんだけどね」

そう言ってネリアは立ち上がった。

現在、紅雪庵に宿泊しているのは、私たち一行を除けばプロヘリヤとピトリナしかいないらしかった。つまりほぼ貸し切り状態。吹雪が来るのを見越して予約を入れなかったとか？　よくわからなかった。よくわからないがそれはさておき——私はほっとしていた。何故なら罰ゲームが有耶無耶になったからである。

「あ、そうそう。罰ゲームは明日やってもらうわよ」

有耶無耶になっていなかった。絶望に打ち震える私を無視してカルラたちも部屋に戻る準備を始めた。どうやら今日はこれでお開きらしい。やがて彼女たちは「おやすみなさい」と挨拶をしてから順々に退室していくのだった。

紅雪庵の一日目はこうして終了する。

なんだかんだ楽しかったな。温泉なんて久しぶりに入ったし。明日はフレジールの街を散策してみたいところだが——吹雪は止んでくれるのだろうか。

私はそんなふうに少しだけ不安を抱きながら就寝の準備を始めるのだった。

※

ネリア・カニンガムがガートルードを捜しに浴室へ向かっていたときのことである。

　ふと二階の廊下で見知らぬ夭仙とすれ違った。

「――ねえ。あんた」

　声をかけると夭仙は「はい？」と振り返った。

　お団子ヘアーが特徴的な神仙種。こんな客がいたなんて聞いていない。だがそれよりもネリアには気になることがあった――彼女が行こうとしている先のことである。

「そっちは『関係者以外立ち入り禁止』って書いてあるけど」

「ああ」

　少女は眠そうに頭をぽりぽり掻きながら言った。

「私は関係者だよ。コマリン閣下から聞いていないかね？」

「聞いてないわ。なんかあんた怪しくない？」

「無理もないな。私は世にも怪しい〝医者〟なんて職業をやっている。名前はクーヤ。エステル・クレールの妹の主治医だ」

　ああ――とネリアは納得した。

　そういえばこの旅館には病床に伏せている少女がいるらしいのだ。確かエスエル・クレールの妹さんだっけ。

　ならば医者がいてもおかしくはないだろう。

「――災難ね。急に嵐が来ちゃって」

「まったくだ。診察を終えたら帰ろうかと思っていたのに。昨日から徹夜で眠くて眠くて仕方がない。いやすまん。あなたに愚痴ってもしょうがないんだが……」

「目の下に隈ができてるわよ。きっと苦労しているのね。――妹さんの病気ってそんなに重いの？」

「まあね。プライバシーに関わるから詳しくは言えないが。帰れなくなったついでに様子を見ていこうかと思ったのだ」

ネリアはじーっとクーヤ先生を観察してみた。

彼女はたじろいだように視線を逸らす。

「……な、なんだね。私の顔に何かついているかい」

「いえべつに。マトモなお医者様を見たのが初めてだったから」

「そうか」

「医者って意外と魔法が達者なのね。服の下に杖を隠しているでしょう？」

クーヤ先生の表情がわずかに強張った。

「しかもそれって戦闘とかに使うやつじゃない？　私の気のせいかしら？」

「――さすがカニンガム大統領。隠しても無駄か」

ふっと表情が和らぐ。

「いやね。私はもともと天仙郷の軍にいたんだ。そのときに使っていた杖を今でも治療用として使っているのさ。ケチな性分でね――使えるうちは買い替えたくないんだよ」

「なぁんだ。そういうこと」

「ちなみに容姿（ようし）がうら若き乙女だからって勘違いしないでくれたまえ。軍にいたのは三十年も前の話だ。私はこれでも五十年は生きている」

素直に驚いた。天仙は長寿だというが見た目まで若々しいとは。

まあいずれにせよ真っ当な素性の人物らしい。これ以上変な疑いの目を向けるのは失礼だろう――そう思ってネリアはくるりと踵（きびす）を返した。

「呼び止めちゃって悪かったわね。じゃあお仕事頑張ってくださいな」

「うむ。そちらこそ旅行を楽しむといい」

お互い手を振って別れる。

とりあえず今はガートルードを迎えに行くのが先だ。もしかしたらもう部屋に戻っているかもしれないけれど――そんなふうに考えながらネリアは廊下を進む。

背後で魔力が蠢（うごめ）くような気配がした。

振り返る。すでにクーヤ先生の姿は消えていた。

「……？」

気のせいだろう。深く考えても仕方がないのでネリアは無視することにした。

外では風の音が響いている。

※

モニク・クレールはふと目を覚ました。

どうやら数年に一度の災害がやってきたらしい。自分がこの時間に意識を取り戻すのは珍しいな――とモニクは思う。

闇の中でじっとしていると涙がぽろぽろとこぼれてくる。

まだ感情がある証拠なのかもしれなかった。

モニクを蝕んでいる病気は〝消尽病〟。先生がそう言っていたのだ。

頭の中が霧で埋め尽くされているような感覚。常に気怠い。何をやっても心がプラスの方向に動くことはない。ベッドに蹲ったままゆるゆると滅びの瞬間を待つような病気。

このまま自分は死んでいくのではないか――そう思うと怖くなって涙が溢れる。

でも。だけど。

今日は特別なことが起こった。

テラコマリ・ガンデスブラッド七紅天大将軍が会いに来てくれたのだ。

モニクは久しぶりに心が弾むのを実感した。

あの人と話していると何故か希望が湧いてくるのである。

「コマリン閣下……」

あの世界最強の吸血鬼は二泊三日で紅雪庵に滞在するらしい。自分が起きている間に再び会うことはできるだろうか――そんなふうに思いを馳せていたときのことだった。

不意に〝影〟が近づいてくる気配がした。

「どうしたの？」

影は答えなかった。本棚のところに蹲ってジッとこちらを見つめている。

あれが現れたのはモニクが病気になった直後だった。真っ黒い影は「幸せなところへ連れていってやる」と言った。それはつまりモニクを慰めてくれるということなのだろう。

「……怒ってるの？」

やはり影は答えなかった。あるいは答えているのかもしれない。しかし嵐が来ているせいで彼女の言葉はときおり何かに遮断されたかのように聞こえなくなるのだった。

影はコマリン閣下に怒っているらしい。その理由は不明。しかしことあるごとに「テラコマリ・ガンデスブラッドに会いたい」と怨嗟の声をあげていた。

まあいいかとモニクは思う。なんだか眠くなってきたし。

「おやすみ。影」

モニクが呟くと〝影〟はゆっくりと忍び寄ってきた。

実体のない手で優しく撫でてくれる。エステルは彼女のことを「存在しない」と主張する。

両親も「死神か何かじゃないか？」と疑いの眼差しを向けている。

しかしどちらも的外れなのだった。

影はここにいる。死神どころかモニクを慰めてくれる。

そのときだった。

「モニクくん。起きているかい」

扉の外からクーヤ先生の声が聞こえてきた。

※

風の音で目が覚めた。

私はベッドの中で身じろぎしながら耳を澄ませてみる。いや澄ませるまでもなかった。叩きつけるような暴風によって窓がガタガタと揺れているのである。今日も外に出るのは無理そうだな――そんなふうに考えながら私は枕に顔を埋める。

二度寝をしよう。たぶんまだ太陽も昇っていないだろうし。

それにしてもあったかいな。魔法石による暖房が効いているのだろうか。吹雪でえらいことになっている外に思いを馳せながら堪能するヌクヌクは格別だな――いや。待て。なんかちょっと苦しいぞ？　まるで何者かに力強く抱きしめられているかのような、

「コマリ様……こんなに大きな麩菓子がありますよ……いただきます……」

「わあああああああああ⁉　私は麩菓子じゃないっ⁉」

絡みついてくるヴィルを力任せに突き飛ばして縛めから脱出した。

やつは「麩菓子……麩菓子……」と譫言のように呟きながらモゾモゾしていた。なぜ変態メイドが私のベッドにいるのだろう。ゆうべは相撲勝負の約束を反故にしたヴィルが私の寝床に侵入してきたのでエステルの仲裁で三人とも別々に寝ることになったのに。

そういえばサクナは？——私は壁際のベッドのほうに視線を向ける。

彼女の姿は見当たらなかった。お手洗いにでも行っているのかもしれない。

「……おいヴィル。なんで私のベッドで寝てるんだよ」

「コマリ様が一匹……コマリ様が二匹……コマリ様が三匹……」

問いかけても無駄だった。わけのわからん寝言をほざいてやがる。

まあ今回は見逃してやるとしよう。起こすのも可哀想だしな。とりあえず私も二度寝をしようじゃないか——そんなふうに考えながら欠伸をしたときのことである。

ふとヴィルの首筋に目がいった。

窓から差し込む薄暗い光に照らされた白い首筋。最初はただボーッと見つめているだけだった。そういえばこいつの血を吸ったんだっけかな、なんて考えながらシーツの端っこを握りしめているだけだった。

しかし、見つめているうちに何故か喉が渇いてきた。

そうして昨年末の記憶が蘇る。記憶というか感覚だった。

こいつの肌に歯を立てたときに脳髄を駆け抜けていった、あの甘やかな刺激――どんな飲み物よりも美味しく感じられた、大嫌いだったはずの真っ赤な血。

私は自然と寝ている彼女のほうへとすり寄っていった。

もちろんわかっている。私には【孤紅の恤】とかいうわけのわからんスーパーパワーが備わっているのだ。自分の意志で自由自在にコントロールできる能力でもないため、血を摂取した瞬間、テラコマリ・ガンデスブラッドは世界を破壊し尽くす隕石と化す――と思われる。

だから血を飲むことは推奨されない。

推奨されないけれど……ちょっとくらいならいいんじゃないか？

冷静に考えてみよう。ムルナイト宮殿のときは一心不乱にヴィルの血を吸った。たぶんコップ一杯分以上は飲んでいたと思う。だとしたら一滴くらいなら大丈夫なんじゃないか？

いやいやいやいやいや。私は何を考えているんだ。らしくもないぞテラコマリ・ガンデスブラッド。私は血のかわりにトマトジュースを嗜むと未来永劫誓ったではないか。再び夢の世界に旅立つことによって、このおかしな考えを捨て去ろうではないか――

「んぅ……」

「…………」

ヴィルが寝返りを打った。仰向けになったせいで首筋が丸見えとなる。

口の中に唾液が溢れた。駄目だ。喉が渇いて仕方がなかった。

こいつが起きたら「血を吸わせて！」なんてお願いすることはできない。何故なら恥ずかしいからである。だからチャンスは今しかないのだ。そもそもヴィルがこれだけ無防備な姿をさらすことがあるか？　いやない。やっぱり今しかない。

起こさないように細心の注意を払いながらヴィルのほうへ近寄った。

そうして彼女の首にゆっくりと顔を近づけていく。

大丈夫。少しだけだから。気づかれないように上手くやればいい——そんなふうに心臓をドキドキさせながらヴィルの肌に歯をくっつけたとき、
バンッ!!　と部屋の扉が開かれた。

「——コマリさん!!　大変なことが起きましたっ!!」

瞬間的な危機を察知した私は竹とんぼのようにその場から跳躍。

そのまま隣のベッドに頭から着地した。部屋に闖入してきた少女——サクナ・メモワールが青ざめた顔で「大丈夫ですか!?」と声をあげた。

「……だ、大丈夫だ。ちょっと寝ぼけていたらしい。私が血を吸うなんて天地がひっくり返っても有り得べからざることだからな……サクナこそどうしたんだ？　トランプでもする？」

「そ、それが……」

サクナは未だに信じられないといった表情を浮かべてこう言った。

私はそれこそ天地がひっくり返ったような衝撃を受けることになった。

「ネリアさんとガートルードさんが。何者かに襲われてお亡くなりになりに……」

ロロッコ・ガンデスブラッドは帝国軍に興味を抱いた。

べつに軍人になって殺戮(さつりく)を楽しもうというわけではない。ロロッコが気にかけている吸血鬼——ヘルデウス・ヘブンが在籍しているからだ。

「教会にもたくさん行ったし！　そろそろ会いに行こうかしら！」

姉のコマリからは「行動力の権化(ごんげ)」と言われたこともある。

思いついたら即・実行。それが成功の秘訣(ひけつ)なのだとロロッコは思っている。

二月十八日。土曜日。

姉やそのストーカーたちは核領域の温泉街に行っている。妹に無断で旅行なんてふざけているとしか思えない。帰ってきたらコマ姉の靴下に生クリームを塗っておこっと——そんなふうに悪戯(いたずら)の計画を立てながらロロッコはムルナイト宮殿へとやってきた。

基本的に関係者以外は立ち入り禁止である。

しかし「お父様の忘れ物を届けに来ました！」と言えば簡単にことは進んだ。

ガンデスブラッドという家名は宮廷において絶大な権力を発揮するのである。

衛兵たちは恐縮しきった様子で道を空けてくれるのだった。

「ふふふ……ヘブン様、喜んでくれるかな」

ロロッコは高級菓子屋で買ってきたクッキーの箱を見下ろしながら笑みを浮かべる。

ヘルデウス・ヘブンとの出会いは昨年の冬のことだった。

彼は失恋をして塞ぎ込んでいたロロッコを優しく慰めてくれたのである。

今までのどんな吸血鬼とも違った。

あの神父様はロロッコの心を解かしてやまない暖かい空気をまとっているのだった。

そしてそのときに約束したのだ――「お礼にお菓子を届けてあげるわ！」と。

だからこれはアポなしの訪問というわけではない。あの人だって怒ったりはしないだろう――そんなふうに自分の行動を正当化しながらロロッコは宮殿を進んでいく。

七紅天は戦争がないとき七紅府という建物で働いているのだという。

ヘルデウス・ヘブンもそこにいるのだろうか。というか七紅府ってどこにあるのだろうか。

迷ったロロッコはそのへんの人間に聞いてみることにした。

辺りをきょろきょろと見渡す。

すると宮殿の一角――休憩用の東屋のベンチに腰かけている少女の姿があった。

穏やかな陽の光を浴びてウトウトしている。なんだか頼りなさそうな気がしたけど他に人がいないのだからしょうがない。ロロッコは遠慮会釈なしに少女に近づいていった。

「――ねえあなた。ヘルデウス・ヘブン様がいる七紅府ってどこにあるの？」

少女がぱちりと目を開けた。

ロロッコは「あっ」と声をあげそうになってしまった。

何故なら彼女が吸血鬼ではないことに気づいてしまったからだ。

孔雀のようにひらひらした衣服を身にまとった緑色の夭仙。その宇宙のように澄んだ瞳で見つめられると柄でもなくドギマギしてしまった。

「……どちら様？」

緑色の少女がこてんと首を傾げた。風に乗って杏のような素敵な香りがする。神仙種を間近で見たのは初めてだが――まるで植物のように物静かな人間だなとロロッコは感心する。

「あなたは……テラコマリ・ガンデスブラッド……じゃない？」

「私はロロッコよ。テラコマリは姉貴」

「そっか……やっぱりここにはいないんだね」

何故か緑色の少女はしょんぼりしてしまった。

姉と比べられてがっかりされた。その事実がロロッコの内側にイライラを募らせる。

しかし少女は相手のそんな些細な変化を敏感に読み取ったらしかった。

「ごめんなさい。私はアイラン・リンズ。あなたは七紅府というところに行きたいの？」

「そうよ。ヘルデウス・ヘブン様に会いにね！」

「あなたはその人のことが大好きなんだね」

「はぁ……？　あんたに何がわかるっていうの？」

「なんとなく。――ここで待っていればいいことが起きると思う。お土産の月餅があるから食べながらお話しない？」

「…………」

アイラン・リンズはミステリアスな笑みを浮かべながらベンチをぽんぽんと叩いた。隣に座れという意味だろう。こんなわけのわからない子と話している場合ではないのだが――しかし何故かロロッコはリンズに惹かれるものを感じた。

東屋の天井には暖房用の魔法石が設置されている。とりあえず別の誰かが通りかかるまで付き合ってやるか。神仙種が吸血鬼の総本山で寝ぼけている理由も気になるし。

☆

「三龍星アイラン・リンズ……！　いったいどこに行ったんですの⁉」

ムルナイト宮殿の廊下を歩きながらフレーテ・マスカレールは悪態を吐く。

すれ違う官吏たちが「ひいっ！」と悲鳴をあげて廊下の端に寄っていった。そんなものは眼中にない。いまフレーテの頭を埋め尽くしているのは〝戦争〟の二文字だった。

ことの発端は南方のユートピア・夭仙郷からもたらされた書簡である。

「異界への扉についてお話がしたいです」。

皇帝陛下から聞いている。年末の騒動のときにムルナイト宮殿の謁見の間で異界への扉が開いたらしいのである。いや異界への扉って何だよ——とフレーテは懐疑的な気分になったが、敬愛するカレン様が「事実だ」と言っているのだから疑うのはよくない。

で、本来ならテラコマリ・ガンデスブラッドが外交使節を相手にすることになっていた。何故ならあの吸血姫は実際に異界へ行ったらしいから。

しかし連絡の行き違いがあったらしい。

テラコマリは友達と一緒に温泉旅行に行ってしまったのだ。

馬鹿げている。さらに馬鹿げていることに夭仙郷の対応がフレーテに回ってきた。

宰相曰く「暇そうにしていたから」。

「——こっちだって忙しいのに！　どうして私がガンデスブラッドさんの〝代役〟なんかをしなくてはなりませんの⁉」

「それはマスカレール殿が優秀だからですな！」

と楽観的に叫んだのは祭服を着た男——ヘルデウス・ヘブン将軍である。

この人も「暇そうにしていたから」という理由で引っ張られてきたらしい。フレーテと一緒に夭仙郷の相手をすることになっていた。

「普通の七紅天だったらガンデスブラッド殿の代役なんて務まりません。その点マスカレール殿なら及第点の働きができると評価されての人選でしょう」

「それは私がガンデスブラッドさんに及ばないという意味でしょうか?」

「ああ神よ！　私の失言を許したまえ！」

「神じゃなくて私に懺悔したらどうですかっ！――いえ別に構いませんけれどねっ！　それはそうとあの方たちはどこへ行ったのかしら。まったく夭仙というものは首脳陣までのんびり屋さんなのですね」

夭仙郷から寄越されたのは二人――公主アイラン・リンズとその従者リャン・メイファ。十五分ほど前のことである。貴賓室で二人を出迎えたフレーテとヘルデウスは四人で他愛もない談笑をしていた。しばらくすると彼女たちは「お手洗いに行ってきます」と言い残して部屋を出て行った。出て行ったきり戻ってこなかった。

フレーテの脳裏を過ったのは吸血動乱の発端となったユリウス6世である。

道に迷ってテラコマリと遭遇してなんやかんやあって宣戦布告されていた。

今となってはユリウス6世には最初から邪悪な企みがあったのだと知れているが、しかしアイラン・リンズもあんな感じで誰かと遭遇して気分を損ねて戦争を仕掛けてくる……とまではいかなくとも、悪い印象を持たれる可能性もあった。

「――手分けをして捜しましょう。私は外を確認しますのでヘブン様は宮殿内部をお願いいたしますわ」

「お寒いでしょう。外は私が見て回りますよ」

「あらそうですの？　ではお言葉に甘えましょうか」

フレーテは渡り廊下を早歩きで進みながら焦燥感を募らせる。

はやく見つけないと——私がカレン様に怒られてしまうかもしれないではないか。

☆

アイラン・リンズは妙な包容力を持ったやつだった。

口数は多くない。しかしロロッコの取り留めもない話を静かに聞いてくれるのだ。

どうやらこの仙女はテラコマリ・ガンデスブラッドに会いに来たらしい。あんなやつに会ってどうするんだ？——と思ったが、せっかくなので姉の話をしてやることにした。

「——コマ姉には困ったもんよ。あいつは昔っからドジで間抜けで優柔不断で、私がいなければ何もすることができなかった。今までずーっと私があいつの手を引いて遊んであげたのよ。どちらが姉なのか妹なのかわからないわよね。身長だって私のほうが高いし」

「そう」

「でも最近のコマ姉は少し変わっちゃった。だって私が知らない間にたくさん友達を作ってるのよ⁉　コマ姉のくせに生意気よ。引きこもり時代とは違ってなんか落ち着いてるし」

「引きこもってたの？」

「そうよ。あいつは意気地なしだからね。でもまあ仕方ないのかも――べつにコマ姉だって引きこもりたくて引きこもってたわけじゃないし。引きこもりに追いやったやつが問題なのよ。私としてはそいつが将軍やってるのがちょっと気に食わないんだけどね」

「将軍……ミリセント・ブルーナイト七紅天？」

「そんな名前だったかしら。まーとにかく今のコマ姉があるのは私のおかげなのよ！　プリンって美味しいじゃない？　あいつもプリンが好きなのよ。だから部屋に何回も投げ入れてやったの。顔ぐちゃぐちゃになってて面白かったわ」

「？」

「私が構ってあげたからコマ姉は復活できたのっ！　他にも色々なことをしてあげたわ。それなのに恩知らずなのよね……私を置いて温泉に行っちゃうし！　七紅天大将軍になって色々活躍してるから調子に乗ってるのよ。そろそろ世にも恐ろしい仕打ちをしてあげなくちゃいけないわ。あいつの靴にセミを仕込む計画を練ってるの」

「ほどほどにね。ケンカしちゃ駄目だよ」

「わかってるわよ――そういえば七紅天大将軍で思い出したけど！　コマ姉は同じ場所で働いている他の七紅天のこと全然知らないのっ！　使えないわよね本当に！」

「……??」

「ヘルデウス・ヘブン様のこと全然知らないのよ！」

「ああ……」

「今日も……本当ならコマ姉に取り次いでもらうつもりだったんだけど。いないから一人で突入する羽目になっちゃったし」

緑色の少女は頭にハテナマークを浮かべていた。

少し慌てる。話がコロコロ変わるやつだなと姉からよく指摘されるのだ。

しかしリンズはロロッコが持っている紙袋を見て悟ったらしかった。柔らかな微笑(ほほえ)みを浮かべてこう言うのだった。

「大丈夫。会えると思うよ」

「え？」

「自分から行動する人には必ずいいことがあるから」

根拠のない励まし。しかし何故だか救われたような気分になった。

正直ロロッコは緊張していたのである。ヘルデウス・ヘブンは喜んでくれるだろうか。甘いモノが嫌いだったらどうしよう。そもそも忘れられていたらどうしよう――そういう不安を拭(ぬぐ)うことはできなかった。

だけどリンズのおかげで少し前向きになれた。あとは目的の人を捜すだけだ。

「単純接触効果っていうのがある。何回も会ってみるのが重要かもしれないよ」

「よくわからないけどわかったわ！　ありがとうリンズ！」

「うん。――来たみたい」

リンズの視線の先を何気なく見やる。

どきりとした。中庭に目当ての人物が――ヘルデウス・ヘブンがいたからである。彼はこちらに気づいたらしかった。少し慌てた様子でこちらに駆け寄ってくる。

ロロッコは咄嗟(とっさ)に立ち上がった。とりあえずご挨拶(あいさつ)をしないと――

「へ、ヘブン様……！」

「――おおっ！　こんなところにおられましたかアイラン・リンズ殿」

スルーされた。

ヘルデウスは何故かリンズのほうに歩み寄って笑みを浮かべた。

「マスカレールも心配しております。さあお部屋に戻りましょう」

「申し訳ございません。ちょっとお散歩をしていたのです。しかし今少しお時間をいただければ幸いなのですが――こちらのロロッコに」

「ん？」

今気づいたと言わんばかりの視線だった。

しかしロロッコはめげずにお辞儀をする。

「ご……ごきげんようヘブン様！　あれからお変わりはありませんか？」

「これはこれはガンデスブラッドさんではないですか！　お元気そうで何よりです」

「覚えていてくださったのね！」ロロッコは心を弾ませてヘルデウスを見上げた。「おかげ様で元気が有り余っているわ！　ヘブン様を見習って最近は教会にも通っているの」

「おおっ！　それは素晴らしい！　あなたも神の偉大さにお気づきになりましたか」

「ええ、神ってサイコーね！」

「まさに神ですな！」

何が神なのかよくわからなかった。だがヘルデウスが言うのなら神なのだろう。

とりあえず一緒にお茶会でもしたいところだが――しかしロロッコはそれなりに常識も持ち合わせた吸血鬼である。彼がお仕事中であることは誰の目にも明らかだった。

今日のところは差し入れをするだけにとどめておこう。

「ヘブン様。お仕事の調子はいかがですか？」

「いつも通りです。今日は少し騒がしいですが……」

ヘルデウスがリンズに目を向けた。よくわからないけれど邪魔をするのは本意ではない。ロロッコは笑みを浮かべてお菓子が入った紙袋を差し出した。

「……これ、こないだのお礼よ。ヘブン様のお口に合えばいいのだけれど……」

「私にですか？　こんなに豪華なお礼をしていただくようなことはしていませんが……」

「いいのっ！　私がお礼をしたいと思ったのだから受け取ってくださいっ！」

「そうですか。ではありがたく」

ヘルデウスは満面の笑みを浮かべて紙袋を受け取った。

ミッション完了である。これで慰めてくれたことに対するお礼はできたし、ロロッコ・ガンデスブラッドという存在の印象付けにも成功しただろう。あとはお茶会の約束でもすれば完璧だ——そんなふうに胸をドキドキさせながらぎゅっと拳を握る。

「休憩時間にでも食べてくださいね。それ高かったんだから」

「おや、これは帝都で有名なブラッドクッキーですね。妻が大好きなのです」

「そうなの？　じゃあ奥さんと一緒に——、」

……ん？

この人、今何て言った？

「ありがとうございます、ガンデスブラッドさん。神の名のもと美味しくいただくとしますよ。こういう差し入れは貴重ですからねえ」

「え、ええ……」

「いやあ妻も喜ぶでしょうな。妻はお菓子が大好きでして……」

「——いや妻いんの⁉⁉⁉」

ロロッコは全力で絶叫していた。

ヘルデウスがきょとんとした表情を向けてくる。

「神聖教は妻帯を禁じておりません。あと彼女も聖職者です」

「そういう問題じゃなくて……」

「ユリウス6世から破門された私を見捨てなかった人格者なのですよこれが。ちなみに一緒に孤児院を経営しているのです。もともとは妻の言葉で始めたのですが、これが十年も続くことになるとは思いませんでしたね――」

いや。いやいやいやいや。そんなのってありか……？

ヘルデウスの言葉（惚気話（のろけばなし））はロロッコの耳を素通りしていった。

足元がふらつく。視界が真っ暗闇（くらやみ）に包まれていく。これは――幾度となく味わってきたアレである。つまり懸想（けそう）が完膚（かんぷ）なきまでに破壊されたときの絶望的な感覚。

そうしてロロッコは限界を迎えた。

「…………………………きゅう」

ばたり。

その場にぶっ倒れてしまった。

「!?――だ、大丈夫!?　ロロッコ!?」

「ガンデスブラッドさん!?　し、死んでる……」

死んでなんかない。しかし死んでしまいたい気分だった。

リンズとヘルデウスの心配する声など届いていない。ロロッコの心にわだかまっているのは虚無である。これまでの想いが無に帰したとわかったときの絶望である。

いや。まあ。想定してなかったわけじゃないけど。

「う、うぅ、」

「あ。生きてた。大丈夫?」

「うあああああああああああああああああああああああああ!!」

耐えることはできなかった。もともとロロッコは感情を抑えるのが苦手なタイプである。ゆえに感情のまま飛び起きると——そのままリンズにしがみついてわんわんと号泣し始めるのだった。リンズが「え、あの……」と困惑しているが、構っている余裕はなかった。

叫び散らしたいときは叫び散らせばいい。

そうしないとやってらんねえ。

「あああああああああああああああああああああああああああ!!」

「えっと……よしよし?」

「もっと撫でてえええええええええええええええええええ!!」

こうしてロロッコの何度目かもわからぬ恋に区切りがついたのである。

☆

フレーテ・マスカレールは気を失いそうになってしまった。

アイラン・リンズは宮殿の庭にいた。ほっと一安心したのも束の間である。

彼女は金髪の吸血鬼にしがみつかれて大泣きされていた。

安心している状況ではなかった。

これでアイラン・リンズの機嫌を損ねれば国際問題に発展するだろう。

というか……あの金髪吸血鬼には見覚えがあった。性懲りもなくトラブルを巻き起こそうとしているのである。フレーテは怒髪天を衝くような気分で彼女のもとへ歩み寄った。

「ガンデスブラッドさん⁉　温泉はどうしたんですの⁉」

「あああああああっ！　あああああああああっ！」

「よしよし……」

「いいから泣き止んでくださいっ！　その方は夭仙郷三龍星のアイラン・リンズ様なのですからねっ‼　申し訳ございませんアイラン様、この娘には後できつく言っておきますので……」

「ああああああああああああああああっ‼」

「こら離れなさいっ――ってよく見ればサイズが大きい⁉　あなたいったい誰ですの⁉」

テラコマリ・ガンデスブラッドではなかった。

いずれにせよフレーテの気苦労はとどまるところを知らない。

アイラン・リンズとの会談は一時中断され、しばらく金髪の吸血鬼――ロロッコ・ガンデスブラッドの相手をすることになってしまったのである。

※

ムルナイト宮殿の客室に案内されたアイラン・リンズはほうと溜息(ためいき)を吐いた。

ロロッコ・ガンデスブラッドは結局「諦(あきら)めないからなあっ!!」と叫んで去っていった。

可哀想(かわいそう)だとは思うが、あの様子ならそれほど心配する必要もないだろう。

やはりガンデスブラッド家の娘なだけあって心がしっかりしている。というよりも吸血鬼たちは誰も彼もが活き活(い)きとしていてエネルギーに満ちている。

天仙郷とは大違いだった。

「テラコマリ・ガンデスブラッド……」

なんとなくその名を呟(つぶや)いてみる。

どうやらかの七紅天大将軍は外出中のようだった。彼女のメイドには「二月十八日にうかがいますね」と連絡しておいたはずなのに。

とはいえ明日には戻ってくるらしいので僥倖(ぎょうこう)だった。

テラコマリに面会するまでの時間はムルナイト帝国の調査に充てるとしよう。

不意に通信用鉱石に連絡が入った。魔力を込めて応答する。

『――リンズ。謁見の間におかしな点はなかったよ』

リンズの従者。リャン・メイファである。

二人で姿を消した理由は単純――騒動を起こしてムルナイト宮殿の状況を探るためである。

一段落した後もメイファは宮殿内をうろついて色々と調べて回っているのだった。

「ありがとう。やっぱりテラコマリさんじゃないとわからないよね」

『常世への扉が開いたのは事実だ。何か痕跡があってもいいと思ったんだけど……』

「もういいよ。ありがとう」

『……なあリンズ』

メイファが少しだけ間を空けてから言った。

『常世のことはさておき。やっぱり僕は協力してもらうべきだと思うんだよ』

「うん。でも……」

『このままじゃ丞相と軍機大臣に食われてしまうんだ。そんなのは絶対に嫌だ』

「…………」

故郷はすでに惨憺たる有様だった。凝り固まった旧弊的な思想が改められる気配はない。天子は無気力。大臣どもも昼間から酒を呑んで笑っている。愛蘭朝は魔物どもによって壊される寸前だった。これを止めるためにリンズは頑張ってきた。

しかし何をやっても無駄だった。夭仙郷は熱意の薄い斜陽国家だ。リンズのような活動家は嫌われて当然。だからこそ外部からの力によって変革する必要があるのだ。たとえばネリア・カニンガムがテラコマリ・ガンデスブラッドに助けを求めてアルカを改革したように。

『テラコマリの心は利用できる。僕の力を使えばなんとでもなるから』

「そうだね……」

そのときだった。

不意に込み上げてくるものを感じた。リンズは咄嗟に口元を手で押さえる。

メイファに悟られないように静かに呼吸をして――そして床に血をぶちまけた。

まずい。色々あったせいで薬を飲むのを忘れていた。

『とにかく作戦を練ろう。あいつは明日帰ってくる』

「う、ん……」

『人が来た。そっちに戻るよ』

通信が切れる。

リンズは薬を取り出しながら途方に暮れてしまった。床に広がった血を見ればメイファは激怒するだろう。あるいは主人に薬を飲ませ忘れた自分の不手際を罵るかもしれない。

人が怒ったり悲しんだりするのは見たくなかった。

仕方がないから床を破壊してしまおう――リンズは丸薬を飲み干すと、宮殿の吸血鬼たちに悟られないよう静かに魔法を発動するのだった。

ネリアとガートルードは露天風呂の脱衣所で死んでいた。

第一発見者は浴場の点検に向かった紅雪庵の従業員である。二人は折り重なるようにして床の上に倒れていたという。腹部を刃物で突き刺されたことが死因らしい。

紅雪庵はてんやわんやの大騒ぎとなった。

一国の大統領と将軍が命を落とすなど大事件もいいところだった。

従業員たちは大慌てで宿の中を走り回り——走り回るだけで何もできなかった。それは当たり前のことだった。彼らは一般人であって荒事は専門外なのだから。

「——ふむ。どうやら二人は一瞬の隙を突いて殺されたようですね」

ヴィルが顎に手を当てながらクールに呟いた。

私たちは事件現場にいた。紅雪庵の人に頼まれて調査を行っているのだ。

すでにネリアたちの遺体は部屋に運ばれている。傷は魔核の効果で回復しつつあるので一安心だが——あの様子では復活するのは明日とか明後日になるのではないか。せっかく旅行に来たのに可哀想である。いや旅行云々の前に殺されたこと自体が可哀想である。

「……なあヴィル。ケンカの延長でついカッとなって相打ちしたとかじゃないよな」

「有り得ません。これは殺人事件です」

「いや待て。事故という可能性もあるだろう」

「有り得ません。これは殺人事件です」

「実はネリアが皆をびっくりさせるために死んだフリをしてるとか……」

「有り得ません。これは殺人事件です」

「だよなやっぱり‼」

私は頭を抱えて絶叫した。

なんでこんなことが起きたのだろう。私たちは普通に温泉を楽しんでいただけなのに。核領域ってこんなに治安悪かったっけ？　いや悪かったな。のほほんとしていた私が馬鹿だった。

「コマリ様の行く先々で人が死にますよね。素敵です」

「素敵じゃねえだろ！　もー最悪だよ！　ネリアたちが可哀想だ……」

せっかくの休暇が修羅場に早変わりである。しかも戦争とか暴動ならまだしも殺人事件。未知との遭遇すぎて頭が大爆発しそうだった。

「……犯人は誰だと思う？」

「わかりません。ですがこの紅雪庵に潜んでいることは確実かと思われます。暴風雪のせいで脱出することは困難ですから……【転移】の魔法石も何故か使えませんし」

「最悪だな……私の推理だとアルカに恨みのある人間だと思うけど」

「それは考えにくい」

現場検証（?）をしていたこはるが近づいてきた。

「犯人はテラコマリ先生を挑発している」

「どういう意味だ?」

「こんな手紙が残されていた」

差し出されたのは水でふやけてボロボロになった紙である。しかし書かれている文章は辛うじて判読することができた。筆跡を悟らせないために定規で引いたような文字だった。

『テラコマリ・ガンデスブラッドへ
　震えて眠れ　恐怖はこれから始まるのだ　――犯人より』

「……え?　なんで私を名指しなの?」

「残念ですね。どうやら犯人の狙いはコマリ様のようです」

「なんで私が狙われているの?」

「逆になぜ狙われていないと思えるのでしょうか?　コマリ様が烈核解放で大暴れしていることは公然の事実です。強さを追い求めるクラスタに目をつけられるのは当然ですよ」

「なんだよ〝強さを追い求めるクラスタ〟って」

「ようするに裏世界のバーサーカー界隈です。テラコマリ・ガンデスブラッドを討ち取った者が次の覇権を握ることになっているそうです」

何もかも理解できなかった。この世は不思議なことでいっぱいなんだな。あはは。

「それはともかく――証拠を残しておくなんて舐めているとしか思えませんね。そうは思いませんかアマツ・カルラ殿」

「そうですね」

カルラは死体があったはずの場所を見下ろしながら首を傾げる。

「確かに不自然だとは思います。危険を冒してまで私たちを怖がらせたいのか……あるいは絶対に捕まらないぞという自信があるのか……」

「カニンガム殿が狙われたことを考えると見境のない皆殺しが始まるかもしれませんね」

「はい。ところでふと思い出しました。どうやら洗濯物を干しっぱなしのまま外出してしまったようです。というわけで私はいったん帰宅したいと思います」

さりげなく立ち去ろうとするカルラの腕をガシッ！　とこはるが摑んだ。

「だめ。逃げることは許されない」

「いやあああああっ‼　死にたくないですっ‼　相手はネリアさんをも簡単に殺してしまうような手練れなんですよ⁉　和菓子作りしか取り柄のない私に出番なんてありませんっ！」

「外は吹雪だから無理。帰れない」

「無理だ無理だと言ってたらできるものもできなくなりますっ！　私は自分の可能性を信じますからねっ！」

「雪だるまになって死ぬけどいいの？」

「それもいやああああああああ!!」

相変わらず仲のいい主従である。いやカルラの気持ちは十二分にわかるのだが。

不意に壁際でしょんぼりしていたエステルが「申し訳ありません」と頭を下げてきた。

「せっかくの旅行なのに……こんなことになってしまって」

「エステルのせいじゃないだろ。悪いのはネリアやガートルードを殺した犯人だ」

「このままではコマリ様も殺されてしまうかもしれませんね。先に拝んでおきます」

「拝むな！――そうだよ私も帰りたいんだよ！　吹雪を止める魔法とかないの!?」

「ありません。コマリ様のスカートをめくるための突風を起こす魔法石ならありますが……」

「そんなもん捨てろ!!」

「――あ。何か文字のようなものが書いてありますよ」

サクナが声をあげた。私とヴィルとエステルは彼女が示す先に視線を向ける。

床に血痕が見られた。ネリアやガートルードのものだろう。そして目を凝らしてみれば血で文字のようなものが書かれているのだ。これは――共通語の「ゆ」？

「なんだこれ。ネリアが書いたのか？」

「ダイイングメッセージというやつでしょうね。犯人の名前だったら分かりやすかったのですが、この文字から始まる名前の人間は現在紅雪庵にはいません」

ますます意味がわからない。「ゆ」ってなんだ。ネリアはゆで卵でも食べたかったのか？

私は思わず腕を組んで考え込んでしまった。

まさか殺人事件に遭遇するなんて。しかも犯人が私を狙っているなんて。第七部隊の暴走とはまた違った恐怖が襲いかかってくる。ここから生きて帰れるのだろうか？——私は自然と隣にいるサクナの服をつまんでいた。なんだか心細くなってしまったのだ。

そのときだった。

脱衣所の入口あたりで蠢く黒いモノが見えた。

そいつは床を這いつくばりながらユラユラと揺れていた。まるで私たちを監視するかのように——次の獲物を見定めているかのように——しばらくバスマットの上に留まっていた。しかしやがて音もなく扉の下を潜って脱衣所から出て行ってしまう。

私は思わず身震いをした。不意にモニクの言葉が蘇る。

——影が怒ってる。今夜、誰か死ぬかも。

あれは。あれはもしかして——

「……影？」

「コマリ様。怖いときに頼るべきはメモワール殿ではなくて私ですよ。さあ癒して差し上げますので遠慮なさらずに私の胸の中に飛び込んできてください」

「いやちょっと待って……影が……！」

しがみついてくるヴィルを手で押さえつけながら私は戦慄した。

まさか——本当にモニクの言っていた〝影〟なのか？　あの正体不明の影がネリアを殺したとでもいうのか？　犯行現場に残された手紙もあれの仕業なのか？

しかし私以外は誰も影の存在に気づいていないらしかった。

カルラが「仕方ありませんね」と諦めたように呟いた。

「これ以上この場にいても手がかりはありません。ひとまず部屋に戻りましょう。戻って天気を回復させるための祈祷を始めましょう」

「困ったときの神頼み。カルラ様らしいね」

「神以外に何を頼れっていうんですか」

「運」

「そこは冗談でも『私を頼って』って言ってくださいっ！」

カルラとこはるは言い合いをしながらその場を後にした。確かに脱衣所にたむろしていても物事は解決しないだろう。しかし私は不安を覚えて彼女たちの背中に声を投げかけた。

「お、おい！　その……みんなで固まっていたほうがよくないか？」

カルラはきょとんとして振り返った。

「もちろんそのつもりです。ただちょっと着替えたくて……寝巻きのままですので」

「その間に殺されたら面白(おもしろ)い」

「面白くありませんっ！　すぐ着替えるから大丈夫ですっ！――ではコマリさん。三十分後に一階の食堂に集合しましょう。そこで宿の人と一緒に今後の方針を練りたいと思います」

「本当に大丈夫か……？　それ小説だと死ぬやつが言う台詞(せりふ)なんだけど……」

「問題ないはずです。ちゃんと部屋の鍵(かぎ)もかけますしね」

カルラはめちゃくちゃ楽観的に笑っていた。

まあ彼女も一国を統(す)べる大神(おおみかみ)なのだ。忘れがちだが戦闘力以外の能力――特に記憶力とか計算力とかは余人の追随を許さないわけだしな。それなりに考えがあっての行動なのだと思いたい。私はそんなふうに希望的に考えながら脱衣所を後にするのだった。

☆

一階の食堂で遅めの朝食をいただくことにする。

殺人事件が起こったというのに私の胃袋は現金なもので、運ばれてきたトーストを見た途端にぐぅぐぅ言い出すから始末に負えない。暢気(のんき)にご飯を食べている状況ではないのに。ネリアたちがベッドで死んでいるというのに。申し訳なさで涙をにじませながらトーストをかじっていると、サクナが「大丈夫ですか？」と心配そうにこちらを見つめてきた。

「食欲がないなら無理に食べなくてもいいですよ。私が食べかけを食べますから……」

「ごめん。違うんだ。お腹が空いてるんだ……ネリアとガートルードがひどい目に遭ったのにパンを美味しく食べてる自分が情けなくなってくるんだ……」

「えっと……よくわからないですけど、食べたければ食べればいいと思います……？」

そういう問題ではない。ネリアたちが旅行を楽しめないのに私だけ朝食を堪能しているのが不謹慎に思えてくるのだ。まあ細かいことを考えても仕方がないのだろうけれど。

不意に窓がガタガタと音を鳴らした。

外は未だに吹雪で真っ白である。この様子だと今日も天気の回復は見込めないだろう。

つまり犯人と一緒に紅雪庵に閉じ込められることになるのだ。冗談じゃねえ！　私は引きこもるからな！――そう言って部屋に引きこもりたいところではあるが明らかに死亡フラグなので押し黙ることしかできない。

「寒い寒い寒い……まだ吹雪は収まらないのか……」

不意に廊下のほうから褞袍に身を包んだプロヘリヤが姿を現した。彼女はこちらの存在に気がつくと「おっ」と声をあげて近づいてきた。猫を被ったピトリナも一緒である。

「テラコマリご一行ではないか。おはよう」

「おはようプロヘリヤ。……殺人事件のこと知ってる?」

「もちろん知っているぞ。ネリア・カニンガムとそのメイドが殺されたのだろう」

彼女は「寒い寒い」としきりに呟きながら私の隣に腰かけた。ピトリナが差し出したホットコーヒーに砂糖を入れながら欠伸(あくび)をする。事件を知っているわりには能天気だった。

「朝から騒々しいことこの上ない。それにしても吹雪に殺人事件とはできすぎたシチュだな」

「プロヘリヤ様の休暇を邪魔するなど言語道断(ごんごどうだん)。犯人は自分が見つけて殺害するであります」

「まあ落ち着け。たまにはアクシデントも一興だ。……ピトリナ」

「承知いたしました」

ピトリナが懐(ふところ)から小型のピアノのようなものを取り出した。

背面についているゼンマイのようなものを手動でくるくる回してからテーブルの上に置く。穏やかなクラシックの音色(ねいろ)が溢(あふ)れ出してきた。どうやらオルゴールらしい。

「寒い朝は温かいコーヒーと音楽で癒されるに限るな」

「コマリ様。この蒼玉(そうぎょく)はことの重大さを理解していないようです」

「いやまあ……朝には人それぞれのルーチンがあるだろうし……」

「べつに私は事態を楽観視しているわけではないぞ」プロヘリヤがカップに口をつけながら言った。「聞けば連続殺人を示唆するメッセージも残されていたのだろう? 本当に小説か何かのようだな。きっと犯人はこの状況を楽しんでいるに違いない」

「殺人を楽しむやつの神経が知れないぞ」

「おやテラコマリ。お前は殺戮の覇者じゃなかったのか？」

「当たり前だろう！　寒い朝は温かい血飛沫と悲鳴で癒されるに限るな！」

最近自分がどのタイミングで虚勢を張ればいいのかわからなくなってきた。しかもどうやら私は烈核解放を発動すれば実際にアホみたいなパワーを発揮できるらしいのである。虚勢が虚勢でなくなりつつある——なんてことになったら複雑な心境ってレベルじゃねえ。

「……と、とにかくだ。プロヘリヤも気をつけたほうがいいぞ。この宿にはまだ犯人が潜んでいるみたいからな」

「ご忠告どうもありがとう。しかし私には殺人事件よりも重要なものがあるように思えるのだがね——お前は気づいていないのかい？　紅雪庵をうろついている奇妙な存在に。そして何か良からぬことを企んでいる者の存在に」

「え？」

どういう意味だろう。もしかして〝影〟のことを言っているのだろうか？

慌てて問い質そうとした瞬間のことだった。

「——か、閣下！　大変です！」

食堂に大声が響き渡った。私はこの時点で嵐の予感を悟ってしまった。

一日のうちに何度大変なことが起きれば気がすむというのか。

入口のところでエステルが肩で息をしながらこちらを見つめている。彼女は震える唇を無理に動かしてこんなことを言い出すのだった。

「アマツ・カルラ様が……部屋で息絶えていますっ！」

☆

言わんこっちゃねえ‼――と絶叫したい気分になった。

私とヴィル、サクナ、プロヘリヤ、ピトリナ、そしてエステルの六人はカルラの部屋へと急行した。そこで私たちが目撃したのはベッドの上で意識を失っているカルラとこはるの姿だった。胸元は血で真っ赤。ヴィルが彼女たちの脈を確認しながら言った。

「死んでますね」

最悪だった。こうも立て続けに人が死ぬとさすがに恐怖心がえらいことになってくる。

いや普段から目の前で何百人も死ぬ光景を見ているのだが、今回は得体の知れなさがヤバイのだ。だって犯人がどこにいるかわからないんだぞ。ラペリコの動物軍団のように正々堂々と殺しにかかってくるわけじゃないんだぞ。どっちがマシかと言われれば首を傾げるけど。

「ど、どうするんだよ⁉　まさか……神具でやられたわけじゃないよな……⁉」

「傷口が回復し始めているので心配無用です。――しかし不可解なことがありますね」

ヴィルが冷静な顔でそう言った。私には不可解じゃない部分がどこなのかわからない。

「第一発見者の従業員によれば、この部屋は内側から鍵がかかっていたようです。さらにご覧の通り窓も閉まっています」

「じゃあ第一発見者はどうやって部屋に入ったんだよ」

「声をかけても返事がなかったので扉をぶち壊したそうです。——ようするに二人は完全なる密室で殺されたということなんですよ」

「そんなのいくらでも方法はあるだろ！　この世には魔法ってもんがあるんだからな」

「それもそうですね。推理をしても意味はないのかもしれません——おや」

ヴィルが何かに気づいた。カルラのベッドには彼女の血が飛び散っていた。

そういえばネリアのときもあんな感じの血痕があったような——

「今回は『う』ですね。ダイイングメッセージです」

「いや『う』とか言われても……」

そんなの書いてる暇があったら助けを呼ぶことに全力を尽くしてほしかった。

褞袍姿のプロヘリヤが寒そうに手をこすり合わせながらカルラの死体をじっと見つめた。

「——なるほどな。そういうことか」

「何かわかったの？」

「私の予想が当たっただけだ。ただしこれを教えると台無しになる。犯人の意を汲み取って私はこの辺りで退場するとしようじゃないか」

「おい待てプロヘリヤ！　一人で出歩いたらお前も殺されるぞ！」

「くく——私は殺されないよ。何故なら最強だからな」

「その通りであります。しかしプロヘリヤ様、」

ピトリナが立ち去ろうとする己の上官を引き止めた。

「不埒な殺人犯によってプロヘリヤ様の休日が損なわれるのは我慢なりません。犯人を捜索して殺害する許可を頂ければ幸いであります」

「お前は何を言ってるんだ……いや。まあそうか。そうだよな」

「あの。どういう意味でありましょう」

「何でもない。ではお前はテラコマリたちと一緒に犯人を捜索しているがよい。私のことは心配するな——ゆっくりお風呂に浸かって温まっているから」

「承知いたしました。どうかお風邪を召されないよう」

「やかましいな。強者は風邪をひかないんだ」

「仰る通りであります」

プロヘリヤは「寒い寒い」言いながら部屋を出て行った。

私は心配になってしまった。浴槽で死んでいる蒼玉少女が発見された——なんてことにならなければいいのだが。まあ言っても無駄っぽいのでこれ以上引き止めるのはやめておこう。

「……カルラとこはるはどうするんだ？　ここに放っておくの？」

「それしかないでしょうね。とりあえず天気がよくなるまでは――」

「じょぉ～～～～～～～～～～～～～～～～～～～～っだんじゃないですよもうっ‼」

突然癇癪を起こしたような声が聞こえて飛び上がりそうになった。

振り返る。ピトリナが怒り心頭といった様子で私のほうを睨んでいた。

「どうして吹雪なんですか⁉　殺人事件が起こるんですか⁉　せっかくお姉さまと二人きりの旅行だったのに‼　それもこれもテラコマリがここにいるのが悪いんですっ‼」

「は、はあ⁉　私が何をしたっていうんだよ⁉」

「知りませんよそんなこと！　でもあなたが原因の一端なのは確実ですっ！　だってテラコマリ・ガンデスブラッドは世界中のゴロツキから命を狙われていますからねっ！」

「…………」

私って世界中のゴロツキから命を狙われているの？　狙う相手間違えてない？――そんなふうに嘆きの極致に陥っている私のことなんて構いもしない。ピトリナは、ずんっ！　とこちらに一歩踏み込んできて、ぴんっ！　と人差し指を私の鼻先に突きつけてきた。

「責任を取ってください！　でないと……ちょん切りますよ」

「そんなこと言われてもどうすればいいんだ⁉　べつの機会に一緒に温泉行くか……⁉」

「だァれがあなたのような蚊と一緒に行くもんですかっ！　今のこの状況をなんとかしろって

言ってるんですっ！　少なくともお姉さまが安心して憩えるように配慮してくださいっ！」

「お下がりくださいコマリ様。無礼な蒼玉は私が毒殺して差し上げましょう」

「おいやめろ喧嘩売るんじゃねえ」

「望むところですっ！　蚊どもは私が皆殺しにしてあげましょうっ！　考えてみればあなた方の中に犯人がいるかもしれませんよねっ⁉　やはり私が皆殺しにして——」

「ピトリナさん。プロヘリヤさんにあなたの本性を教えますよ」

「…………、」

サクナの言葉を聞いたピトリナが動きを止めた。

暑くもないはずなのにダラダラと滝のような汗が流れ始める。

「そ、そ、それが何だっていうんですか！　チクられる前に殺してしまえば関係ありません。私にかかれば蚊の一匹や二匹、半分寝てても殺害することができますからねっ！」

「たとえ私が殺されたとしても魔核があるから意味ないと思います」

「すみません。お金を渡すので黙っていてくれませんか」

ピトリナは頭を下げて恭順の意思を表明した。

あまりにもチョロすぎる。普段どうやってプロヘリヤに隠し通しているのだろうか。

というかサクナもサクナでなんか怖い。さすが元テロリストといったところか——　そんなふうに戦々恐々としていたときのことだった。

部屋の入口。再び黒い影のようなものが蠢いているのが見えた。

「――仕方ないですねっ！　ここはテラコマリに責任をなすりつけるのではなく自ら率先して犯人を捕まえるといたしましょう。お姉さまからも許可をいただきましたからねっ！　さっそく紅雪庵にいる人間を一人ずつ捕まえて拷問しましょうか。〝委員会〟で鍛えられた私のテクニックにかかれば――」

「お、おい！　あれ！」

私は思わず声をあげて影のほうを指差していた。

その場の全員が扉に視線を向ける。最初に反応したのはエステルだった。彼女は「うそ」みたいな感じで目を丸くして謎の黒いモノを見つめていた。

「も、もしかして〝影〟……!?」

「影？　なんですかそれは――確かに影のように見えますけれど」

「!?――見たことがありますっ！」ピトリナが叫んだ。「昨晩私とお姉さまのお風呂タイムにも姿を現しました。いったい何なのですか？　自然現象？　誰かの魔法？」

「あの影……ネリアたちが殺られた場所にも出没したんだ」

「どういうことですかっ？　詳しく説明してください」

ピトリナがぐいっと詰め寄ってきた。

私は彼女の肩を押さえながら掻い摘んで説明してやった。あの影が脱衣所にも姿を現したこと。そしてエステルの妹のモニクが影について言及していたこと。ヴィルやサクナは「そんなアホな」という顔をしていたが、ピトリナは煌めく氷のように瞳を輝かせて笑うのだった。

「――なるほど！　私が向かうべき場所は決まったようですね」

「お待ちくださいシェレーピナ殿。あんなものは目の錯覚でしょう。殺人事件とは関係ないと思われますが……」

「はっ！　吸血鬼は悠長極まりないですねっ！　疑わしきは全員ブチ殺すのが白極連邦の流儀ですっ！　あれはきっと誰かの魔法でしょう――そしてテラコマリの言葉から考えると犯人は決まったも同然です！　モニク・クレールとかいう少女が影を使って人を殺していたに違いありませんっ！　はいＱＥＤ!!」

「あ、あの！　シェレーピナ少佐、モニクはそんなことしません……！」

影はいつの間にか姿を消していた。

しかしピトリナの暴走は止まらなかった。彼女はエステルの声を無視して一目散に走り去ってゆき――二秒くらいしてから何故か戻ってきた。そうして少しだけ頰を染めながらエステルに向かって絶叫した。

「――モニク・クレールの部屋を教えなさいっ！　今すぐにですっ！」

☆

「おいおい何しに来たんだ騒々しいな。モニクくんが起きてしまったではないか」

ピトリナは廊下をドタドタ駆けてモニクの部屋へ向かう。

しかし扉の前でクーヤ先生に通せん坊されてしまった。それはそうだろう。モニクに危害を及ぼす（かもしれない）人間を放置するわけにはいかないのだ。

「通してくださいっ！　モニク・クレールは影を操って人を殺したのですっ！」

「何を言ってるんだ。確かに殺人事件が起きたのは聞いている。でもモニクくんがそんなことをする動機はないよ。だいたい影なんてもんはモニクくんの妄想であるからして――」

「ええい鬱陶しいっ！　これでも食らえっ！」

「ひゃん⁉」

ピトリナが冷凍おしぼりをクーヤ先生の首に巻き付けた。

クーヤ先生は「冷たい冷たい～っ！」と叫びながら廊下をのたうち回っていた。

その隙にピトリナはずんずんと部屋へ侵入してしまう。

突如として現れた闖入者たちを前にしてモニクは困惑の表情を浮かべていた。しかしピトリナは相手の事情など知ったこっちゃないといった調子でモニクのベッドに近づいていく。

「モニク・クレール！　影を操って殺人を働いたのはあなたですねっ⁉」

モニクはきょとんとしていた。

それはそうである。彼女にそんなことをする理由はないからだ。

「影とはいったい何なのですか？　幻影魔法の一種でしょうか？」

「…………」

「何の恨みがあって被害者たちを殺害したんです？　いえ動機なんてどうでもいいですね――あなたはお姉さまの休暇を台無しにしたっ！　それだけでギルティですっ！」

「…………」

「おいこら！　何とか言ったらどうなんですか⁉　無視されたら傷つきますよっ‼」

「待ってくださいシェレーピナ少佐！　モニクは病気なんです！」

「え。それは失礼しました……」

ピトリナは一瞬だけ勢いを失った。しかしすぐに燃え上がった。

「いや病気だからといって殺人が正当化されるわけではありませんっ！　さあモニク・クレール。影とはいったい何なのか説明してくださいっ！　わかりやすくねっ！」

「影は」

モニクがぽつりと呟いた。

眠そうに目元をごしごし擦りながら蚊の鳴くような声を漏らす。

「影は遠いところからやってきた。私を幸せな場所に連れていくために……あとコマリン閣下に会うために……」

「はあ？　もうちょっとわかりやすく言ってください」

モニクが「ひっ」と悲鳴をあげて身を縮こまらせた。さすがにピトリナの対応は大人気ない気がした。彼女自身も「あ……やっちゃった」みたいな感じで口を噤んでいるし。

私はピトリナを押しのけてモニクのほうにゆっくり近づいた。

彼女はクマのぬいぐるみを抱きしめながら恐る恐るこちらを見上げてくる。

「コマリン閣下……」

「急に押しかけてきてごめん。私たちはもう行くから」

「ううん。――ねえ」

モニクが私の服をつかんできた。というか勢いあまってお腹の肉ごと摑まれたので変な声が出そうになった。

「死んじゃったの？　誰か」

「えっと……そうなんだけど……」

「影がやったんだと思う」

ピトリナが「やっぱりそうなんじゃないですかっ！」と声をあげた。ヴィルとサクナとエステルの三人がかりで押さえ込まれている。よく見れば巨大なハサミを装備して怒りをあらわにしていた。なんて物騒な武器を使うんだ。モニクが怖がるからやめろ。

私は背後の修羅場がモニクの視界に入らないよう両手を広げながら笑みを浮かべた。

「影がやったってどういうこと？　影は人を殺したりするの？」

「わかんない。でもコマリン閣下を殺したいって言ってた……」

なんでだよ。怖すぎるだろ。

「あはは……影って何が目的なんだろうね」

「影には二つやることがあるの」

「二つ……モニクのそばにいることだっけ？」

「うん。あとコマリン閣下に何かを伝えたがってる。でも今は吹雪だから影の声が届かないみたいなの。影の本体は常世にあるみたいだし……」

脳が揺さぶられるような感覚だった。

常世。ここでその単語を聞くとは思いもしなかった。

昨年末の騒動の後に皇帝から教えてもらったのである。私とヴィルが転移させられた場所は〝常世〟と呼ばれているらしいのだ。つまり影はあの新月の世界から来たということなのだろうか？　そもそも自由に行き来できるものなのだろうか……？

「……たぶんね。私はもうすぐ死んじゃうんだ」

私はぎょっとしてしまった。

モニクの瞳から涙がこぼれ始めたからである。後ろで「そいつを殺せば解決ですっ！」と叫んでいたピトリナもさすがに閉口してしまう。

「えっと……どういうこと？　死ぬって」

「心臓は止まらないと思う。でも生きる気持ちがどんどん減ってるの。毎日毎日……眠る時間が増えていって……起きているときも嬉しい気持ちとかがなくなっていくの」

「そんな……」

「影は私のことを心配してくれる。クーヤ先生も私の病気を治そうとしてくれる。でも無理なんだ。こういう病気には〝意志力〟っていうエネルギーが大切らしいんだけど……私にはそれが全然ないから」

いったいモニクの身に何が起きているのだろう。昨日会ったときは楽しそうに本の話をしていたというのに――精神が不安定なのだろうか。一日経っただけでこの世の終わりのような顔をして沈んでいる。それだけ〝消尽病〟が重いということなのかもしれなかった。

現代は魔核の無限再生力によって成り立つ社会だ。人は死への恐怖を忘れて人生を謳歌している。エンタメ戦争なんていう野蛮なお祭り騒ぎはその最たる例だろう。

しかし魔核が治してくれるのは肉体の傷だけだった。

モニクのように心を患っている者には微笑んでくれない。

それはひどく非情で不条理なことに思えた。

「モニクには……何か夢とかないの？」

「え？」

「私は小説を書きたいっていう夢がある。モニクにもそういうのないのかなって」

「夢……」

モニクは少しだけ考えてから呟いた。

「小さい頃は色々な場所に行ってみたかった。コマリン閣下みたいに核領域を走り回ってみたかった。いちばん行ってみたいのは逆さまの街。……でももう動けない。だって心が動かないから……」

「そっか……でも夢を捨てるのはもったいないと思うよ」

びっくりしたような視線が注がれる。私は慎重に言葉を選んで語りかけた。

「諦めなければいつか叶う……なんてことは言わない。だけど目標とかがなくなっちゃったら前に進むことができなくなる気がするから」

「うん。そうかもね……」

それ以上モニクが何かを言うことはなかった。

私も何も言うことができなかった。おそらくその〝色々な場所に行ってみたい〟という夢こそが彼女の病気を治すための鍵になるのだろうが——何をどうすればよいのかわからない。

クーヤ先生に相談してみるのがいいだろうか。

にわかにモニクがぱたりとベッドに倒れ込んだ。慌てて彼女の顔をのぞきこむ。すやすやと安らかな寝息を立てて眠っていたので安堵の溜息が漏れてしまった。

「コマリン閣下。モニクくんのことは気にしなくていいよ」

クーヤ先生がいつの間にか隣に立っていた。

冷凍おしぼりを握りしめながら真剣な表情で言う。

「コマリン閣下のおかげで〝意志力〟が回復したように見える。やはりあなたは人に良い影響を与える才能があるようだ。本当なら私がしっかりしなければいけないのだが……」

「才能なんてないよ。それにモニクの病気が治ったわけじゃないし」

「そうだな。——実はモニクくんみたいな人間は世界にけっこういるんだ。いや〝消尽病〟だけじゃないよ。魔核で治らない傷を負っている人間はいくらでもいる。私はそういう不治の病をなんとかしたいと思って医師になった」

クーヤ先生は悲しそうに腕を組んで言う。

「しかし如何ともしがたいな。世界は魔核に頼りすぎたんだ。ゼロからの研究は本当に骨が折れるよ」

「クーヤ先生はすごいな」

「すごくはない。助けたい人たちは山ほどいるのに救うことはできないんだ。湯水のように私の手の隙間からこぼれおちていく——しかも最近は研究の拠り所としていた組織が解散してしまってね。だから手段を選んでいる暇はないんだ」

「………？」

「とにかくモニクくんは大丈夫だよ。あなたは心配しなくていい」

先生がそう言うのなら問題はないのだろう。

不意に背後のヴィルが「コマリ様」と声をかけてきた。

「モニク・クレール殿は殺人には関係ありませんよ。この蒼玉の愚かな勘違いです」

「愚かとは失礼ですねっ！　モニク・クレールが怪しいのは変わりないでしょうっ⁉」

「ヴィルの言う通りだな。関係ないに決まってる」

ピトリナはいったん無視しておこう。

モニクのことも心配だが――とりあえず今考えるべきなのは殺人事件のことだ。

「それにしても誰が犯人なんだろうな。想像もつかないぞ」

「現在紅雪庵にいる人間のうち生きている者は十三名です。私、コマリ様、メモワール殿、エステル、モニク、ズタズタ殿、ピトリナ・シェレーピナ、クーヤ先生、あと紅雪庵の従業員が五人。この全員にアリバイがあるためカニンガム殿やアマツ殿を殺すのは不可能です」

「……じゃあ本当に影がやったってことなのか？」

「いえ――いや」ヴィルが奇妙な反応を見せた。「どうでしょうね。影かもしれませんし十四人目の人間がいるのかもしれません。そのあたりは何とも言えませんね」

「十四人目の人間がどこにいるんだよ」

「コマリ様のベッドの下に隠れているかもしれませんよ」

「…………」

「大丈夫です。何があってもコマリ様は私がお守りしますから」

今夜は眠れないかもしれない。というか夜まで生き延びることができるのだろうか。

私は空恐ろしいものを背筋に感じながら部屋を後にした。

モニクを一人にするのは心配だった。しかしクーヤ先生が「私がそばにいるよ」と言ってくれたので心配はいらないだろう。とりあえず第三の事件が起きないようにしなければ。

☆

しかし事件はどんどん加速していった。

私とヴィルとサクナとエステルは部屋にこもって時間を潰していた。嵐が収まる気配はないので警察とか軍とかを呼ぶこともできない。いや私たち自身が軍の人間なんだけど。

とにかくそういうわけで引きこもりタイムである。

私はインドア派の筆頭なので屋内で静かにするのも全然構わないのだが、ヴィルやサクナの気持ちを考えると気の毒ではある。彼女たちも温泉を楽しみたいだろうに。

「何をして遊びましょうか？　頭脳戦はコマリ様の敗北が目に見えてますよね」

「それはお前の思い込みだ。私はかしこい」

「失礼いたしました。コマリ様は希代の賢者でしたね。では〝戦争〟というゲームをしましょう。これならコマリ様でも勝てるかもしれません」

「いいだろう。ルールはよく知らないけどな」

「あの……私お手洗いに行ってきますね」

不意にサクナがそそくさと立ち上がった。そのまま部屋を出て行こうとするので私はびっくりしてしまった。私よりも先にヴィルが「お待ちください」と声をかける。

「一人で行くのは危険です。見ていてあげますのでここで用を足してください」

「そうそう――そうじゃねえだろ⁉　全員で一緒に行こう。そうすれば犯人のやつも簡単には手出しできないはずだ」

「えっと……そこまでしていただかなくても大丈夫だと思うのですが」

「でも犯人はかなり強いんだぞ？　今までも二人同時に殺してるし……」

「それはそうなんですけど……」

「まあ確かに」とヴィルが顎に手を当てる。「お花を摘むくらいすぐに終わるでしょうから殺す暇はありませんね。わざわざ大人数で行く必要もありません――というわけでエステル。メモワール殿に同行してあげてください」

「承知いたしました。ではメモワール閣下、参りましょう」

「は、はい。なんだか恥ずかしいですけど」

そう言って二人は廊下にあるお手洗いへと向かった。

ふと違和感のようなものを覚えた。確かにトイレ程度の短い時間なら犯人も手出しは難しいだろうが――しかしヴィルの台詞からは私に何か隠し事をしているような気配が感じられた。

まあ考えても仕方ないな。とりあえずサクナたちの無事を祈っておこう。

「さて。邪魔者も消えたので二人きりで遊びましょうか。私が勝ったらコマリ様は私の抱き枕になります。コマリ様が勝ったら私はコマリ様の抱き枕になります。いいですね？」

「勝ち負けの差異はなんなんだ？」

そんな感じで適当に会話をしながら私はサクナたちを待つことにした。

しかし戦争とかいう運ゲーで謎の三連敗を喫した瞬間――ふと私は胸騒ぎを覚えた。

二人がいつまで経っても戻ってこないのである。トイレが混雑しているということはあり得ない。だってこの館には私たちと白極連邦一行以外の客がひとりもいないからだ。

「……なあヴィル。さすがに遅くないか？」

「そうですね……」

ヴィルは何気ない感じで窓の外を眺めた。

未だに風は弱まらない。嵐のやつはいつまでフレジールに滞在すれば気がすむんだ。

「ちょっと見てくるよ。大丈夫だとは思いたいけど」

「では私も一緒に行きます。ついでにロビーからお菓子でも取ってきましょう――」

ヴィルが立ち上がりかけた直後のことだった。

ばごんっ!!　という耳を疑うような音とともに扉が吹っ飛んでいった。私はついに犯人がやってきたのかと思ってベッドの下に隠れようとした。しかし隙間が狭すぎておでこを床に強打してしまった。このまま死んだフリをしよう――そう決意した瞬間聞き覚えのある声が響く。

「――おいこらテラコマリッ!!」

ピトリナ・シェレーピナだった。

彼女は巨大なハサミを片手に強盗のような感じで部屋に押し入ってきた。

「トイレ!　トイレでサクナ・メモワールと部下の吸血鬼が死んでいるのですっ!　いったい何事ですかこれは!?」

「え――」

あまりの急展開に思考が停止してしまった。

これは夢だな。やっぱり私は床とベッドに挟まって気絶していたほうがいいんだ。

「気絶している場合ではありません。行きますよコマリ様」

私はヴィルに担(かつ)がれてそのままトイレへと向かうことになった。

そうして私が目撃したのは変わり果てたサクナとエステルの姿だった。

トイレの個室に押し込まれるような形で二人とも息絶えている。胸のあたりが真っ赤に染まっているので包丁か何かで刺されたのだろう。苦痛の表情は浮かべていなかったので眠っているようにも見える――しかしヴィルが彼女たちの脈を測って一言こう言った。

「死んでますね」

「やっぱり死んでるのかよ‼」

「だから死んでるって言ったでしょうがっ！　なぜ二人を孤立させたんですっ⁉　貧弱な吸血鬼を放り出したらすぐに殺されてしまうのは赤ちゃんでもわかる理屈なのにっ‼」

ピトリナに胸倉(むなぐら)をつかまれてガクガクと揺さぶられた。

そうだ。私は赤ちゃん以下だった。カルラはともかくネリアですら太刀打(たちう)ちできない相手なのだ。サクナとエステルを二人きりにするのはどうかしていたとしか思えない。

「壁に血文字が書かれていますね。今度は『ぎ』だそうで」

「そんなモノはどうでもいいのですっ！　犯人を捕まえて殺せばすべてが解決します！」

「ズタズタ殿はなんと仰っているのですか？」

「お姉さまは『好きなようにやれ』と命令してくださいました！　なので私はお姉さまの平和な休日を守るために犯人を殺しにいきたいと思いますっ！」

ヴィルが「困ったものですね」と溜息を吐いていた。

本当に困った。どうやら犯人は私を狙っているらしいのだ。私以外の人間を殺していくことによって恐怖心を煽(あお)っているのに違いない。そしてその作戦は絶大な効果を発揮していた。

はっきり言って怖い。チンパンジーが突撃してくるのと同じレベルで怖い。

「コマリ様？　震えてらっしゃるのですか？　私が抱きしめてあげましょうか？」

「い、いらないよっ！――サクナとエステルを部屋に運んであげよう。ここに放置するのは可哀想だからな……」

そう言ってサクナの身体に触れようとする。しかし私の腕をヴィルが摑んで止めた。

彼女は普段と少しも変わらない冷静な表情を浮かべて言う。

「コマリ様は休んでいてください。私が運びますので」

「ちなみに私は手伝いませんからねっ！　殺人犯に負けた蚊のお世話なんてごめんですっ！」

「蒼玉の手を借りるまでもありませんよ」

そう言ってヴィルは二人の身体を軽々と小脇に抱えるのだった。

前々から思っていたけど力持ちだよな。そういえば吸血種って身体能力に優れている種族なんだっけ。じゃあ腕立て伏せを三回しただけで筋肉痛になる私はなんなんだろうな。

そんなふうに己の貧弱さを嘆きながら部屋へと向かう。


「――どうやら従業員も姿を消しているようですね。彼らも殺されているのかもしれません」

サクナとエステルを部屋に残して私たちは食堂へと向かった。

時刻はお昼過ぎ。普段ならお腹と背中がくっつくほどの状態になっているはずである。しかし今は微妙に食欲が湧かない。ヴィルが用意してくれた食パン一枚しか食べられない。

ピトリナが貧乏揺すりをしながら「その通りですっ！」と嘲るように言った。

「というか今更気づいたんですか？　先ほどから紅雪庵の人間がひとりも見当たらないんですよ。フロントの呼び鈴を鳴らしても誰も出てきません。詰め所をのぞいてみても影も形もありません。死体は見つかっていませんが殺されているのは確実ですっ！　影のやつは客も従業員も関係なく皆殺しにするおつもりのようですねっ！」

「なあピトリナ。プロヘリヤは一人で大丈夫なのか……？」

「無用な心配です。お姉さまは最強ですから」

確かにプロヘリヤが殺されている姿はあんまり想像ができないけど。

もぐもぐとパンをかじる。食べ始めてみると普通にお腹が空いてくるから手に負えない。

というか宿の人までいなくなってるって何事だよ。犯人はいったい何がしたいんだよ。このまま全滅ルート？　冗談じゃねえ。……でもこれって小説のネタになりそうだよな。スランプ解消だ。あははははは。

「――あら、飲み物のご用意を忘れておりました。牛乳か何かを持ってきますね」

「ああ……ありがとう」

ヴィルが席を立って食堂の片隅にある冷蔵庫へと向かった。

私の正面に座っているピトリナが舌打ちをしてからコーヒーを啜った。そうして何故か私のほうにチラチラと視線を向けてくる。

「……テラコマリ。実物は意外と弱っちい感じなんですね」

「え？　どういうことだ？」

「お姉さまと肩を並べると言われている吸血鬼がどんなモノなのか気になっていたんです。プロヘリヤ・ズタズタスキーのように頭脳明晰・勇猛果敢・天下布武の最強将軍かと思っていたのに……実際会ってみるとナヨナヨのナヨですね。あと背が低い」

「背は関係ないだろ！」

「確かに人の身体的特徴をいじるのは卑怯でした。ごめんなさい。しかし烈核解放を発動しないあなたに価値はありません――これではお姉さまとは到底つり合いが取れませんよ。あなたのような人間がウチに入ってきたら書記長に取って食われてしまうでしょう」

どういう意味だろう。書記長ってあの背が高い男の人だっけ？

疑問に思っているとピトリナが「つまりですねっ！」と叫んで腕を組んだ。

「吸血鬼風情には任せてはおけないということです。この事件は私が解決してみせます。テラコマリは部屋に引きこもってガタガタ震えていてください。冬眠をする熊のようにね！――これお姉さまがよく言う台詞です」

「はあ……」

「いずれにせよ犯人はわかりきっています。殺人現場に頻繁に現れる謎の〝影〟。そして影と唯一コンタクトが取れるモニク・クレール。私の予想は間違っていないと思うのですがね」

私はぞっとしてしまった。

そうだモニクだ。彼女は無事なのだろうか。クーヤ先生がついていてくれているのだろうけど——しかし二人はずっと部屋にいるはずである。つまり犯人にとってはネリアとかサクナよりも遥(はる)かに狙いやすい相手ということになる。

いてもたってもいられなかった。私は食べかけのパンを皿に置いて立ち上がる。

そのまま歩き出そうとして——その瞬間。

「きゃあああああっ！」

悲鳴が聞こえた。

しかも間近からである。私とピトリナは反射的に振り返った。

そうして冷蔵庫のところでヴィルが床に倒れる光景を目の当(まあ)たりにした。

「——え？」

「何やってるんですかっ！」

ピトリナが大急ぎで走り出した。

床に倒れたメイド少女の胸にはナイフが深々と刺さっている。私は血の気が引いていくのを自覚しながら彼女のほうへと近寄っていった。ヴィルはしばらくぴくぴくと痙攣(けいれん)しながら私のほうに視線を向けていたが——やがてがくりと全身から力が抜けて動かなくなった。

なんだこれ。なんでこんなことになってるんだ。

ちょっと目を離しただけなのに――

「ふざけやがって！　私をコケにしているとしか思えませんっ！」

「ヴィル……そんな……」

「腑抜けてる場合じゃないですよっ！　今すぐ犯人を見つけないと――」

ピトリナの言葉が止まった。

しかし私にはそんなことを気にしている余裕はなかった。

他のときとはわけが違う。私もピトリナもすぐそこにいたのだ。それなのにヴィルは犯人に殺されてしまったのだ。呆気なく。いとも簡単に。私たちに悟られることもなく。

呆然としながらナイフの刺さったメイド服を見つめていたとき、ふと、こびりついた血が文字を形作っていることに気がついた。これは――数字の「2」だろうか？

「……出ました」

不意に肩に手を置かれた。

ピトリナが険しい表情をしながら食堂の入口を見つめている。

私もつられて見た。そこには黒い影が突っ立っていた。よく観察してみると人間の形をしているような気がした。まるでこちらを挑発するかのようにゆらゆらと揺らめいている。

五秒ほど沈黙の睨み合いが続く。

すると影は吸い込まれるようにして扉の外へと移動してしまった。

「逃がすかっ！　行きますよテラコマリっ！」

「え？――待ってよ！　ヴィルが……」

抵抗する余地もなかった。

私はピトリナの馬鹿力（ばかぢから）によって強制的に引っ張られていった。

☆

コマリが去った後の食堂。

まるで死んだように静まり返った広間の端っこ。

死体になっていたはずのヴィルヘイズがむくりと起き上がった。

「……行ってしまわれましたね。まあ問題はないでしょう」

そう呟きながら胸に刺さっていたナイフを――否（いな）、くっついていたナイフを引き抜いた。

着衣の乱れを直す。手に付着していた飲料用の血液を振り払う。そうしてヴィルヘイズは何事もなかったかのように立ち上がって「う～ん」と伸びをするのだった。

魔核で回復したわけではない。最初から死んでいなかったのだ。

「ピトリナ・シェレーピナにも困ったものです。単純な方なのでバレずに済みましたが――

さて。そろそろ会場へ向かうとしましょうか」

食堂を出て二階へ向かう。周囲に人がいないことを確認しながら廊下を進む。ここでコマリに気づかれたら台無しだ。まあ鈍感なコマリのことだから大丈夫だとは思うけれど。そんなふうに考えながらヴィルヘイズはいちばん奥にある〝遊戯室〟までやって来た。

「――カニンガム殿。終わりました」

「ヴィルヘイズね！　はやく入りなさい」

扉の隙間からネリア・カニンガムの声がした。

ヴィルヘイズはそのまま音も立てずに遊戯室の中へと滑り込んだ。

そうして視界に飛び込んできたのは――テーブルにずらりと並んだ料理。花や魔力灯で飾りつけられた壁や天井。そして檀上に掲げられた『Happy Birthday !!』の看板。

どう見てもお誕生日パーティーの会場だった。

しかも死んだはずの人間が大勢いた。ネリア。ガートルード。カルラ。こはる。エステル。サクナ。そして紅雪庵の従業員たち。みんなが楽しそうにパーティーの準備をしている。

「どう？　コマリの様子は」

「怖がっていましたね。正直こういう作戦はあまり趣味ではありませんが……」

「これがアルカ流なのよ！　皆が正体不明の殺人鬼に殺されちゃって、誰もいなくなっちゃって、いーい感じに恐怖と寂しさが高まってきたところでドカンとお祝いしてあげるの！　名付けて『ドッキリ大作戦』！　コマリのことだから泣いて喜んでくれるはずよ」

「確かに泣きそうではありますけど」

「それにコマリはスランプだっていうじゃない？　私が思うに、あの子には刺激的な体験が必要なのよ。知り合いがバンバン死んでくような事件を経験すればネタも思いつくと思うわ」

「コマリ様は知り合いがバンバン死んでくような戦場にしょっちゅういますけどね」

温泉旅館で突如として巻き起こった連続殺人事件。

その正体は単なるドッキリなのだった。

つまり犯人なんて存在しない。この一日で起きた殺人事件はすべてデタラメである。

ネリアもガートルードもカルラもこはるもサクナもエステルもヴィルヘイズも実は死んでいなかった。殺されたように見せかけただけ。

「コマリ様は私たちの死体を本物だと信じ込んでいましたね」

「触らせないように注意してたからね。まあ触ったとしても気づかないんじゃない？　胸にナイフが刺さったり血がついてたりしたらすぐ勘違いしちゃうでしょ、あの子なら」

「ピトリナ・シェレーピナも気づかなかったのは僥倖(ぎょうこう)でした」

「――まったくだな。あいつは再教育してやる必要があるかもしれん」

部屋の中央。プロヘリヤ・ズタズタスキーが優雅にコーヒーを飲んでいた。

この計画において想定外だったのは白極連邦ご一行の存在である。本来紅雪庵はエステルの取り計らいによって貸し切りにする予定だった。しかしプロへリヤとピトリナだけは三カ月も前から予約をしていたため排除することができなかったのだ。

奴らは無視でいいか——そんな感じで始まったドッキリ大作戦。

ところがプロへリヤは途中で陰謀に気づいたらしかった。

彼女は「それにしても」と頬を膨らませて言う。

「私にも言ってくれればよかったじゃないか。おかげでプレゼントも用意できていない。そこのピアノで何か弾いてやることはできるが」

「白極連邦に機密情報を漏らせないわ。あの書記長に伝わったら大変だからね」

「伝わって困るような情報でもなかろうに」

アルカと白極連邦は仲が悪い。プロへリヤに事情を打ち明けて仲間に引き入れなかったことにはそういう背景もあるのだった。

ズタズタ殿ならそこそこ信頼できそうなものですけどね——とヴィルヘイズは思う。

まあ結局プロへリヤは勝手に気づいて勝手に仲間に入ってきたのだが。

「それよりもピトリナ・シェレーピナよ。計画に気づいたのなら何であいつには教えなかったの？」

「そうです。影などという妄想上の存在の仕業だと決めつけて暴走していますよ」

「上官がすべて教えてやっては面白くない。それが白極連邦の流儀なのだよ」

プロヘリヤはそう言ってテーブルの上の抹茶プリンを勝手に食べていた。カルラに「まだ食べないでくださいっ！」と注意されて不貞腐れている。こちらの事情などお構いなしといった様子だった。

しかしピトリナのせいで進行が阻害されていることも確かである。当初の計画ではコマリはダイイングメッセージを読み解いてパーティー会場まで来ることになっていた。

「ゆ」『う』『ぎ』『２』――つまり「二階の遊戯室」。

彼女はそんな推理をする前にピトリナによって連れ去られてしまったのだ。

「やっぱり私だけは案内役として生き残っておいたほうがよかったのではないですかね」

「それじゃ駄目よ。やるなら徹底的にやらないとね」

「とはいってもですね……コマリ様ひとりでメッセージを読み解けるとは思えませんし。あの方は希代の賢者を名乗ってはいますが閃きとか計算力とかに期待するのはちょっと……」

「いやわかるでしょ。もろに書いてあるんだから。主人を見くびりすぎじゃない？」

しかし心配なものは心配である。怖くなって廊下で膝を抱えて震えていたら大変だ。

にわかにサクナが「見てください！」と声をあげた。

「雲が晴れていきます。吹雪が収まったみたいですよ」

「おー！　いい感じじゃない！」

会場にいた人々はこぞって窓のほうに視線を向けた。

そこここから歓声があがる。それまで天を覆っていた分厚い雲がゆっくりと切り裂かれていくのだ。その切れ目から穏やかな陽光がさんさんと降り注いでくる。フレジール温泉街の長閑な光景が舞い戻ってくる。風の音もほとんど聞こえなくなっていた。

ちなみに荒天はまったくの偶然である。

図らずしてミステリー小説のような舞台になったのは作戦を決行するうえではプラスになったといえよう（ちなみに【転移】の魔法石が使えないというのもシチュエーションに乗っかった嘘である）。そしていざ誕生日パーティーを開こうという段階でタイミングよく青天となる――ヴィルヘイズは何か神懸かり的なものを感じずにはいられなかった。

「え？――」

誰かが困惑の声をあげた。

そうしてヴィルヘイズも気がついた。雲居に何かが漂っているのが見える。

漂っているというよりは――広がっていると形容したほうが正しいのだろうか。

「何あれ……街？」

「〝黄泉写し〟です……！　フレジールで見られる特殊な現象！」

エステルが興奮したように身を乗り出した。

空に逆さまの街が浮かんでいた。

昨日エステルが説明したものだろう。異界の風景が映し出される謎の現象。

その街並みは核領域にある一般的なものより古めかしかった。石材を多用する建築様式は二百年ほど前の文化だろうか――しかしそれとも少し違うような気もする。

「最高の眺めね！　そろそろコマリが来てくれたらいいんだけど……」

「たぶん待っていても来ませんよ。さりげなく遊戯室に来るようメッセージを出しましょう」

「そうね。準備もできてることだし――」

そのときだった。突然廊下のほうから断末魔のような悲鳴が聞こえてきた。

ヴィルヘイズは思わずネリアと顔を見合わせる。いったい何事だろうか――不審に思っているとプロヘリヤがガタッと立ち上がって銃を構えた。

「あれはピトリナの声だ」

「それはどういう――って待ちなさいよっ！」

プロヘリヤがプリンを放り捨てて走り出していた。騒ぎを起こしたらコマリに見つかってしまう可能性がある――そういう心配をしている場合ではない。

妙な胸騒ぎを感じたのだ。じっとしているのは不可能だった。

ヴィルヘイズはネリアの声を無視してプロヘリヤの後に続く。

ピトリナ・シェレーピナは二階の廊下で発見された。

後頭部に包丁が突き刺さっている。噴出した血が床を真っ赤に染め上げている。これまでの死んだフリとは明らかに違う――誰がどう見ても完全に死んでいたのである。

「な……何よこれ」

ネリアが驚愕の表情を浮かべて呟いた。

わけがわからない。殺人事件はすべて嘘っこだったはずなのだ。

それなのに――何故か目の前では本当の死人が出ている。いったい誰がやったのだろう。ピトリナとコマリを除いた人間は二階の遊戯室にいた。全員が互いのことを監視していたので犯行は不可能だったはずである。

プロヘリヤが「そういうことか」と不快そうに眉をひそめて言った。

「トラップに引っかかったんだな。天井を見たまえ――切れたワイヤーが垂れている」

「原始的ですね。誰がこんなことを……」

「遊戯室の外にいた人間は限られている。もちろんテラコマリは殺人なんかを仕出かすようなやつじゃない。そしてモニク・クレールがやったとも考えにくい。何故なら彼女は病気で部屋に閉じこもっているそうだからな」

「どういうことよ。事故って言いたいわけ？　いや――」

「そうだ。薄々気づいているんじゃないかね」

プロヘリヤは薄く笑う。そうしてヴィルヘイズの心配を煽るかのような台詞が飛び出す。

「この紅雪庵には最初からタチの悪いモノが潜んでいる。モニク・クレールの言っていることを信じてやるのが賢明だと思うよ、私は」

【4】黒の刺客と常世の贈り物

Hikikomari the Vampire Countess no Monmon

決断のときは今だった。

神が祝福しているとしか思えない。いつも大勢の仲間たちに囲まれているテラコマリ・ガンデスブラッドは奇しくも仲間たちの手によって孤立させられてしまった。

昨日は一睡もできなかったので眠気がひどい。

あの憎き吸血鬼のことを考えていると胃のむかむかが治まらなかった。

絶対に許してなるものかと思う。平穏だった逆さ月としての生活を破壊したのはあの少女に他ならないのだ。頭では理解している――彼女の行動は世界の大多数から称賛されるべきものだったのだと。しかし暗闇を好む者たちにとっては眩しすぎる害悪でしかない。

「――頃合いか」

モニク・クレールの部屋である。

もはや取り繕う必要性は感じなかった。あの黒い女に従う義理はないのだ。

テラコマリ・ガンデスブラッド討ち取ったり！――そう喧伝すればスピカ・ラ・ジェミニ

のほうから迎えに来てくれるに決まっていた。

だってスピカ様は仲間思いだから。

「あなたの夢を応援するわ！」――笑顔でそう言ってくれたのだから。

だから処分してしまおう。散々苦しめられてきた仕返しをしてやろう。

人の心を摩耗させる〝消尽病〟――しかしこの病気は放っておけば治る程度のものだ。心はどんなに黒ずんだとしてもふとした拍子に輝きを取り戻してしまう。たとえば沈んでいたモニク・クレールはテラコマリ・ガンデスブラッドと少し言葉を交わしただけで元気を取り戻してしまった。心は魔核にも等しい再生能力を持っているのである。

与えられた任務は「定期的に杖を振って心を削れ」だった。

杖というのは黒い女から手渡された神具《思惟杖》のことである。心の傷を広げる力を持った不思議な武器。モニク・クレールの消尽病を拡大させるためのものだった。

黒い女は「心に対する負荷実験だ」と言っていた。だから毎週土曜日にこの家にやってきて治療をするフリをしながら杖をふった。

そんなものに付き合ってやる必要はもうない。

テラコマリ・ガンデスブラッドを殺してしまえば目標は達成されるのだから。

「……どうしたの？」

モニク・クレールが目を覚ます。

やつが駆けつけてくる前に終わらせてしまおう――そう思って懐からナイフを取り出した。モニク・クレールは目の前の相手がまさか自分を害するとは夢にも思っていないらしい。その純粋な瞳が苛立ちの火に油を注いでいった。

殺意を滾らせる。ナイフを持ち上げる。

そうしてついにモニク・クレールの目が見開かれた。

「――死ね」

これは黒い女に対する反逆でもあった。

そのまま勢いよくナイフを振り下ろして――

「ッ……何やってるんだよ……!!」

「!?」

血が飛び散った。

しかし刃先はモニク・クレールの心臓を抉ったわけではなかった。

いつの間にか目の前に少女が立っていた。

金色の髪。紅色の瞳。邪悪を断罪するために生まれてきたかのような凛々しい佇まい。あらゆる要素でこちらの神経を逆撫でしてくる吸血鬼――テラコマリ・ガンデスブラッド。

紅色の血液がぽたぽたと垂れる。

彼女は二の腕でナイフを受け止めながら歯を食いしばっていた。

「……クーヤ先生。痛いだろっ……！」

何もかもが気に食わなかった。

そうして犯人――モニクの主治医・クーヤは表情を歪めてナイフを引き抜いた。

☆（すこしさかのぼる）

ピトリナは巨大なハサミを駆使して影に襲いかかった。

ぢょぎんぢょぎんと繰り出される冗談としか思えないようなハサミ攻撃。

しかしゆらゆらと揺れる影を捉えることはできなかった。命中したとしてもすり抜けてしまってダメージが入った様子はない。かわりに壁だの柱だのがハサミにぢょきぢょき抉られてボロボロになっていくのだった。

「おいピトリナ!?　建物がぶっ壊れてるぞ！」

「人がぶっ殺されているのですっ！　建物なんぞ白極連邦が弁償いたしますので問題はありませんっ！　今は犯人をぶっ殺すことが最優先事項なのですっ！」

無茶苦茶な論理で蒼玉少女はハサミを振り回す。

廊下に飾ってあった高そうな壺が破壊された瞬間、私は「帰ろうかな」と思った。

そうだ。ピトリナに付き合ってやる義理はない。私はヴィルを介抱しに食堂へ戻ろうではないか――そう思って回れ右しかけたときのことだった。

「このぉーっ！」

ピトリナが第七部隊の吸血鬼のごとく影に向かって突進する。

しかし影は紙のような動きでそれを回避した。次の瞬間である――ぴんっ！　と何かが作動するような音が聞こえた。

「え？」――ピトリナが疑問の声を漏らす。

天井から高速で包丁が射出された。

私には何が起きたのかわからなかった。

しかし気づいたときにはピトリナの頭部に深々と包丁が突き刺さっていたのである。

罠だ。罠が仕掛けられていたのだ――遅れて理解した瞬間にはすでに遅かった。ピトリナがこの世の終わりのような断末魔をあげてその場に崩れ落ちる。彼女は床の上でしばらくのたうち回っていた。しかしやがて「お……お姉さまに栄光あれ……」と呟きながら意識を失ってしまう。

死んだ。死んだのである。やっぱり影が犯人だったのか？――絶望がじわじわと心の内に広がっていく。ピトリナを殺した影がゆらゆらと私の前に躍り出た。

「――テラコマリ・ガンデスブラッド。私はお前が気に入らない」

驚きのあまり死ぬかと思った。

影が語りかけてきたのだ――つまりこいつは動物とか自然現象とかの類ではない。

私は信じられないような気持ちでその場に立ち尽くしていた。

「お前……なんでこんなことしたんだよ⁉　人殺しは犯罪だぞ⁉」

「襲いかかってきたから」

「………」

弁解の余地もない。正当防衛といえば正当防衛だろう。

影はそのまま踵を返すと廊下の奥へと進んでいった。

あっちはモニクの部屋がある方向だ。影という存在がいったい何者なのかは知らない――だけどこのままモニクのもとへ向かわせるのは危険な気がした。

少なくともやつはピトリナを殺しているのだから。

私は慌てて影に追いすがる。その背中（？）はまるで「はやくついてこい」と誘っているかのようだった。やがてやつはそのままモニクの部屋にすぅっと忍び込んでいった。

影はやはりモニクと関係があったのだ。

このまま放っておくわけにはいかない――私は明日の筋肉痛も覚悟で廊下を駆ける。

部屋の扉に手をかけるとそのまま一気に開け放った。

「――モニク！　無事か⁉」

そうして私が目にしたものは予想外の光景だった。

お団子ヘアーの夭仙――クーヤ先生がモニクに向かってナイフを振り上げている。

冗談の気配は一切感じられない。彼女の全身からは生々しい殺意が溢れ出していた。

状況はわからない。しかし私は考えるよりも先に走り出していた。クーヤ先生がナイフを勢いよく振り下ろす――その刃先がモニクに届く前に私は間一髪で身を滑り込ませた。

左腕に激痛。全身に力を入れてその場に踏み止まる。

「ッ……何やってるんだよ……!!　クーヤ先生……痛いだろっ……！」

クーヤ先生は驚愕に目を見開いていた。

あまりの痛みに泣き出したくなってくる。というか実際に涙が溢れてきた。意味がわからない。意味がわからない。なぜモニクを助けるべき主治医がモニクを殺そうとしているのか。影はいったいどこへ行ったのか。殺人事件はどうして起こったのか――あらゆる疑問が綯い交ぜになって頭が爆発しそうになった。

クーヤ先生がナイフを引き抜いて距離をとった。

私は痛みのあまり声を漏らしてその場に膝をついてしまう。

背後のモニクがびっくりした様子で「コマリン閣下……」と呟いている。

私は彼女に向かって「大丈夫だよ」と微笑みかけてからクーヤ先生のほうに向き直った。

彼女は怒りをあらわにしてその場に立ち尽くしていた。

右手には血のついたナイフ。そして左手には物騒な杖を持っていた。

「……クーヤ先生。どうして」

「どうして？　それはお前がここに来たからだよ」

激情のあまり声が震えていた。

「お前さえ殺してしまえばモニク・クレールがどうなろうと知ったことではない。あの女に従う必要もなくなる。何故なら〈なぜ〉テラコマリ・ガンデスブラッドの首を掲げれば——きっとスピカ様が私を迎えに来てくれるからだ」

「スピカ様……？」

「知っているだろう。〝神殺しの邪悪〟だよ——私は彼女の忠実なしもべだった。これがその証拠だ」

そう言ってクーヤ先生は服の袖をまくった。

さらけ出された腕に刻まれていたのは——月を引っくり返したような不気味な紋章〈もんしょう〉。

テロリスト集団〝逆さ月〟であることを示すエンブレムだった。

私は愕然〈がくぜん〉として声を失ってしまった。この少女は医者ではなかったのだ——逆さ月から送り込まれた刺客だったのだ。そして私やモニクは騙〈だま〉されていたのだ。

だがいったい何故。何が目的だったのだろう。

「意味がわからない……お前はモニクの病気を治療していたんじゃなかったのか……？」

「治療なんかしていないよ。むしろ私は消尽病が治らないように工作していたんだ」

背後でモニクが息を呑む気配がした。

私は左腕を押さえて蹲ることしかできない。

「この神具《思惟杖》は心の傷を広げる特殊能力を備えている。毎週土曜日に紅雪庵に足を運んで施術していたのさ」

「なんでそんなことを……」

「人の心を壊す実験だそうだ。だが心というものは面白いな。何度傷つけても時間が経てば回復してしまう。〝意志力〟が戻ってくるんだ。おかげさまで私は何カ月もこの辺鄙な温泉街に滞在する羽目になってしまった……」

「ふざけんなよっ！　モニクがどれだけ辛い思いをしたと思ってるんだ……!?」

「私のほうが辛かったに決まっているだろうがっ！」

ナイフが飛んできた。

モニクに命中しないように慌てて私は立ち上がった。弾き損ねて右手の甲に赤い線が引かれてしまう。歯を食いしばって痛みに耐えながら辛うじてクーヤ先生を睨みつける。

彼女は純粋なる憎悪を滾らせていた。

そしてその憎悪の対象は――何故か私だったのである。

「人々はお前の業績を讃えている……六国大戦のときも天舞祭のときも吸血動乱のときもそうだった……世界を救った英雄……種族を結び付ける救世主……そんな称号をほしいままにして

いる。だがお前は考えたことがあるか？　一方的な正義感によって破滅に追いやられた者の境遇を想像したことがあるか……？」

「何言ってんだ……？」

「逆さ月はお前の手によって散り散りとなった。スピカ様も朔月も行方が知れない。私はあの場所が好きだったんだ……でもお前に壊されてしまった！　私の平穏はお前に奪われてしまったんだ！　身勝手な正義を振りかざしてんじゃねえよクソが！」

「っ……！」

私はこいつの心情を理解した。

理解したうえで激しい怒りが燃え上がるのを感じた。

何が身勝手な正義だ。身勝手なのはお前のほうじゃないか。私は帝都の人たちが傷ついているから皆と協力して逆さ月と戦ったんだ。確かにそれによって悲しい思いをする人間はいたのかもしれないが——だからといってモニクを傷つけていい理由がどこにある？　何の罪もない子供の夢を奪うことのどこに正当性がある？

「お前が……影を操っていたのか？　ヴィルたちを殺したのもお前なのか？」

「はぁ？　あなたは本当に頭がおめでたいな——そんなことの判断もつかないようでは七紅天なんてやっていけないだろうに」

よくわかった。こいつを放っておくことはできない。

放っておいたら――モニクがさらなる苦痛を味わうことになる。

「コマリン閣下……血が出ているの……？　大丈夫……？」

モニクが心配そうに私の服をつかんできた。

なんとしてでも守らなければならないと私は決意した。

「大丈夫だよ。痛みなんて全然ないから」

「でも。相手はテロリストなんでしょ……？」

「私は七紅天大将軍だ。きみには指一本触れさせない」

顔は引きつっていなかったはずである。

モニクは口を噤んで呆然としていた。しかしすぐに私のことを信じてくれたらしかった。先ほどまで凍りついたように動かなかった口元が笑みを作る。

なんだ。普通に笑えるじゃないか――そんなふうに安心した直後のことだった。

魔力のこもった杖が横から襲いかかってきた。

辛うじて顔をガードする。骨が破壊されるような感覚とともに私の身体はそのまま背後に吹っ飛ばされてしまった。壁に叩きつけられた瞬間、意識が束の間飛んだ。

「――お前は私の居場所を奪ったんだ。逆さ月にいた頃は好きなように研究をすることができた。でも今は少しも自由がない。京師の馬鹿者に絡めとられて身動きができなくなってしまっている。全部お前の責任だよ。責任とってくれよ。死んで謝罪してくれよ」

クーヤ先生は譫言のように恨み言を唱えていた。

杖に魔力が滞留していく。この至近距離で魔法をぶっ放すつもりなのだろう。

腕の感覚がない。このままだとまずい。モニクを守ることができない――

「……閣下！　閣下……」

「モニク……」

私は身体の震えを無理矢理抑えつけながらモニクに語りかけた。

「……あれだけカッコつけたこと言っといてすごく恥ずかしいんだけど……いやほんとに情けなくて涙が出てくるんだけど……モニクに協力してほしいことがあるんだ」

「何……⁉　私にできることならなんでもするよ……‼」

「血がほしい。モニクの」

それだけで彼女は納得した様子だった。

ベッドの上を移動して私のそばまでやってくる。そうして口元に右腕を差し出してくれた。

自発的に烈核解放を発動させるのは二回目だった。正直未だに実感は湧かない。しかしこれ以外に方法はなかった。私は意を決して彼女の腕に歯をあてがう。

「させるか！　烈核解放なんぞ――」

敵が黙って見ているわけもなかった。

クーヤ先生の魔法が完成したらしい。杖に莫大な魔力が収束していき――次の瞬間だった。

突如として空間を切り裂くような銃声がとどろいた。

「ぐがっ……!?」

杖が吹っ飛んでいく。標的を見失った魔法が見当違いの方向に射出される。魔力の塊は壁を突き破って青空の彼方へと吹っ飛んでいった。クーヤ先生は苦痛に顔を歪めて右手を押さえつける。

「な——何が」

「わっはっはっは！　また間一髪だったな！　私がいなければ死んでいたぞ！」

部屋の入口にプロヘリヤ・ズタズタスキーが立っていた。

構えた銃からは煙がモクモクと上がっている。

このチャンスを逃がす私ではなかった。クーヤ先生の絶叫を無視してモニクの腕に歯を立てた。彼女がぎゅっと目を瞑って痛みに耐えていた。すぐに終わらせてやる——そんなふうに考えながら私はぬくぬくとした血液で舌を濡らす。

そうして世界が紅色に染まっていった。

※

しくじった。しくじった。しくじった。

深い絶望の底に突き落とされたような気分だった。

テラコマリ・ガンデスブラッドの烈核解放は吸血をすることによって発動する。裏を返せば吸血さえさせなければ脅威にはなり得ないはずだった。

逃走することは不可能。部屋の扉はプロヘリヤ・ズタズタスキーに封じられている。彼女は銃を構えながら余裕綽々の笑みを浮かべていた。これから始まる虐殺を見物せんとしているのだろう。怒りで視界が真っ暗になりそうだった。

はやく殺しておけばよかった――紅色の嵐が渦巻く室内でクーヤ先生は歯軋りをする。

ベッドのそばに立っているのは殺意を漲らせた吸血姫。

彼女はモニク・クレールを護るようにして鋭い視線をこちらに突き刺してくる。

その唇がゆっくりと動いた。

「おまえは」

杖を握りしめる。魔力を込める。口内で呪文を詠唱する。

この程度で尻込みするわけにはいかなかった。

「くいあらためるべきだ」

「お前に言われてたまるかぁ――――ッ!!」

クーヤ先生は咆哮とともに魔法を解き放った。

中級爆発魔法【レインボム】。雨あられと放たれた魔力の爆弾が――テラコマリとは反対方向に向かって飛んでいく。無数の爆撃にさらされた部屋の壁がいともたやすく吹っ飛んだ。クーヤ先生は砂煙に塗れながら一心不乱で壁の穴へと身を滑り込ませる。

マトモに相手をすることはできない。

時間が経てばズタズタ以外の仲間たちもやってくるだろう。

とにかくいったん離脱して【転移】を使う時間を稼がなければならなかった。

瓦礫を踏み分けて隣の部屋へと向かう。やり場のない憎しみを持て余しながら全力でひた走る。

――こいつのせいだ。こいつが逆さ月を壊滅させたから私は苦労をすることになった。逆さ月が健在ならば今頃私は世界最高の医者になっていただろうに。スピカ様に褒めてもらうこともできただろうに。

今そんなことを考えても仕方がないのだ。

一刻もはやく安全なところに逃げなければ――そのときだった。

「ぐえっ……⁉」

不意に何かに引っかかってその場に転倒してしまう。

死ぬような思いで足元を見やる。血液でできたような真っ赤な腕が足首をつかんでいた。

どれだけ暴れても逃れられない。魔法を打ち込んでも効果がない。頭のてっぺんから怖気が駆け抜けていくのを感じた。

「じっとしていろ」

　そうしてバケモノの声を聞いた。

　砂煙の向こう。紅色の魔力をまとった吸血姫が近づいてくる。

「もにくにあやまれ」

「ッ――！」

　クーヤ先生は杖に魔力を込めてデタラメに魔法を発射した。光り輝く弾丸が高速でテラコマリに向かって飛んでいく――しかし彼女はまるで虫でも払うような動作でクーヤ先生の攻撃をいなしていった。あまりにも現実離れした現実。こんな烈核解放は他に見たことがない。

「私は……私の人生は！　お前のせいで歪んでしまったんだッ！」

　再び【レインボム】を射出。しかしテラコマリの周りには見えない障壁のようなものが展開されていた。爆発を引き起こしても彼女にダメージが入った様子はなかった。

「人の人生を台無しにして嬉しいのか⁉　人を救うと言いながら人を貶めておいて何故のうのうと生きていられるッ⁉　私は逆さ月で平和に活動していただけなのに！　そりゃあ私だって罪のない一般人を陥れたこともある――だからといって私が陥れられるのは違うだろう⁉　お前にそんなことをする権利があるのかッ⁉」

「もにくが」

　いつの間にかテラコマリが目の前にいた。

「かなしんでいるから」

耐えることはできなかった。

何を言っても通じない。こいつは徹頭徹尾〝自分が他人のためだと思う行動〟に則って行動しているのだ。こんな自分勝手なやつが存在していいはずがない。

いいはずがないのだが――クーヤ先生はどこか懐かしいものを感じてしまった。

この少女は。どこか〝神殺しの邪悪〟に似ている気がするのだ。

揺るがない信念。人を想う心。そういう絶大なる優しさにクーヤ先生は救われた。

「ゆるさない。ひとをきずつけるやつは」

――素敵ね！　あなたの研究はきっと人の役に立つわ。

「だから……はんせいしろ」

――あなたは好きなようにやりなさい。後ろを顧みる必要はないわ。ぜんぶ私が責任を取ってあげるから！

「う……うおおおおおおおおおおおっ！」

クーヤ先生は懐から予備のナイフを取り出した。

テラコマリ・ガンデスブラッドの瞳を見ていると何故だか〝意志力〟が湧いてきた。

この吸血姫とあの吸血姫は似ている。用いる手段は明らかに違う――しかし二人は同じ方向を目指して頑張っているのかもしれなかった。だからこそ人を感化していく才能を共通して持っているのだろう。

しかしクーヤ先生を助けてくれたのはスピカ・ラ・ジェミニだった。

最初にテラコマリ・ガンデスブラッドと出会っていたのなら話は違ったかもしれないが。

「負けて……たまるかッ!!」

逃げ腰になっている場合ではない。スピカのために目の前の敵を葬らなければならない。

渾身の魔力を込めて投擲する。ナイフはそのままテラコマリの心臓に向かって一直線に飛んでいき——命中する直前で彼女が静かに手をかざした。

かざした掌から莫大な魔力が射出された。

「な——」

すべてを包み込む煌級光撃魔法。

あっという間に視界は真っ赤に染まっていた。先ほど投げたナイフがどうなったのかもわからない。自分が立っているのか座っているのかもわからない。

「ふっとべ」

それが最期に聞いた言葉だったのかもしれない。

クーヤ先生の身体は紅色の波に呑まれて紅雪庵の外まで吹き飛ばされてしまった。

☆

心にまとわりついていた紅色の霧が晴れていく。

そうして私はゆっくりと意識を取り戻した。

気づいたときには荒れ果てた部屋のど真ん中に立っている。壊れた壁。抉られた床。散らばった家財道具。隣の客室は連続して五、六部屋ぶち抜かれてしまっている。その向こうの雪景色までうかがうことができた。

私はしばらくぼうっと突っ立っていたが――

「――なんだこれ⁉︎⁉︎⁉︎⁉︎」

現実を認識した瞬間思わず叫んでしまった。

紅雪庵がボロボロである。そして記憶はハッキリしていないが十中八九私の仕業である。烈核解放を発動して――魔法をぶっ放して――そしてモニクを傷つけようとしていたクーヤ先生を吹き飛ばしてしまった。その過程で隕石が落ちたのである（比喩）。

最悪だった。こんなもん私のお小遣いじゃ弁償できない。

エステルに土下座したら許してくれるかな。無理だろうな――そんなふうに臓器を売る覚悟をしていたときのことだった。不意に誰かが私の服をつかんできた。

「コマリン閣下……だいじょうぶ？」

「モニク……！　きみこそ大丈夫か⁉︎」

モニクの肩を掴もうとした瞬間激痛が走った。

思わず目を瞑ってその場に蹲ってしまう。

そうだ。私は腕をぶっ刺されたのだ。魔核のおかげで徐々に痛みは引いてきている——けど痛い。本当に痛い。なんで温泉街にリフレッシュしに来たのに死にそうになってるんだ。この世に治安のいい場所はないのかよ。殺人鬼がいない場所はないのかよ。

「痛くない？　血が出ているよ」

「だ、大丈夫だ。これくらい蚊に刺されるのと変わらない」

モニクは確かめるような視線を私に向けてきた。

しかしすぐに悲しそうに俯いてしまう。

「……やっぱりコマリン閣下はすごいんだね。なんでもできちゃう。そういう才能がある。私とは全然違う……」

「……才能なんかじゃないよ」

じゃあ何なんだと問われれば返答に窮するけれど。

傍らで見ていた少女——プロヘリヤが「いやあ見事見事」と呑気に拍手をしていた。

「毎度のことながらすさまじいな。それだけの力があれば私と渡り合えるかもしれないぞ」

「プロヘリヤ……お前は影に殺されなかったんだな」

「む？——ああそうか。そうだったな。そういうことになっていた」

「とにかく無事でよかったよ」

私は安堵の溜息を漏らしてしまった。

　そうして頭の中でこれまでの出来事を整理する。

　クーヤ先生は私のことを恨んでいた。逆さ月を壊されたから——私からすれば身勝手極まりない思考である。そうして彼女は私に復讐をしようとした。影を使って私の友達を害していったのもクーヤ先生なのだろう。モニクを殺そうとした理由はよくわからないけれど。ついでにいえば彼女が紅雪庵で医者をやっていた理由もよくわからないけれど——わからないこと多すぎだろ。全然整理ができない。

「——しかし派手にやってくれたな。おかげでクーヤ先生の居場所がわからんぞ」

「う……ごめん……悪気はなかったんだ」

「やつは逆さ月の残党だろう。尋問をする必要がある——私が回収に向かおう。お前はモニク・クレールと一緒に他の連中がやってくるまで待っているといい」

「他の連中……？」

「手分けをしてお前を捜していたんだよ。まったく災難だったな。たんじょ……じゃなくて特別な日だったというのに」

　プロヘリヤは「じゃあな」と手を振って部屋を後にした。

　何か韜晦されているような気がする。まあいいか——そう思ってモニクのほうに視線を戻したときのことだった。彼女が目を見開いて部屋の一点を見つめていた。

「？　どうしたの？」

「影が……」

破壊された窓から冷たい風が吹き抜けていった。

カーテンがひらひらと揺れている。

そうして私は見た――陽光に照らされた室内の奥。窓際にたたずむ真っ黒い〝影〟。

「っ……」

私はびっくりして立ち上がった。

しかしモニクが安心させるように笑う。

「大丈夫だよ。影は私の味方だから……」

わけがわからなかった。

影はクーヤ先生が魔法で操っていた現象ではなかったのだろうか？

確かに敵意は感じられない。こちらに危害を加えようという意志も感じられない。

「……礼を言おうテラコマリ・ガンデスブラッド」

いきなり影が声を発したので度肝を抜かれてしまった。

そういえばこいつはモニクの部屋に来る前にも私に話しかけてきたのだ。

「えっと……影って私でも会話できるんだな……」

「うん。今までは天気が悪かったからしゃべれなかったんだって……影は常世にいるから」

フレジールの気象災害は常世と関係しているという。あの影はモニクの言う通り常世の関係者なのだろうか。そうだとしたらクーヤ先生とはまったく別勢力ということになるが――そういう私の警戒を察知したらしい。影は「安心しろ」と不愛想に言った。

「私はモニク・クレールの味方だ。そしてお前の敵ではない。確かにお前のことは気に入らないが――モニクを殺そうとしていた犯人を撃退してくれたのだ。感謝はしている」

「殺人事件の犯人はお前じゃないのか……？」

「ピトリナ・シェレーピナを殺したのは私だ。何故ならあいつはモニクに害を与えると思ったからだ。それ以外の殺人……に見せかけた児戯は私とはまったく関係ないよ」

「じゃあ誰が犯人なんだよ⁉　クーヤ先生か……⁉」

「違う。後でヴィルヘイズに聞いてみろ」

そういえばそうだ。蘇った被害者に聞けば犯人がわかるかもしれない。

影は「そんなことはどうでもいいんだ」と強引に話題を変えてきた。

「まったくもって面倒な話だ……しかし話しておかなければならない。そのために私はお前をフレジール温泉街に呼んだんだ」

「私は福引に当たっただけなんだけど」

「モニクに『テラコマリ・ガンデスブラッドに会いたい』と私は告げた。そしてモニクがその意向をエステル・クレールに告げた。さらに二月十八日のイベントが重なれば最終的にお前がここに来る可能性は三割程度。ゆえにこれは張り巡らせた糸のうちの一つにすぎなかったのだけれど……」

何を言っているのか微塵も理解できない。

二月十八日のイベントってなんだろう。フレジールでお祭りでもあるのかな。

影は「鈍いな」と笑っていた。笑われる謂れがよくわからない。

「まあいいか――私はイシュエラ帝国の〝抱影種〟キルティ・ブラン。お前に世界の秘密を伝えに来た」

「え？」

「ちょうど〝黄泉写し〟が発生している。モニクと一緒に丘の上まで見に行こう」

☆

影――キルティはテーブルの上の魔法石を指し示した。

彼女曰く【転移】の魔法が封じられたものらしい。私は少しだけ警戒した。しかし世界の秘密などと言われてしまえば好奇心が勝つのも無理からぬことである。だってそれは私がお母さんに見せてもらったものだから。

「寒さ対策はしておけよ」と言われたのでモニクを着替えさせた。

ついでにマフラーも巻いてあげる。私は懐炉があるから大丈夫だろう。

モニクと手をつないで魔法石を発動する。

視界が一気に切り替わり――いつの間にか私たちは外に立っていた。

そうして信じられない光景を目の当たりにした。

眼下に広がるのは銀色に染まったフレジール温泉街の景色。暴風雪のせいでところどころ破壊の痕跡が目につく。しかし見ているだけで感嘆の溜息が漏れるほどの美しさだった。

一方で私をさらに驚かせたのは上空に浮かび上がった逆さまの街だった。

地上の街と鏡写しのように広がる世界。建物の一つ一つは幻影のようにぼんやりと曇っているが、陽の光が透けて見えるためキラキラと宝石のように輝いていた。細やかな雪片がひらひらと舞い落ちる様子はさながらスノードームを引っくり返したかのようである。

私はその幻想的な風景にしばし目を奪われた。

あれこそがエステルの言っていた〝黄泉写し〟なのだろう。

そして数年前に母と一緒に眺めたものと同じ光景なのである。

そこで私はハッとした。きょろきょろと辺りを見渡してから気がついた。いま私が立っているのは温泉街の中心部から外れた小高い丘である。母と来たあの場所に違いなかった。

「――核領域の中心部は常世ともっとも距離が近い」

隣に影が立っていた。

彼女も一緒に【転移】できたようである。

「自然災害が起きると二つの世界の壁が薄れるんだ。そして常世側の街の風景が青空のスクリーンに投影される。ちなみにあの逆さまの街は廃墟（はいきょ）だ……人は住んでいないよ」

「常世って何なんだ？　お前は常世からやって来たのか？　クーヤ先生との関係は……？」

「クーヤ先生とは関係がない。順番に話そうじゃないか。まず私は常世からやってきた――と言いたいところだが正確には違う。私はこちら側に〝やって来た〟わけではない。抱影種は世界の壁を越えて自分の〝影〟を飛ばす力を持っている。本体は今でも常世にあるのさ」

抱影種なんて初めて聞いた。それにさっき〝イシュエラ帝国〟とも言っていたような気がする。それは常世の国なのだろうか？――と思ったのだが彼女は首を振って否定した。

「常世にはこの世と同じような国が存在する。種族もだいたいは一緒だ。ただしイシュエラ帝国と抱影種については常世とあまり関係がないので考えなくてもいい」

「考えてもわからないんだけど……」

「常世の説明をしよう。それが私の役目だから」

影はゆらゆらと雪上を揺蕩（たゆた）いながら空の街を見上げた。

モニクがくしゃみをする。私は彼女を背後から抱きしめて懐炉をかざしてあげた。

「常世とは別次元に存在する異界のことだ。お前が昨年末の騒動で辿（たど）り着いた場所のことで間違いない。もともとは自然しか存在しない豊かな土地だったらしいが——諸々の事情があってこの世と似たような世界になったと聞いている」

「諸々の事情ってなんだ？」

「詳しい話は知らないよ。その点はあまり重要じゃないと思ってる。——この世と常世の往来は基本的に行うことができない。私のように〝影〟が使えるなら別だがな。しかし一部の特殊な人間は烈核解放によって〝扉〟を開けることができるのだ」

「常世へ行くための扉ってこと……？」

「その通りだ。だがその扉は封印されている。そしてその封印の鍵（かぎ）となっているのは魔核なんだ」

魔核。肉体的な傷をまたたく間に治してしまう国家の柱。

「魔核を壊せば常世との往来が可能になる。だがそれによって引き起こされるカタストロフは無視することができない」

「何を言ってるのか全然わかんないんだけど……」

「常世から厄介なモノが溢れ出してくるということだよ。お前はちょっと足を踏み入れただけだからわからないだろうが——今の常世は一人の大馬鹿者によって戦乱の様相を呈しているんだ。その大馬鹿者が扉を潜（くぐ）ってこの世にまでやってきたら大変なことになる。やつは最終的に世界を征服するつもりらしいからな」

「やってなんだよ」

「我々は〝夕星(ゆうせい)〟と呼んでいる」

情報量が多すぎて頭がパンクしそうである。

しかし影はさらにとんでもないことを言ってのけた。

「そして夕星を常世で食い止めているのは——お前の母親。ユーリンだ」

予想外の名前が飛び出してきたのでついに思考がフリーズした。

数秒たってから辛うじて言葉を絞り出す。

「なんで……お母さんの知り合いなの……？　お母さんは生きてるの……？」

「生きている。そして私はユーリン・ガンデスブラッドの常世での協力者だ」

愕然としてしまった。

これまでの価値観を根底から覆すような衝撃。

父も言っていたではないか——「お母さんは遠いところへ行ってしまったんだよ」と。生きているのならば何故私のもとへ来てくれなかったのだろう。何故今になってコンタクトを取ってきたのだろう。

「信じられない。だってお母さんは核領域で……」

「証拠ならあるはずだよ。アマツからメッセージを受け取っただろう」

そうだ。私はカルラのお兄さんから手紙を渡されたのだ。

あれは確かに母の文字で間違いなかった。

「アマツ・カクメイは色々なところに出入りしている多重スパイだ。特殊な手段を用いて常世とコンタクトを取っている。あれは例外中の例外だがな――」

「お母さんは。本当に無事なんだな」

「ああ。でもお前のもとに帰ることはできない。常世への扉は魔核によって封じられている」

「………」

私はモニクを抱きしめながら泣きそうになってしまった。

母が生きている。その事実はこの上ない衝撃をもたらした。

たとえ私のもとに帰ってくることができなくても嬉しかった。だって……ずっと死んだと思っていたのだ。もう会えないと思っていたのだ。生きているのならば、たとえどんな障害があったとしても、いつかまた家族で旅行をすることだってできるかもしれない。

影の空気が少しだけ柔らかくなった気がした。

「――見たまえ。あの街を」

そうして気がついた。いちばん高い尖塔（せんとう）のてっぺんに何かが結びつけられている。

あれは――スカーフだ。

真っ赤な色をしたスカーフだ。

影が静かに言った。

「見覚えがあるんじゃないか？　あれはユーリンのものだよ」

「……！」

目を凝らせばよくわかった。

あれは母の持ち物に間違いなかった。私が転んだときに何度か涙を拭ってもらった覚えがある。いったい何故あんな場所にあるのだろう――私はしばし唖然と立ち尽くした。

「偶然だ。まさか誕生日に黄泉写しが起きるなんてな」

「え……」

「ユーリンはお前がいつかここに来ることを願っていたのだろう。本人だってそこまで期待していたわけではない――しかしこんな奇跡も起きるんだな。ようするにあれは〝お母さんはここにいる〟というメッセージに他ならない」

いつの間にか目から涙がこぼれてくる。

母は遠くに行ってしまっても家族のことを想ってくれていたのだ。忘れられたわけではなかったのだ。それがどうしようもなく嬉しかった。

「私がお前をここに呼んだ理由は二つある。一つは常世についての情報を与えること。もう一つは――ユーリンに頼まれてお前の誕生日を祝うことだ。なんとか当日にお前を呼び出すことができてよかった」

「誕生日？」

「おめでとうテラコマリ・ガンデスブラッド。お前は今日で十六歳。ムルナイト帝国の伝統に則して言えば、一人前の吸血鬼になったということだ」

言われて初めて思い出した。

二月十八日は私の誕生日だったのだ。

引きこもっているときは誰からも祝われることがなかった。だからすっかり忘れてしまっていた。そうだ——私は今日で十六歳になったのだ。

そして、母はちゃんとそのことを覚えていてくれた。

覚えていて、しかも、こうして私のことをお祝いしてくれた。

かつて家族でフレジールに来たときの記憶が再構築されていった。

雪に塗れたおぼろげな記憶。交わした言葉の一粒一粒が徐々に輪郭を作っていく。

〈——もうすぐ誕生日でしょ?　言ってごらん〉

〈ない。欲しいものなんて……〉

〈困ったな……何でもあげるよ?　お母さんは七紅天大将軍だからね〉

〈…………。……じゃあ、お母さん、ずっとそばにいて〉

「——世界は人の意志を軸として成り立っている。この晴れやかな空にはユーリンのお前を想う心が映し出されているのかもしれないな」

理屈はよくわからなかった。でも母がどこかで生きていることはわかった。そして私のことを気にかけてくれていることもわかった。それだけで何もかも満たされた気分だった。

「ありがとう……えっと。キルティ」

「礼を言われる筋合いはないよ。それにあれはプレゼントではない。ユーリンから託されたものは別にあるんだ」

影が何か呪文のようなものを唱えた。

そうして指（らしきモノ）を空に差し向ける。私はつられるままに頭上を仰いだ。天空の一点が光ったような気がした。矯めつ眇めつ眺めていると——何かがゆっくりと落ちてくるのに気づいた。慌てて手をかざす。ぽとりと水晶玉のようなものが掌に収まる。

つやつやだった。一億年に一度の美少女の顔が反射して映っていた。

「それは神具《玻璃毬》。忘れたものを取り戻すことができる秘密の水晶」

「どういうことだ……？」

「前回の黄泉写しのときに一瞬だけフレジールの上空に小さな〝扉〟が開いた。その隙を狙ってユーリンはこちら側の世界にプレゼントを送り込んだんだ。そして私に『テラコマリとロッコがそれぞれ十六になったときに届けるように』と依頼をした。——つまりそれはお前が一人前になったことを寿ぐ誕生日プレゼントなんだ。母親からのね」

私はびっくりして水晶を見下ろした。

忘れたものを取り戻すことができる秘密の神具。

母はいったい何を思って私にこれを託したのだろうか。

「おそらくは」影が私の心を見透かしたように言った。「ユーリンは娘に自分のことを忘れてほしくなかったのだろう。普通は母親のことなんて忘れるはずがないのにな」

「でも……」

「知っている。奇しくもお前は昔の記憶を少し欠いているらしい」

ミリセントとの出来事が衝撃的すぎたのかもしれない。引きこもりになる前の記憶は虫食いみたいになっていることが多かった。たとえば私はヴィルと学院で知り合っていたことを忘れていたし、ネリアと幼少の頃にパーティーで話したことも忘れていた。

大切な思い出に靄（もや）がかかっているのは歯痒（はがゆ）かった。

これを使えば、そうしたモヤモヤが全部なくなるのだろう。

母との記憶を完全に取り戻すことができるのだろう。

「ありがとう。後で使ってみるよ」

「そうだな。そうするといい」

「お母さんは……常世で何をしているんだ?」

影は少しだけ沈黙した。しかし言葉を吟味しながら答えてくれる。

「……七紅天の仕事は戦うことだ。あの人は常世で敵と戦っているんだよ」

「それは……さっき言ってた〝夕星〟ってやつ？」

「ああ。やつは常世を荒らし回っているんだ。とんでもない邪悪なやつだよ。何かの拍子にこちらの世界の魔核が破壊されでもしたら大変なことになる。大神が見たという未来はおそらく夕星がこの世で猛威を振るった結果なのだろう」

「未来……？　どういうこと？」

「後でアマツ・カルラにでも聞きたまえ。とにかく夕星は危険なんだ。魔核が壊れればこの世にやってくるだろう。いや――すでに夕星はこの世に侵食しているんだ。真っ先に被害を受けたのは物理的に常世にもっとも近い街、すなわちフレジール」

影は悲しげな視線をモニクに向けた。

彼女は雪の上に立ち尽くしたままボーッと常世の街を見つめていた。

夢は世界を旅することだと言っていた。あの逆さまの街に行ってみたいとも言っていた。しかし彼女の瞳には光がいっさい灯っていなかった。憧れの場所を目にしても心がまったく動いていなかった。

「……モニクがどうかしたの？」

「モニクの〝消尽病〟は夕星の仕業だよ」影は憎々しげに言う。「常世では魔力ではなく〝意志力〟が至上のエネルギーとされている。やつは何らかの手段を用いてこの世に接触した。そしてお試しと言わんばかりにモニクの意志力――つまり心を奪っていった」

話についていけなかった。

何故モニクがそんな目に遭わなければならないのか。

「えっと……消尽病が夕星の仕業だっていう根拠はあるのか……？」

「こんなことができる人間は夕星しかいない。常世では夕星の毒牙にかかった〝消尽病患者〟が何人かいる――それとまったく同じ症状なんだ。見たまえ。モニクの首筋の星形の痕があるだろう？　これは夕星の異能が作動した証なんだ」

マフラーを少しめくってみる。確かに星形の傷のようなものが刻まれていた。

「私がモニクを見つけたのは偶然だよ。だからこそ驚いてしまった。夕星の力はこの世にも及んでいたのかとね――おそらくモニクが選ばれたのも偶然なのだろう。あるいはモニクは逆さまの街に……常世に憧れを抱いていた。だから夕星に狙われてしまったのかもしれないな」

「わけがわからないっ！　そんなことあっていいはずが……」

「すべての災厄に意味を求めてはならない。この世は不条理なものだ。――私がモニクの周りをウロウロしていたのは彼女の病気をなんとかするためだったのさ」

「……じゃあクーヤ先生は何者だったんだ？」

「わからない。だが彼女が何かの鍵を握っていることは確かだ。私は常にモニクのそばにいたわけじゃないから気づけなかったが……クーヤ先生は消尽病を悪化させていたんだ」

「それもわからない。だから調べてみる必要がある。しかし仮に彼女が夕星の関係者だったとしても期待はしないほうがいい。夕星は狡猾だから尻尾は残さないだろうよ」

「何のために……？」

そうなると早めにクーヤ先生を見つけなければならない。

まあプロヘリヤが向かったので大丈夫だとは思うけど。

影は溜息（のようなもの）を吐いて言った。

「放置しておけば夕星のやつはモニクだけじゃなくて他の人間にも手を出すだろう。どうやって手を出しているかは不明だがな。何としても食い止めなければならない。――ちなみにユーリンは常世で夕星を食い止めて私はこの世で消尽病の研究をする――そういう役割分担だ。今のところ私のほうに成果はまったくない」

「…………」

私はゆっくりとモニクに近づいた。

彼女は涙をこぼしながら逆さまの街を見上げている。

「クーヤ先生はモニクの消尽病を悪化させたという。しかしそんなことをしなくても彼女の心が回復することはまずない。他の消尽病患者が証明している――夕星の毒は時間とともに心を摩耗させていくんだ」

なんて理不尽な病気なのだろう。しかもモニクを見るに……心を奪っておきながら悲しみの感情だけは失われることがない。何に対してもやる気を出せないまま絶望に沈んでいく。

これでは引きこもりのときの私と同じではないか。

夕星は世界を引きこもりまみれにしたいのか。

「……モニク」

さらに一歩近づく。

私はやりきれない気持ちで呟いた。

「目が見えてないんだね」

「っ……」

小さな肩がびくりと震えた。

図星だったらしい。しかし気づいている人は気づいているだろう。

部屋で会ったときから違和感が拭えなかった。彼女は視覚に頼った動作をあまりしていなかった。こちらを見つめるときも微妙に視点がズレていたこともある。

元々見えなかったわけではないのだろう。おそらく〝消尽病〟がもたらした悲劇に違いなかった。だからこそ彼女は夢を捨てざるを得なかった。

モニクは虚ろな視線を中空に向けながら言う。

「……すぐそこに常世の風景があるんだよね」

「うん」

「でも私にはわからない。わかるけど……ぼんやりとしていてよく見えない」

完全に真っ暗闇というわけでもないらしい。

だがそれが何だというのだ。モニクにとっては世界を奪われたも同義なのだ。

影が私のもとへ寄ってきて静かに囁いた。

「――心は人間の大本だ。それが失われれば身体の機能にも影響が出てくる。モニクの場合は夢を奪われたことで絶望し……視力が著しく衰えてしまった。そして衰えたことでいっそう世界に対する絶望が膨らんでいく。あまりにも不幸な悪循環ではないか。――私は影としてできる限りのことは尽くしてきたが、何をやっても良くはならなかった」

モニクの視力低下は魔核によって治るものではない。

何故なら精神が原因の症状だからだ。

「……コマリン閣下。ありがとね」

モニクがかすかに笑う。

「閣下といると不思議な感じがする。久しぶりに嬉しかった。夢を持ち続けることの大切さもわかった。閣下は特別な人なのかもね。意志力がたくさんあるみたい」

「そんなことはない。私は普通の吸血鬼だよ」

「閣下はすごいよ。これからも頑張ってね。私は……暗いところから応援してる。もうすぐ何も感じなくなっちゃうけど……」

「…………、」

まったく世界はなんて理不尽なのだろう。

サクナのときも。ネリアのときも。カルラのときも——人の夢がめちゃくちゃに踏みにじられていくようなことが平気で起きるのだ。夕星とやらにも何か考えがあるのかもしれない。だがこんな小さな子の夢を否応なしに奪っていくのは間違っていると思うのだ。

私は背も小さいし運動もできないし魔法も使えないダメダメ美少女吸血鬼だ。

そういう強大な〝悪意〟に対してできることなんて限られている。ただただ我武者羅に手足を振り回して突撃することだけだ。だが何もしないよりはマシである。私はモニクに対して死力を尽くして何かをしてあげたかった。

そうだ。それに今回は奇跡的に〝道しるべ〟がある。

こんなおあつらえ向きな状況はそうそうないだろう。

「——モニク。こっちを向いて」

静かに声をかける。彼女は親を捜す子供のような動作で振り返った。

私は安心させるように笑みを浮かべた。浮かべてから気がついた。それがモニクに伝わっているかどうかはわからないのだ。

「モニクは……また逆さまの街とかを見たいと思ってるの」

「……そう思いたい。でも無理だよ」

モニクが嘆息（たんそく）する。

白い吐息（といき）が風にさらわれて消えていった。

「色々な人が私のことを診てくれた。でも私が駄目なの。心が動かない。コマリン閣下も私のことに構わないで。ずっと遠くで見ているから――」

「わかった」

もはや迷う必要はなかった。

私は先ほど母からもらった水晶玉――神具《玻璃毬》をモニクの前にかざした。

彼女の困惑気味の視線が突き刺さる。影が「何をしてるんだ！」と焦（あせ）ったように叫ぶ。

それに構わず私は〝取り戻すべきもの〟の姿を頭の中に思い浮かべた。彼女のためには何が必要なのか――どうすれば希望を取り戻してくれるのか――しばらく念じていると《玻璃毬》の表面から淡い光が漏れ始めた。

モニクがびっくりして目を丸くした。

光はやがて平衡感覚を失わせるほどに激しくなっていく。そのまま世界を真っ白に染め上げたところで――ぱりぃぃぃん！　と《玻璃毬》それ自体が砕け散ってしまった。

光が消える。

ぱらぱらと水晶の破片が雪の上に落ちていく。

そうしてモニクが「あっ」と声をあげた。

「雪が……光が、」

その幼い瞳はまっすぐ私のほうを見据えていた。

視線がぶれることもない。驚きに満ち満ちた表情で口をぱくぱくさせていた。

この神具で本当にモニクの〝忘れたもの〟を取り戻せるのかどうかは自信がなかった。しかし彼女の様子を見ると私の思っていた通りの展開になってくれたようだった。

つまり――神具によって光を取り戻すことに成功した。

モニクは嗚咽を漏らしながらその場に佇んでいた。

私は彼女が落ち着くのを待ってから声をかける。

「――どう？　見える？」

「何やってるの。コマリン閣下……」

責めるような口調だった。

彼女は私の服を握りしめながら言った。

「それはお母さんからの誕生日プレゼントでしょ。お母さんとの思い出を取り戻すための道具だったんでしょ。それなのに……私なんかのために……」

「いいよ。私のお母さんは常世にいるってわかったから」

「でも……！」

「関係ない。私はモニクに夢を取り戻してほしかったから」

時間が止まったようにモニクが固まった。

影すらも呆れたように無言。

しかし私はこういう理不尽な事態を許しておけなかった。この少女はもっと前向きに生きるべきなのだ。だから私にできることならなんだってしてあげよう——

「ばかだね……」

モニクが泣きながら言った。

「……見えない。見えないの。そんな都合のいいことなんて起こらないよ」

「え……」

心が抉られるような思いだった。

「眩しくてびっくりしたけど……それだけ。私の世界はぼんやりしたまま。道具やお薬でなんとかなったらよかったのに。ならないから私は苦しいんだよ……」

私は無意識に歯噛みをしてしまった。

奇跡というものはそう簡単には起こらないのだ。

たとえ神具を使ったとしても人の心を強制的に書き換えることはできない。

そんなことは私自身がいちばんわかっていたはずなのに。

「そっか……そうだよね」

やっぱり私にできることなんて何もなかったんだ。

これ以上ここにいても仕方ない。部屋に戻ろう――そんなふうに諦観にも似た気持ちを抱いていたときのことだった。

「……でも。嬉しかった」

モニクが服の裾を握りしめながら呟いた。

「不思議だね。コマリン閣下のおかげで気分がいいんだ。なんだか温かい気持ち……だからいつか……また外に出てみたいなって思った。……ありがとね。コマリン閣下」

そう言ってゆっくりと近づいてくる。雪で転びそうになったところを慌てて抱き留めてやった。彼女はそのまま私の胸に顔を埋めて静かに涙をこぼしていた。

「コマリン閣下は……こういうことができるから烈核解放が使えるんだね……」

私はびっくりして腕の中の彼女を見下ろした。

今のモニク・クレールからは絶望のにおいがしない。

体温が少し温かくなっているような気がするのだ。

「――驚いた。まさかモニクの心を変えてしまうとは」

それまで静観していた影がにわかに口を開いた。

「お前がムルナイト帝国を救ったのは偶然ではなかったようだな。……見たまえ。モニクの顔色が見たことがないほどに善くなっている。星形の痕も薄くなっている。私が今までどうやっても越えることができなかった壁をお前は突破してくれたんだ」

「何言ってるんだ？　私はモニクが元気になればいいなと思って……」

「いや。ありがとうテラコマリ・ガンデスブラッド。他者のためなら自分の大切なものも簡単に捨てられる——そういうことができる人間はなかなかいないんだ」

「私はモノを捨てるのは苦手だぞ。自慢じゃないが部屋は散らかってる」

「とにかく希望の種は蒔かれた。これで消尽病は少しずつ和らいでいくだろう」

影の言葉はよくわからなかった。

でもモニクが少しでも前向きになってくれたのならこれ以上のことはない。

私は彼女の背中をぽんぽんと叩きながら言った。

「今度一緒にどこかへ出かけよう。ムルナイト帝国で遊ぶのもいいかもね」

「うん……」

私はふと逆さまの街を見上げた。

相変わらず幻想的な光景だった。向こう側の風に吹かれているらしい。母が残した紅色のスカーフがひらひらとはためいている。私もいつかあの場所に行くことができるのだろうか。

「——モニクのように理不尽な現実に追いつめられている人間はたくさんいるのだ。ユーリンはお前がそういう人たちを助けていくことを願っている」

「そんなこと言われても……」

「私はお前のことが気に入らなかったのだ。殺してでも性根を叩き直してやりたいと思っていた。あまり自分のことを過小評価するのはよくない」

「過小評価なんてしてないよ」

「ちなみに過大評価するのもよくない。一億年に一度の美少女なんて名乗るのは恥ずかしいぞ」

「過大評価もしてないだろっ！」

「どうでもいい——とにかくユーリンは常世でお前のことを待っているんだ。だが今のお前ではユーリンに会う資格はない。物理的に会うこともできない。そのために必要なことは……世界を一つにすることだ。まだまだ困っている人間はたくさんいるからな。たとえば仙人だ。お前に会いにムルナイト宮殿へやってきているらしいぞ」

思わず首を傾げてしまう。

影は見透かしたように「すぐにわかるさ」と笑った。

だが——私は心の底から希望が湧いてくるのを自覚した。

あの逆さまの街が何よりの証拠だ。母は私のことを待ってくれている。もしかしたらあの新月の世界で死にかけの私とヴィルを助けてくれたのも母なのかもしれなかった。

不意に北風が吹いた。

だんだんと逆さまの街が薄れていく。〝黄泉写し〟は短い時間しか発生しないらしい。そろそろ夢の時間は終わりなのだ。影が「テラコマリ」と私の名前を呼んでくる。

「お前の進むべき道は自ずと現れる。いつまでも引きこもれると思うなよ」

「いや……戦争だけはごめんなんだが……」

「戦争をしないための戦いが待っているんだよ。——とにかく私の役目はこれで終わりだ。せいぜい仲間たちと旅行を楽しみたまえ」

「そうだな。よければお前も——」

いつの間にか影の姿が忽然と消えていた。

そこにあるのは雪の降り積もった地面だけ。足跡すら残っていなかった。

彼女は常世へ帰ったのだろうか。まああの口ぶりだといずれまた会えるだろう。

「モニク。そろそろ戻ろうか」

「うん」

モニクはかすかに笑みを浮かべた。

影のおかげで母が生きていることもわかった。私がやるべきこともわかった。こんなダメダメ吸血鬼にできることなんて高が知れているが——モニクのような子が安心して笑えるように頑張ってみよう。それがたぶん七紅天大将軍テラコマリ・ガンデスブラッドの進むべき道なのだ。まあ戦争とかバトルとかは勘弁願いたいけど。

すでに〝黄泉写し〟は終わっていた。

空には漠々とした青が広がるのみ。

私はモニクの手を握る。どうせなら帰りの魔法石も用意してくれればよかったのに――そんなふうに考えながら歩き出したときのことだった。

「いました！　コマリさんです！」

「コマリ様⁉　コマリ様ご無事ですか⁉　バケモノに何かされませんでしたか⁉　というかどうして【孤紅の恤】が発動したんです⁉　間違えて血液プリン食べました⁉」

「コマリぃーっ！　遭難してないわよね⁉　さっさと帰るわよ！」

私はきょとんとしてしまった。

遠くから見知った顔が続々とやってきたのである。

サクナ。ヴィル。ネリア。カルラやこはる。エステルやガートルードまで勢揃いだった。あいつら死んだはずじゃなかったの……？　そんな感じでびっくりしていると、ネリアが雪を蹴って大ジャンプ。私にいきなり抱き着いてくるのであった。

「無事⁉　あらモニク・クレールも元気そうね！　よかったわ……！」

「え、ネリア？　どういうことなんだ……？」

「こらカニンガム殿！　コマリ様にくっつかないでください！　身体の芯まで凍えているコマリ様を人肌の温もりでヌクヌクにして差し上げるのはメイドたる私の役目です！」

「どーでもいいでしょヴィルヘイズ！　これからパーティーなんだから！　怖がらせてごめんねコマリ！　そして――お誕生日おめでとう！」

「抜け駆けは禁止ですッ！　私が最初に祝おうと思っていたのに……！」

事情が呑み込めなさ過ぎて頭がフリーズしてしまった。

しかし私の仲間たちは「よかった」「おめでとう」「影はどこ？」などと口々に好き放題なことを言っている。ようするに誕生日を祝ってくれているのだろうか？

「モニク！　大丈夫⁉」

エステルが血相を変えて近寄ってきた。

心配でたまらないといった表情でモニクの手を握る。

「寒くない？　おうちに帰ろうよ」

「……あのねエステル」

「なに？」

「私も……コマリン閣下みたいに色々なところへ行きたい」

エステルがびっくりしたように目を丸くする。これまでの無気力なモニクとは大違いだったからだろう。彼女の瞳には明るい星のような光が宿っているのだった。

エステルが泣きそうな顔で私のほうを見た。

そんな目を向けられても困る。私は何もしていないのだから。

やがてエステルは感極まったように涙ぐみながら笑みを浮かべるのだった。

「……うん。そうだね。お姉ちゃんが色々なところへ連れていってあげる」

「では手始めとして帝都はどうでしょうか。第七部隊が歓迎いたしますよ」

「エステルのおうちに行ってみたい」

「い、いいけど……狭いよ？　軍の女子寮だから……」

「あれ？　エステルさんも寮だったんですか？　実は私も同じなんです。モニクちゃんが来たらお邪魔しようかな」

「め、メモワール閣下も住んでいらっしゃったんですか⁉　私は101号室ですが……」

「わあ、お隣ですね！　すごい偶然……私の部屋は102号室です」

「102号室…………………え⁇」

何故かエステルが強張ったような気がしたけど気にしないでおこう。

私は晴れ晴れしい気持ちになってモニクを見つめた。

彼女が元気になってくれただけで満足だった。このまま夢を取り戻してくれればいいのだけれど――そんなふうにモニクの将来を考えていたときのことだった。不意にネリアが「コマリっ！」と腕を絡めてきた。

「さあ行きましょう！　パーティーもあるし……影とか烈核解放のこととか色々話してもらうわ！　かわりに連続殺人事件の真相を教えてあげるから！」

「あ、おいちょっと……」

「カニンガム殿には任せておけません。コマリ様を運搬するのは私の役目です」

「反対方向に引っ張るなぁーっ‼」

私はヴィルとネリアに引きずられるようにして丘を後にする。

二泊三日の温泉旅行。

前半はどうなることかと思ったが、後半はみんなとのんびりできそうで何よりだ。何故だかパーティーを開いてくれるみたいだし。モニクも一緒に楽しんでくれたら嬉しいな。

私は心を弾(はず)ませながら紅雪庵への道をたどるのだった。

（おわり）

[4.5] 死儒

雪の冷たさは感じなかった。

それだけ心が燃え上がっているのだろうな――とクーヤ先生は考える。

フレジールの外れの森の中だった。

テラコマリの煌級魔法によって吹き飛ばされてきたのである。雪の上をもぞもぞ動くと自分の身体から血が溢れていることに気づいた。しかし致命傷ではない。あの吸血鬼は手加減をしていたらしいのだ――なんという甘さ。優しさ。愚かしさ。

「次こそは……次こそは負けない」

拳を握りしめながら憎しみに打ち震えた。

五十年ほど前に夭仙郷の片田舎で生まれた。小さい頃から身体が弱かった。魔核ではどうにもならない〝病弱〟という性質。ちょっと雨に当たれば風邪をひくし、ちょっと身体を動かせばすぐに息が上がる。ゆえにクーヤ先生は、自分と同じような「魔核に影響されない身体的特異性」に悩む人々のために働こうと思った。

過去の文献を紐解き〝医者〟という職業の何たるかを学んだ。寝る間も惜しんで様々な技術を身につけた。研究費という名目で家計を潰したため家から追い出された。それでも決して諦めずに努力を続けた。

独自の研究で薬を開発し、鬱の病気で悩む子供を助けられたときは心の底から嬉しかった。彼は「ありがとう先生」と笑ってくれた。自分はこのために生まれてきたのだ――そういう感慨さえ抱いた。

だがクーヤ先生の思想は理解されなかった。

何故なら世界は魔核社会だからだ。

「お前の研究は役に立たない」「怪我しても魔核があるじゃないか」「机上の空論だよ」「社会のためにならないんだ」「さっさと普通に働けよ」――そういう心無い声にさらされ続けた。

最終的には魔核崇拝者から〝悪魔〟と罵られて暴行に遭った。

有り金を奪われ、研究書を燃やされ、住みかも破壊された。

自分の行動はすべて無意味だったのではないか。自分は誰からも受け入れられないのではないか――そんなふうに絶望しながら路地裏を這い回っていたときのことである。

――きれいね！　あなた！

路上で暮らしているホームレス同然の女を捕まえて何を言うのか。

その少女は紅色のキャンディをゆらゆら揺らしていた。吸血鬼なのかもしれない。しかし自分と同じ夭仙のような気配も感じられた。

——阿呆か。子供は帰りなさい。

——あなたのほうがよっぽど子供よ。まーそんなことはどうでもいいのよ。あなたは心がきれいなの。本当に世のため人のためを思って行動をしているのね！

虚を衝かれたような気分だった。

その言葉はズタボロになったクーヤ先生の心に沁み込んでいった。

そうして彼女は決定的な言葉を口にするのだった。

——私はスピカ・ラ・ジェミニ！　どうせここで死ぬなら〝逆さ月〟に入らない？

それからクーヤ先生の運命は変わった。逆さ月は協力を惜しまなかった。魔核では治らない症状の研究はどんどん進んでいった。確かに逆さ月は悪逆非道のテロリスト集団だ。しかしクーヤ先生にとっては世界を変えるための大切なホームだった。この組織で頑張っていこう。病気で悩んでいる人のためにもう一度努力しよう——心からそう思えた。

そして何よりスピカは優しかった。

世界中の人々が「不要」と切り捨てたクーヤ先生のことを認めてくれた。

いちばん印象に残っているのは彼女の瞳だった。

世界を覆いつくすほどの強大な意志に満ち溢れた、輝く瞳。

彼女は新月の夜のディナーでこんなことを語っていた。

――私は絶対に夢を叶えてみせるわ。

――常世に辿り着いてみせる。

――でも私だけじゃ足りない。みんなの力が必要なのよ。

――だから慕ってついてきてくれる仲間を見捨てたりしない。やりたいことがあるのなら逆さ月を利用してくれたってかまわない。私はあなたたちの夢も応援しているから。

――というわけで今から誕生日パーティーを開きましょう！

――今日はあなたの誕生日だったわよね？　だからディナーに招待してあげたのよ！　ほらトリフォン、さっさとケーキ持ってきなさいっ！　アマツは花火の準備ね！　線香花火じゃなくて夜空にドカンって咲くやつがいいわ！　できなかったら死刑よ！

スピカは決してワンマンというわけではない。常に仲間たちに支えられて月の頂きに立っていた。それを理解しているからこそ彼女は自分の協力者を大切にするのである。聞けば七紅天闘争で致命的な失態を演じたオディロン・メタルすらも許してしまったのだという。

一方で〝神殺しの邪悪〟の行く先々には数多(あまた)の屍が積み上げられる。それは理想を達成するうえでの必要悪なのかもしれなかった。そういう犠牲を厭(いと)わない点でテラコマリ・ガンデスブラッドとは大きく異なっていた。

そして彼女の思想こそが正しいのだとクーヤ先生は思う。

スピカこそが世界を統べるに相応しい。だからこそ――すべてを台無しにしたテラコマリ・

ガンデスブラッドのことが許せなかった。

「次こそは……次こそは……」

雪に蹲りながら譫言のように呟いた。

次こそは……どうしたらいいのだろう？

心の中で何度も反響しているのは真紅の吸血姫の言葉だった。

――もにくにあやまれ。

――もにくがかなしんでいるから。

モニク・クレール……不幸な子だ。しかしスピカ・ラ・ジェミニの居場所を見つけるためには彼女を犠牲にするしかなかったのだ。いわば偉業のための礎である。そういう点ではスピカと同じだ。

彼女を苦しめたことに少しも後悔はない。

後悔はないはずなのに――

――おまえはくいあらためるべきだ。

「ぐ……うう……」

涙が溢れてきた。テラコマリ・ガンデスブラッドの優しげな瞳を思い返すたびに激しい怒りの炎が燃え上がり――同時に情けない気持ちになってしまった。

自分はどこで間違ってしまったのだろう。

モニク・クレールのような少女こそ自分が救うべき相手だろうに。

そうだ。スピカは敵には厳しいけれど味方には呆れるくらいに優しかった。

モニクは敵じゃない。自分の主治医のことを心の底から信じてくれていた。自分がやっていたことはスピカの思想からは外れている。同じじゃない。

「……許してくれ……許してくれ……私はどうすることもできなかったんだ……」

クーヤ先生は拳を握って滾々と涙をこぼした。

テラコマリのことは許せない。だけど彼女の言葉で何か大切なものに気づかされたのだ。自分の曲げることができないポリシーを思い出したとでもいうべきか。

罪を償おうとは思えない。償えるとも思えない。

自分にできることは研究を続けることだけだ。

魔核で悩んでいる人のために。初心に返って頑張ってみようかな――そんなふうにクーヤ先生の心が変質していった。

「……はは。血だらけだわ」

これもテラコマリ・ガンデスブラッドのせいだ。

やつを見返すにはどうしたらいいのだろうか。

決まっている。今度こそ消尽病の治療法を見つけること。そして世のため人のために働くこと。大のために小を切り捨てたりしないこと――それしかないだろう。

クーヤ先生はふらふらと立ち上がった。

ひとまずお風呂(ふろ)に入ろう。どこかの温泉に寄ろう。

そう思って歩き出した瞬間のことだった。


死のにおいを纏(まと)った風が吹く。


「――お疲れ様。クーヤ先生」

クーヤ先生は反射的に振り返った。

そうして愕然(がくぜん)とした。

白銀の世界にぽつんと一点異物が混じっている。真っ黒い衣服に身を包んだ女だった。まるで絵画にとまったハエだな――暢気(のんき)にそんな感想を抱いている余裕はなかった。

背の高い黒い女。

クーヤ先生に指示を出していた黒幕。

「ネルザンピ卿(きょう)……」

「『過(あやま)ちて改めざるをこれ過ちという』――まことに至言ではないか。そうは思わないかねクーヤ先生」

天仙郷軍機(ぐんき)大臣〝死儒(しじゅ)〟ローシャ・ネルザンピ。

彼女は火のついた煙草を片手に持ちながらゆっくりと近づいてくる。

動くことができなかった。あまりの恐怖に足が震えて言うことをきかなかった。

「なんでここに」

「〝黄泉写し〟が発生したと聞いた。一瞬で終わってしまったのは残念だったな。あとついでに温泉に入りに来た。心身の静養は長生きする秘訣だ」

嘘だ。この女が観光しに来たわけがない。

クーヤ先生は手足の震えを必死で押さえつけながら口を開く。

「ネルザンピ卿……何のご用でしょうか。モニク・クレールのことなら……今日も問題なく診察いたしましたよ。《思惟杖》を使って消尽病の傷を広げておきました。なのでわざわざご確認するまでもありません。お寒いのでお帰りになられたほうが――」

ぱんっ。

銃声が轟いた。

「え?」――口から声が漏れる。ついでに血も溢れる。気づけばクーヤ先生は血をまき散らしながら雪の上にひっくり返っていた。胸の奥からドクドクと熱いものが流れてくる。頭の中がぼんやりとしてくる。ネルザンピ卿の持つ回転式拳銃からもくもくと煙があがっている。

彼女は死んだ魚のような目でこちらを見下ろしながら言った。

「〝信〟がなければ人との関係は成り立たないのだ。お前は私を裏切った。どうやらお前は人生の過ちを改めようとしていたみたいだが、私は小過を見逃さない性質なのだよ。それが愚か者ならばなおさらだ」

「っ――、」

痛みで脳髄が揺さぶられる。

口の端から血と涎を垂らしながらクーヤ先生は震える。

こんなことが。こんなことがあってたまるか。

せっかく初心を思い出したのに。病気の人たちを救おうと決意したのに。

こんな結果はあんまりじゃないか。

「プロヘリヤ・ズタズタスキーがお前を捜している。お前が生け捕りにされれば私まで辿り着かれる可能性がある。だから先に片付けてしまおうと思ったのだ」

「ふざ……ふざけるな……私は苦しんでいる人たちを救いたいんだ……！　こんなところで死んでたまるか……！」

「おやおや。私は鳥で言えば燕雀にすぎないから大先生の考えはわからないね。いったい人を救うことに意味はあるのかい。死なないことに意味はあるのかい。死ぬことがマシな場合もあるんじゃないかね」

言葉が通じない。同じ共通語を話しているとは思えない。

だが譲れない部分はあった。自分は考えを変えたのだ。こんなわけのわからぬ殺人鬼に従ってやる道理はない。そうだ——夢のために退くわけにはいかなかった。

「私は……！　私は負けないぞ……！　思えばお前はいつだって傲慢（ごうまん）だったんだ！　人のことを何も考えてない！　スピカ様とは大違いだ！　そして私もお前とは違う！　私は最初から人のために働こうと思っていた！　消尽病だって治してやる。苦しんでいる人たちをみんな助けてやる。だから……」

　再び銃声が轟いた。

　クーヤ先生の身体はボールのように転がっていった。

「——立派だな。立派なことを言えば同情してもらえると思っているのかい。言葉やうわべだけを取り繕うようでは立派な人間とは言えないぞ」

「や、やめて……」

「お前が裏切らなければ〝神殺しの邪悪〟の居場所は教えてやるつもりだったのに。——まあべつに構わぬのだがな。モニク・クレールの実験を通して意志力の仕組みというものがなんとなくわかった。愛蘭朝（アイランちょう）の天命を革（あらた）める準備は整ったようだ」

「やめて……くれ……」

「ありがとうクーヤ先生。そしてさようなら。葬儀は手厚くしてやろう」

　お腹（なか）から出る血が止まらなかった。

　医者だからわかる。これは死ぬ。もう助かる見込みはなかった。

ネルザンピは無表情のまま引き金を引いた。再び自分の身体が跳ねるのを感じた。血のあとを残しながら雪の上をごろごろと転がる。それ以降は痛みもなくなってしまった。

「あ、ぁ……」

声を出すことはできなかった。

もう一度スピカ様に会いたかったのに――その願いすら叶うことはなかった。

意識が薄れていく。身体が闇に沈んでいく。すべての記憶がなくなっていく。

黒い女は踵を返して立ち去っていった。木々の陰から天仙たちが現れてクーヤ先生の身体をどこかへ運んでいく。このまま海にでも捨てるのだろうか――そんなふうに考えているうちに思考が完全に途切れた。

クーヤ先生の夢は呆気なく終わってしまった。

※

プロヘリヤ・ズタズタスキーが到着したのはそれから十分後のことだった。

雪の上に血痕があるだけでクーヤ先生の姿はなかった。

まだ近くにいるのではないか？――プロヘリヤはそう思って捜索を続ける。しかし結局目当ての人物を見つけることはできなかった。

「逃げられたな。ちくしょう」

ひとしきり走り回ったプロヘリヤはついに諦めて帰ることにした。あまり遅れると誕生日パーティーが終わってしまうからだ。せっかくならお祝いしてあげたいし。

こうして紅雪庵(こうせつあん)での騒動は幕を閉じた。

真相を知る者は黒い女ただ一人である。

［0］えぴろーぐ

二泊三日の温泉旅行は私の誕生日を祝うための陰謀だったのだ。

福引はエステルの仕込み。ネリアやカルラが紅雪庵にいたのも仕込み。そして殺人事件も私を怖がらせるための余興だった。みんなバンバン死んでいくから何事かと思ったけど、実は全員死んだフリをしていたらしいのである。

私が「心配させやがって～！」という気分になったのは言うまでもない。

だって本当に怖かったし。普段とは別の意味で死ぬかと思ったし。

でもまあ――私は素直に喜んでおくことにした。みんなが私のために用意してくれたわけだしな。それに誰一人として実際に死んだわけじゃなかったし。いや〝影〟にやられたピトリナだけは死んだけど。

あの後、紅雪庵の遊戯室で盛大な誕生日パーティーが開かれた。

寝耳に水とはこのことだろう。自分の誕生日が二月十八日であることをすっかり忘れていたのである。みんなからサプライズ的に「お誕生日おめでとう！」と言われた瞬間、私は不覚にも涙をこぼしてしまった。

だって数年ぶりの誕生日パーティーなんだぞ？

しかもたくさんの友達に祝ってもらえるんだぞ？

こんなに嬉しいことはない。嬉しさのあまりジャンプして狂喜乱舞したくなってしまったが賢者の理性でなんとか抑え込んだ。そのかわりに終始ニヤニヤしていたようで「コマリ様楽しそうですね」と言われてしまった。当たり前である。楽しくないわけがない。

さらに彼らは誕生日プレゼントまで用意してくれていた。

ネリアからはメイド服を。ガートルードからは果物ナイフを。カルラからは羽根ペンとお菓子を。こはるからは壺を。サクナからは氷の花束を。エステルからは香水を。モニクからはオススメの本を。プロヘリヤからはピアノの生演奏を。そしてヴィルからはアロマキャンドルと料理のレシピ本をいただいた。ヴィルに関してはてっきり「私そのものがプレゼントです」とか言い出すかと思っていたので拍子抜けである。いや拍子抜けとか言ったら失礼だな。とにかくどれも心のこもったプレゼントで私は号泣してしまった。

そんなこんなで誕生日パーティーは夜まで続き――翌日はモニクを含めたみんなで温泉街を楽しんだ。一日目と二日目の緊迫した空気とはうってかわって癒しのひと時だった。こんな時間がずっと続けばいいのにとさえ思ってしまった。だが休暇にも限りがある。私たちは日が暮れる頃にはモニクに「また来るからね」と告げてフレジールを後にしたのだった。

はっきり言おう。

めちゃくちゃ楽しかった。

久方ぶりに心の底からリフレッシュできた気がする。みんなには後で改めてお礼をしておきたいところだな。一人一人の誕生日を聞き出してお祝いをしてあげなければ。

そしてフレジールに行って良かったと思えた理由は「リフレッシュできたから」「誕生日をお祝いしてもらえたから」だけではない。モニクを元気づけてあげることもできたし。それにあの逆さまの街を見ることができたのは大きな収穫だった。

――ユーリンは常世(とこよ)でお前のことを待っているんだ。

不意に〝影〟の言葉が思い出される。

母は常世で生きているらしい。

ならば私はあの人に会うために頑張らなければならない。

影は「世界を一つにしたら会える」みたいなことを言っていた。具体的にそれが何を意味するのかはわからない。でも私にできることなら精一杯努力しようじゃないか――そんなふうに前向きな気持ちになることができた。

「……引きこもってばかりいられないかもしれないな」

引きこもりたいのは山々だけど。

でもモニクみたいに不幸な子を増やさないためには私の行動が重要になってくる――ような気がするのだ。とりあえずは影に言われた通りに目の前のことをこなしていくとしよう。

そうだ——モニクのことだ。

彼女を苛んでいたクーヤ先生はついぞ見つからなかった。プロヘリヤはフレジールの外れでそれらしき血痕を発見したらしい。だが本人の姿はなかった。夕星とやらの正体は不明のままになってしまったわけだ。まあクーヤ先生も懲りただろうし、後でまた捜しに行けばいいだろう——私はそんなふうに楽観的に考えている。

それはともかく。

今は『黄昏のトライアングル』を何とかすることが先決だった。

「温泉でリフレッシュ……したはずなんだけど……」

ペンがなかなか進まなかった。

確かに温泉旅行によって気持ちを切り替えることができた。しかしあれは取材旅行でもないので小説のネタが降ってくるわけでもなかった。ネリアは「殺人事件でインスピレーションが湧いたでしょ⁉」と言っていたけど——ごめん。確かに刺激的だった。でも私が書いてるのはミステリー小説じゃなくて恋愛小説なんだよ。

「ぐぬぬ……やはり経験が足りないようだな」

「何の経験が足りないんですか？」

「決まってるだろ。私には恋愛経験というものが——ってまたこのくだりかよ⁉」

「まだ足りなかったんですね。では今すぐ私と恋愛経験を積みましょう。具体的には結婚式場の視察に行きましょう」

「段階すっ飛ばしてるだろっ‼」

腕に絡みついてくるヴィルを腕力によって振りほどいた。

まったく油断も隙もあったもんじゃねえ。

「いつからいたんだよ。まだ出勤する時間じゃないだろ」

ちなみに今日は月曜日である。また地獄のような将軍生活が始まるかと思うとうんざりして絶叫したくなってくる。でもそんなことをしたら部下に殺されるかもしれないので我慢。

「まだ時間はありますね。のんびりしていてもいいと思いますよ」

「じゃあ二度寝をするか。小説は後で書くとする」

「筆は進んでいるのですか？」

「進んではいないけど――まあ温泉でリフレッシュできたからな。前よりはなんとかなりそうな気がするよ。あと寝ればアイデアも浮かぶかもしれないから一時間後に起こしてくれ」

「承知いたしました。ところで一昨日から夭仙郷の使節がムルナイト宮殿を訪れているそうですよ」

「ん？　夭仙郷？」

聞き慣れない国名に首を傾げてしまった。

夭仙郷とは南方に存在する仙人の楽園のことである。マトモな神仙種の知り合いがいないのでどんな場所なのかわからないけれど――ムルナイトに観光にでも来たのだろうか。

「彼らはコマリ様に会いに来たそうです」

「え？　なんで？」

「わかりません。しかしすでに二日も待たせています」

「………………」

「先ほど貴賓室から連絡がありました。仙人たちは『はやくテラコマリを連れてこないと戦争を仕掛けるぞ』とのたまっているらしいです」

「……なんでそんなに怒ってるの？」

「さあ？　我々が約束をすっぽかして温泉旅行に行ってしまったからじゃないですか？」

「約束してたの？」

「はい。私が勝手にしてました」

「勝手にしてたの？」

「はい。そして忘れてました」

なるほどなるほど。

これは夢の中の出来事として処理するほうがいいな。

そう結論を下して私はベッドの中へと潜り込んだ。

その瞬間である――ヴィルが持っている通信用鉱石から焦(あせ)ったような声が聞こえてきた。

私のお父さんだった。

『ヴィルヘイズくん！　悪いけどコマリを呼んでくれないかな？　さすがにこれ以上待たせると心臓を爆破されてしまうかもしれないよ……』

「だそうですコマリ様。心臓を爆破されたくなかったら今すぐ行きましょう」

「あああああああああああああああああ!?」

　私は陸にあげられた魚のような勢いでベッドの上を飛び跳ねた。

　旅行が終わった瞬間にトラブルである。というか旅行の最中にトラブルが発生していたのである。最悪だった。どうしてこんなことになるんだ。今日は休み明けだから仕事をするフリしながら読書でもしようと思っていたのに……！

「さあ行きましょう。ベッドで遊んでいる場合ではありませんよ」

「おいヴィル！　約束をすっぽかすのはよくないぞ！　夭仙郷の方々に迷惑じゃないか！」

「申し訳ありません。お詫びにダンスでも披露すればよいでしょうか？」

「しなくていいよっ！　ほらいくぞっ！」

　心臓が爆破されないことを祈るばかりである。というか『心臓を爆破する』というワードには耳覚えがあるような気がするんだけど。もしかして天舞祭前のパーティーで見かけたあの人なのだろうか……？

　とにかく今の私にできることは高速鹿威しのようにひたすら謝ることだけである。

私は全速力で着替えてムルナイト宮殿へと向かうのだった。

☆

私を待ち受けていたのは予想通りの人物だった。

ひらひらした緑色の衣装が特徴的な夭仙(ようせん)——アイラン・リンズ。

貴賓室に入った瞬間ジーッと視線を向けられた。海のように不思議な包容力がある双眸(そうぼう)。彼女の内心を推し量ることはできない。しかし憤怒(ふんぬ)五秒前であることは想像に難くなかった。

「お、遅れてすまなかった！　私はテラコマリ・ガンデスブラッドだ！　ようこそムルナイト帝国へ」

私が緊張しまくりながら挨拶(あいさつ)をしている間に「じゃあ僕はこれで失礼」とか言って父が部屋を出て行った。抗議してやりたいところだが今はそれどころじゃない。なんとしてでも心臓を爆破されないようにしなければならない。

私はとりあえず姿勢を正してアイラン・リンズさんのほうに向き直った。

「えっと……連絡の行き違いがあったみたいだな。随分とお待たせしてしまったようで申し訳ない。せっかく遠いところから遥々(はるばる)足を運んでいただいたのに……」

「温泉、楽しかった？」

無表情である。無表情でそんなことを聞いてくるのである。

初対面のときのカルラと違って感情が読み取りづらい。しかし私は死の気配を察した。少なくともこの少女が私に対して絶大なる不満を抱いていることは明らかだから。

どうしよう。とりあえず言い訳を考えなければ——

「コマリ様はアイラン・リンズ殿が宮殿で待ちくたびれている間に温泉で大はしゃぎしていました。最終日などはみんなで盛大なパーティーを開いて遊び惚けていたのです」

「お前えええ⁉　事実だけど‼　事実だけど言っていいことと悪いことがあるだろ⁉」

「——そっか。それはよかった」

アイラン・リンズさんが静かに呟いた。

完全に誤解されている。いや誤解でもなんでもないんだけど「約束のことは知らなかったから大目に見てほしい」ってことを伝えたい。伝えなければまた戦争になってしまうかもしれない。そう思って必死に言葉を探していたときのことだった。

夭仙の少女はかすかな笑みを浮かべてこんなことを言った。

「リフレッシュは大事だよね」

「え？　ああ……」

「遅れてごめんなさい。私は夭仙郷公主アイラン・リンズ。今日は常世のことでお話があって来ました。そして——」

〝常世〟という予想外の単語で脳がフリーズしていた。

その隙を狙ったかのように肩をちょんちょんと叩かれる。

私は何気なく背後を振り返った。

そこにはもう一人夭仙の少女がいた。いったい誰だろう？　アイラン・リンズさんの知り合いかな？――そんなふうにぼんやりと考えていたとき、

「烈核解放・【屋烏愛染】」

目の前の少女の瞳が紅色の輝きを放った気がした。

しかし本当に気のせいだったのかもしれない。隣のヴィルが「コマリ様？」と不審そうに尋ねてくる。私は「なんでもない」とかぶりを振った。

烈核解放とか言っていたけど聞き間違えだろう。

いきなりそんなモノを発動する理由がないからだ。

「――失礼。僕はリャン・メイファ。リンズの従者」

「あ、そうなんだ」

「リンズはあんたと話がしたいんだ。ちゃんと向き合ってあげて」

「う、うむ。わかった」

とにかく謝罪をしなければならない。

風前亭のお菓子を差し上げれば機嫌を直してくれるだろうか。いや物で釣るなんて姑息もいいところだな。ここは誠心誠意で頭を下げるとしよう――そんなふうに考えながら再びリンズさんのほうに向き直った瞬間。

目が合った。

吸い込まれるほど綺麗な瞳。

無言のまま三秒ほど見つめ合って――

ドクン。

何故か心臓が爆速で動き出した。

「う、ぐ……」

「コマリ様……？」

呼吸が荒くなる。立っていられない。

その場に崩れ落ちてしまったがリンズの瞳から目を逸らすことができない。

彼女の桜色の唇が静かに言葉を紡いだ。

「ごめんなさい。あなたにはちょっと協力してもらいたいの……」

「なっ……」

わけがわからなかった。

視界が真っ暗になっていく。ヴィルの呼びかけも聞こえなくなっていく。どくんどくんと鳴る鼓動だけがアホみたいに五月蠅かった。

巷ではアイラン・リンズは「目が合っただけで相手の心臓を爆発させる能力者」だとされている。そんな馬鹿なとは思っていたが――どうやら間違ってはいなかったようだ。

数秒後。

私の心臓は見るも無残に爆発した。

こんなに魅力的な女の子を前にして心臓がどきどきしない人間はいない。

彼女と目を合わせた人間が「心臓が爆発した！」と叫ぶのも無理はないだろう。

今まで体験したことのない不思議な気持ち。

しかし数多の恋愛物語を紡いできた希代の賢者ならすぐに予想はついた。

そう――これが恋なのだと本能で理解できてしまったのだ。

「二つ」

リンズが人差し指と中指を立てる。

「お話があります。一つは質問。もう一つはお願い」

私は反応することができなかった。何故なら彼女の瞳に釘付けになってしまったからだ。なんて綺麗な瞳なのだろう――いや待て冷静になれテラコマリ・ガンデスブラッド。

何が恋だよ。一目惚れなんておかしな話じゃないか。

この子とは一度会ったことがあるのだ。そのときには何も感じなかったはずである。今になって一目惚れ、いや二目惚れなんて常識的に考えれば有り得ない。

「っ……？」

右手の甲にチクリとした刺激が走った。

視線を下に向ける。ちょっとした痣のようなものが浮かび上がっていた。

見ようによっては鳥……というか、翼を広げたカラス、のような形に見えなくもない。

虫にでも刺されたのだろうか？　これくらい放っておけば治るだろうけれど――

「どうしたの？」

「わひゃあっ⁉」

いつの間にかリンズが目の前にいた。

しかも私の右手が彼女の両手によって包まれていたのである。

「体調悪いの？　なら無理しなくても……」

「そ――そそそそそんなことないっ！　私はいつも通りに元気百倍だ！」

私は慌ててリンズの手を振り払った。隣のヴィルが「コマリ様？」と心配そうな目を向けてくる。何故か心臓がドキドキしている。まずい。本当に熱でもあるのだろうか。

リンズが「そう」と溜息を吐いて話を続けた。

「質問は常世のこと。あなたは常世に行ったことがありますか？」

私は心を落ち着かせながら答える。

「行ったような気がするけど……」

「どうやって行ったの？」

「それは……」

「わからないんだね。じゃあ金丹って言葉に聞き覚えは」

「キンタン？　ごめんそれもわからない」

「――リンズ。その質問を続ければ僕たちの機密情報を漏らすことにもつながる。そもそも常世なんて駄目元なんだ。重要なのは〝質問〟じゃなくて〝お願い〟のほうでしょ」

リャン・メイファが壁に背を預けながら言った。

彼女たちの意図がまったく読めなかった。

私はいったい何をすればいいのだろう？――そんなふうに戸惑いながらリンズの瞳を見つめていると、だんだん羞恥心が込み上げてきた。私は顔に熱がのぼるのを自覚しながら目をそらす。明らかに精神状態がおかしい。やっぱり風邪でも引いたのだろうか。

そのときだった。

「――お願いがあります。テラコマリ・ガンデスブラッド将軍」

リンズが腰を折って懇願してきたのである。

そうして私は度肝を抜かれたような気分になった。

「私を助けて」

「え……」

「このままだと夭仙郷は滅びてしまうの。だから……助けてほしいの」

動くことができなかった。

切実な声。助けを求める純粋な言葉。

「アルカを救ったように、天照楽土を救ったように、夭仙郷の悪いやつら、奸臣(かんしん)たちをなんとかしてほしい。――ううん、私が頑張る。だから、あなたには、少しでいいから、私の手助けをしてほしいの。このまま放っておくと……私もお父様も丞相(じょうしょう)に殺されてしまうから」

「…………」

「嫌なら断って。無理強いはしたくない。でも……私は。私にはテラコマリ・ガンデスブラッドの力が必要なの……」

これまでの騒動を思い出してみよう。

私にはいつだって選択肢なんてなかった。

寝ている間にヴィルによって戦場へ拉致されていたからだ。

でも今回は違う。

リンズは最初から私を頼ってくれている。

影――キルティ・ブランとの会話が思い起こされる。

彼女は「母と会うためには困っている人を助けて世界を一つにする必要がある」という旨のことを言っていた。

ならばリンズの〝お願い〟は聞くべきなのかもしれなかった。

「……その頼み方は卑怯だよ」

笑みを浮かべながら私は言った。

「こっちを向いて。私でよければ相談に乗るから」

リンズがびくりとして顔を上げる。

壁際のリャン・メイファが息をのむ気配がした。

しかし私は気にせず続けるのだった。

「天仙郷で何があったの？　とりあえずお菓子でも食べながら話そうよ」

リンズはしばらく茫然とした面持ちでこちらを見つめていた。

やがて感極まったように目を閉じる。

しばらく沈黙してから、訥々と事情を話し始めるのだった。

あとがき

お世話になっております。小林湖底（こばやしこてい）です。

温泉っていいですよね。
私も行きたいです。

さて、皆様のおかげで6巻まで続けることができました。
今回のお話は、1～5巻までの後日談であると同時に、7巻以降に備（そな）えたプロローグにもなっています。最近のコマリは友達も増えてきて、目標も見えてきて、しかも今ではなんだかんだ外に出ることが多いので一概（いちがい）に引きこもりとは言えなくなってきましたが、それは彼女が多くの人に支えられながら徐々に成長してきたことの表れであり、喜ばしく思うべきことなのでしょう。この「多くの人に支えられながら」という部分が重要だと思っておりまして、この小説では利害損得を超えた思いやりの心、それが形となって世の中を変えていく様子を描いていきたいなと思います。ちょっとだけ大人になったコマリさんの活躍にご期待ください。たぶんノリは全然変わりませんけれど……。

遅ればせながら、謝辞(しゃじ)を。

数多くのキャラクターを魅力的に描いてくださった、イラスト担当のりいちゅ様。

ひきこまりにぴったりで素敵なデザインに仕上げてくださった、装丁(そうてい)担当の柊(ひいらぎ) 椋(りょう)様。

原稿を進めるにあたり様々なアドバイスをくださった、編集担当の杉浦よてん様。

その他、刊行・販売に携わっていただいた、多くの皆様。

そして、この本をお手に取ってくださった読者の皆様。

すべての方に厚く御礼申し上げます……ありがとうございました!!!

また次回お会いしましょう。

小林湖底

ファンレター、作品の
ご感想をお待ちしています

〈あて先〉

〒106－0032
東京都港区六本木2－4－5
SBクリエイティブ（株）
GA文庫編集部 気付

「小林湖底先生」係
「りいちゅ先生」係

本書に関するご意見・ご感想は
右のQRコードよりお寄せください。

※アクセスの際や登録時に発生する通信費等はご負担ください。

https://ga.sbcr.jp/

ひきこまり吸血姫の悶々6

発　行　　2021年9月30日　初版第一刷発行
　　　　　2023年9月15日　　　第四刷発行
著　者　　小林湖底
発行人　　小川　淳

発行所　　SBクリエイティブ株式会社
〒106-0032
東京都港区六本木2-4-5
電話　03-5549-1201
　　　03-5549-1167(編集)

装　丁　　柊椋（I.S.W DESIGNING）

印刷・製本　中央精版印刷株式会社

ISBN978-4-8156-1203-0
Printed in Japan　　GA文庫

たとえばラストダンジョン前の村の少年が序盤の街で暮らすような物語13

著：サトウとシオ　画：和狸ナオ

GA文庫

　イブの企みを暴くべく、国境監獄ジクロックの調査を進めるアザミ王国の面々。凶悪犯勢揃い、大陸最大の地獄とさえ言えるそこへ、なぜかロイドが収容されてしまい──「ここが心を鍛える修行場ですね！」

　劣悪環境もなんのその、前向きに獄中生活を楽しむ様子に監獄騒然!?　あまりのタフさに極悪囚人たちをも恐れさせ、遂にならず者の頂点へ！

「そうだ、ちょっと家に帰らなきゃ」

　さらにお出かけ感覚でふらっと脱獄も成功させちゃって、もう誰にも彼を止められない！　陰謀渦巻く凶悪監獄で繰り広げる、勇気と再会の物語。うっかり無自覚プリズンブレイク編、第13弾！